太湖咏调

TAI HU YONG DIAO

葛唐安　著

中国民族文化出版社
北　京

图书在版编目（CIP）数据

太湖咏调/ 葛唐安著. -- 北京：中国民族文化出版社有限公司，2023.9

ISBN 978-7-5122-1773-7

Ⅰ. ①太… Ⅱ. ①葛… Ⅲ. ①长篇小说－中国－当代 Ⅳ. ①I247.5

中国国家版本馆CIP数据核字（2023）第175246号

太湖咏调

Taihu Yongdiao

作　　者　葛唐安
责任编辑　张　宇
责任校对　李文学
出 版 者　中国民族文化出版社　地址：北京市东城区和平里北街14号
　　　　　邮编：100013　联系电话：010-84250639　64211754（传真）
印　　装　武汉鑫佳捷印务有限公司
开　　本　140 mm × 210mm　32开
印　　张　12
字　　数　257千字
版、印次　2024年1月第1版第1次印刷
标准书号　ISBN 978-7-5122-1773-7
定　　价　88.00 元

献给所有
热爱、依恋太湖的
太湖之子！

目录

下篇

上篇

第一章：陈若缺

桃之夭夭，其叶蓁蓁。

——《诗经·桃夭》

引子

破旧的大巴车在崎岖不平的土路上蜿蜒前行，上下颠簸，车里乘客的行李东倒西歪，与铁车皮碰撞，发出尖锐的响声。

太湖在后头，广阔无垠却也在渐渐缩小，他看见那湖渐渐模糊，于是伸出手去，拇指和食指扣成一个圆，把太湖框在里面。车又转过一个弯儿，路面平整了许多。他遗憾地看着太湖完全消失在视野里，然后把手放下，继续看着窗外。

车里人不多，没有喧哗声。他就坐在窗边，出神。

两旁是田野或水塘，也有杂草、杂树，郁郁葱葱，生机勃勃。它们不受约束，长得悠扬肆意。车轮慢慢向前挪，景物也在发生变化。楼房在变多，而且不同于乡下，一栋栋整齐端庄。有些还有院子，打理得清爽，种着花草树木，却不如路边的好看。

可以明显看见，一路上，是村到乡，再到城的变化。如同渐变色，始与末的差别又是如此的大。到了城市，学校就在南山的一侧。高楼林立，灯火闪耀，不必再提。

车缓缓停下，老态龙钟，笨拙无力。他背上书包，提上手提袋，从车门处跳下来。学校的铁门上雕镂着百合花，门大开着，他于是走进去。

一

“陈若缺！”

教室里一片寂静，女教师的喊叫没有翻动起涟漪。然后不知是谁冒出几声“咯咯”的笑声，随即，全班都笑开了，如同一锅沸腾的热水，喧闹而嘈杂。

陈若缺没有笑，他左手紧紧地托住了脑袋，手指时不时拍几下太阳穴。右手，凭着中指与食指的使力，他手中的钢笔顺着大拇指绕了一个完整的圆弧，再落入虎口。

笔杆打在食指第一个关节上，发出了“咔”的响声。这响声很快就淹没在了无边无际的笑声里。陈若缺的眉头紧锁着，由眉毛正上方的两条弯弯的凹陷与其间深浅不一的条纹折痕一起，构成了略无阙处的群山。他鼻梁很挺，眼神有着几乎能切割钢铁的锐利。

陈若缺似是班级中的局外人，每个人只是把他当作谈资，他们从来没有把他当作班级真正的一员，而陈若缺也从来没有试着融入。仅此而已。阳光照射在他的脑袋上，恰好像一条分割线，使它一半明亮，一半黑暗。

“陈若缺！”

陈若缺终于惊醒过来，他的肩膀向上迅速地一耸，倒吸一大口气。眼神慢慢由远处的大雁聚焦回了教室，聚焦到了女教师严厉的面庞和她因愤怒而瞪得极大的眼睛上。

他只是惭愧地低下了头，涨红了脸，也不言语，他当然也无话可说。女教师继续讲她的课。教室里的哄笑也渐渐地平息了。

教室里依然是只有读书声、老师的粉笔书写声与讲课声。如一幅美好的图景，但是陈若缺却盼望着下课铃乃至放学铃声早点响起，他不想再在教室里坐下去，他感觉无聊，昏昏欲睡。

放学铃终于在一天的煎熬中响起了。学校操场上的钟声顺着青色的草，蔓延到了树的每个枝丫上，蔓延到了学校每一个角落里。老师在黑板上写完了最后一个字母，扔下粉笔，伴随着钟声渐渐远去。同学们背上在上课时就理好的书包，抓起因上课要用而唯一没放进书包的铅笔盒，冲出了教室。

陈若缺把语文书放在练习簿与英语书间，把作业本叠成一摞，推开教科书，整齐地压在书包的一侧。他把手伸入书包，把书向左挪到书包的最左侧，把水杯插在书包右侧的空隙里，又把铅笔盒置于书本高低不平的最上方——恰好卡住。

放学了，他反而不急着要走，其实他只是无法忍受听课的感觉。

陈若缺把头向桌内探了探，随即背上那有些破旧的书包，低头，一步步迈出教室，走到了他最爱的校园的边道。这条道路僻静，少有人经过，然而风景好，芬芳得令人陶醉，散布在灌木中的花朵像星星似的。花树，也从树干一侧长了枝丫。离开花也不远了吧，陈若缺想。

“犹如车轮被均匀地推动，正是这爱推动太阳与其他群星。”陈若缺轻声地吟诵着，抬起头，他看到那湛蓝而旷远的天空，那似乎是一片静止的湖泊。“加油吧，Jean-Christophe[1]！”陈若缺大声喊叫，充满了喜悦与向往，语气却坚定而庄重。树上几只麻雀被喊声惊得飞离了树梢，在天空这面湖泊上划出了水花。

风吹来，把陈若缺的头发吹得一丝丝地飘荡。

二

操场上挤满了人，说是操场，不过是一片空旷平坦的场地。平平整整的小石子地块，与凹凸不平、深浅交融的干泥土交壤在操场的最边缘，操场两边直立的是两个破旧的篮球架。

在太阳的照射与雨水的冲淋下，篮球架原来的木头花纹边上，出现了更多的裂纹与刮痕，这些纹路与木纹相衬在一起，疏密有别，交横杂错。这些纹路又何尝不是树木的年轮呢？在一天天、一年年的风霜侵蚀下，树木身上的痕迹也变得更多，更杂，更错乱。因此说，树木在经砍伐后，生命仍在延续，只需细细数数上面的纹路，便可饱读这块木头的一生。

篮球场上，是很多年轻的男孩。他们大都穿着白色或者蓝色的运动背心，也有人穿着灰的旧衬衣，手心、脸部、后背都

1　约翰·克利斯朵夫

沁出大颗大颗的汗珠。衣服早已被这汗水打湿，出现了深一块、浅一块的色渍，头发也被热汗打得七零八乱。他们好几个人为一群，手中捧着篮球，在并不广阔的空间里跳着，跑着，笑着。书包在一旁静静地憩息，大部分书包还开着口，可见他们的急促。

陈若缺远远地绕开了操场，向图书馆跑去。

"若缺!"杨老师喊住了他，"读书去啊?"

"嗯，是的，杨老师。"

陈若缺在老师面前可以说是很害羞的，他一般不去正视他们。在学校，他对每一个人持有的都是这种态度。但杨老师从高中开始对他的关照却使陈若缺对这位老师——他的班主任，有了感恩与爱戴。这位老师似乎是学校中为数不多甚至独一无二的关心他的人。

"若缺，我晓得你是个善于独立思考的人，你的想法啦，作文啦，都让我称道，特别是你上次那篇作文，文字的犀利让我叹为观止。"杨老师宽和又面带笑容地说，随即，她的目光变得锐利，而倏地，又是似水般柔和，"但是你对于学习的态度是真的让我失望。从入学起到现在，没有任何的变化。我已经多次提醒过你了，具体的东西，还要自己去思考。希望你能想明白，我也相信你一定能想明白。"

杨老师拍了一下若缺的肩膀，便消失在小径的尽头。陈若缺伫立着，感受到太阳照射在他脸颊上，刺辣、燥热的感觉在不断酝酿，流动……

两个辫子上扎着红头绳的女生，从图书馆的方向迎面向陈若缺走来。左边那个高一些的女生手中捧着一本厚重的《静静的顿河》，作者是苏联的米哈依尔·肖洛霍夫。

陈若缺停滞了一会儿。“你好。”他以轻到只有风听得见的声音嘟囔着。那两个女生仍有说有笑地向前走着，想必是没有听到——当然是不会听得到的。当她们走到陈若缺的视线边缘时，他总算是下定决心了。

“你好！”他大声喊道，随之便紧张得脸颊发烫了。因为这一声问候喊得如此之响，那两个女生停了下来，脸上的微笑也消失了。她们睁大了眼睛，停止在花坛的边缘，显现出惊讶和诧异，等着陈若缺的下一句话。

“你们能把《静静的顿河》借给我吗？图书馆库存就一本，我正好看到一半了。”陈若缺又轻轻地说道。他朝她们看了一眼，眼中有请求的意味。

他不是不擅长社交，他朋友少的原因是他不主动去交朋友。他表现得很内向，至少现在的确如此。

那两个女孩子被他的样子逗笑了。她们嘀咕了一阵，又仰天大笑了几秒。左边那个高的女生走过来，把书塞到陈若缺的怀里。

“喏，反正我们也只是看这本书厚，想当垫桌板的，你要的话，给你看吧，不过看好了帮我还一下，签我的名字，谢润清。”说毕，她便搭上另一个女生的肩头，两个人一同走了。

陈若缺脸上露出了微笑，他紧紧抱着书，向图书馆飞一般地跑去。脚步扬起的一片尘土，撒在矢车菊上，使那雪白花瓣沾染了一片污浊。

他推开图书馆沉重的大门，娴熟地走向图书馆二楼，西北一隅。陈若缺坐在了窗边，窗外的阳光洒进窗格，柔和而不刺眼，一阵阵润湿的风迎面吹来，安适又让人静心。

他翻开《静静的顿河》，视线抓紧了文字，开始细致地阅读起来。他看书时，手指总是在桌上拍拍打打，这时，他拍打的速度快而急，一会儿，又变得慢而悠长。

三

陈若缺骑在枣红的马上，格里高力在他后面，骑在白色的又带有灰色斑点的马上。顿河上的风从河对岸的山谷间吹来，吹得马的鬃毛飘扬，上下起伏着，仿佛一株株贴地生长的草，在西风的到访下，直立动摇起来。

“顿河的儿女哥萨克们！”陈若缺的声音响彻云霄，惊动天地，“顿河的水怎会这么浑？那是因为白军依然盘踞在这里，这里的人的心也是白色的。顿河，是哥萨克的母亲河，是俄罗斯的重要纽带！你们从顿河中出生，更在顿河中成长，又怎么能甘心它这么的浑？现在，是红军，只有他们能让顿河重回清澈。不仅是顿河，整个俄罗斯在共产党的带领下都会像顿河一样成为鸟兽鱼虫、男女老少的人间天堂。十月革命已经取得了胜利，只要有哥萨克们的帮助与协作，红星便会由天上照耀着俄国大地！哥萨克们，勇敢的顿河儿女们！奋起吧！用你手中的刀、剑与枪，割断阻拦白昼到来的最后一丝黑暗！”

格里高力随即高高举起手中的步枪，指着天空中浑圆的太阳，高喊：“为我们的母亲河！布尔什维克万岁！”

哥萨克们都高举手上的武器，倏地，千万柄刀剑直插云天，千万个声音混为同一个无比坚定的响声："为我们的母亲河！布尔什维克万岁！"千万匹的马，千万个马上的人，聚成黑压压的一片，如同被火烧成灰烬的草原，一望无际的黑黢黢。

"那么，为了共产主义，为了清澈的顿河，勇往直前吧！"格里高力大声呐喊，喊声震动了顿河。

陈若缺驱马向前，停止在了顿河的边缘。

好一片浑浊的顿河！

顿河的水黄而赤，充盈着两端山坡的泥与沙；顿河的水很温暖，正如孕育生命的摇篮。确乎，孕育了这么多勇敢的哥萨克。河的周围散布着高低不一、稀稀拉拉的植物。植物的根扎向顿河，正是顿河给了它们滋养。顿河的泥沙实在是太多了，水实在是太浑了！太阳光照射在顿河上，几乎反射不出光泽。顿河水似是一团泥浆，手指插入顿河中，便消失在视野里。只有夕阳西下之时，顿河才与余晖融为一体，成为炙热的火焰，透人心扉。

"陈若缺，恭喜您，顿河哥萨克的叛乱终被平息，哥萨克们也将成为共产党武装力量的中流砥柱！"格里高力难以克制内心的兴奋，随即亲吻陈若缺的脸颊。陈若缺也感到由衷的喜悦，他看着向远处进发的顿河的孩子，他们将把共产主义洒满俄国的每一个角落。

几天后，格里高力跑来了，脸上抑制不住激动与兴奋："陈，我真是由衷地佩服您，顿河哥萨克取得了大成功。您让这场原来可能消耗巨大的战争成为一支赞歌，上帝保佑您！"

克里姆林宫在正午阳光的照射下美丽而辉煌。顿河静静地流淌，顿河边响起了人民高呼胜利的赞歌：

我的水怎么能不清
我的好男儿参加了革命
我的哥萨克信奉了共产主义
没有他们的革命，我不会变清
没有他们的胜利，我不会孕育新的生命

陈若缺默默想象着这样一个故事：他是英雄与主人公，这个想象如此瑰丽、梦幻、庄重。他感到了快乐，这是青春的澎湃激情，只是以另类的方式加以抒发罢了。不要对青春的激情与冲撞感到尴尬、鄙夷，那是生命的绽放。

陈若缺合上了《静静的顿河》。他在俄国土地上的成功与辉煌，随着书页的合上被夹在了纸张中，成为薄薄的一片，慢慢消失。他站起来，看了看图书馆窗外的明媚阳光，他感受到风一丝丝吹来的安适。夕阳不久便落在了山脚，余晖把图书馆中的书籍，把白墙上宣传共产主义的标语，全部映得鲜红。

陈若缺熟练地把书放入了第三个书架，第四列左起第三个位置上，两边的《呼啸山庄》和《堂吉诃德》紧紧夹住了《静静的顿河》。他在登记册上签上了“谢润清”三个字。他想了想，不确定是“青”还是“清”。他凭感觉写上“清”，后来证明，感觉的确是对的。

拉开沉重的大门，他向宿舍走去，书包在他的肩上。

图书馆沉重的大门重重地砸在了门框里，陈若缺远远地都还能听到沉闷的响声。

他早就习以为常。

四

从图书馆到宿舍，要走的是另一条大路。这是一条宽大的路，宽到六七个人都可以并排走。路上人来人往，很热闹。一张写了两道数学题的纸随着人流旋转着飘落在地上，人们的鞋子一双双地掠过它，在上面落下了一片片的尘渍。不一会儿，纸便支离破碎，随着轻柔的微风飘散。

一只小橘猫，穿过人流，由一边蹿到另一边的草地上。陈若缺想着，那橘黄的毛是如此可爱，迷人。他想快步跑上前去，问它要几缕橘色的猫毛，再吹一口暖暖的气流，看猫毛如蒲公英般飘散。

陈若缺的记忆里有只猫，那是十多年前。那只橘猫，就这样蹦蹦跳跳地从田野中，跑到了陈若缺的家里。陈若缺张开怀抱，猫是有灵性的，便扑了上来，正落在他怀里。陈若缺那时很快忘了这件事，今天见到了这只猫，内心深处的记忆便又一点一点地被唤醒。这样普通无奇的记忆一直存在着，如丝如烟，在脑海深处，等待他的挖掘。

到了男生宿舍。

陈若缺躲在宿舍门后，把书包拉链拉开，掏出书包中的一个小袋子，拿出一个葱花卷。葱花卷是白的，其中又偶然地掺了点鹅黄。他坐在床上，慢慢吃下那个花卷。他又拿了一个吃下了。那两个花卷掉入胃中，陈若缺便站了起来。他像一个美食家，细细地品味花卷的味道。花卷是便宜的东西，没什么特别的味道，他却吃得有滋有味。陈若缺把手攥成一个拳头，又张开，在空中甩了几下，一些由花卷上落下的沫屑便抖落在了空气之中。

段青与马亿也来了，他俩一个睡在陈若缺上铺，一个在左铺。他们把书包随意地放在地上。段青从上衣口袋里拿出了两枚鸡蛋，他用三个手指夹住一个鸡蛋，另一个放在手心里，他转了转这两个还热的鸡蛋，对马亿说道："喏，我爸给我的。"随即脸上露出了笑容。马亿从书包中拿出饭盒，里面装着一碗面，面上点缀着几块肉片。"我没你像你那样的爹，食堂打点面吃吃就不错了。"马亿点点头，对段青说道。

很快，段青和马亿都吃完了饭，便聊了起来。陈若缺没有听他们的谈话，独自一人在床上面对着脱了漆皮的墙壁，他想着格里高力的故事，为格里高力而难过，思绪万千。

夜深沉。只有鸟儿不知疲倦，还在鸣叫着，贡献着它们的歌声。总有几只不伦不类的鸟儿，不仅叫声难听，还总是最嘚瑟。明亮的月光映照在树叶上，反射出美丽动人的光辉，天上星辰虽然寥寥无几，可与月亮相映衬，又别是一般美景。校园里那个小得可怜的水潭，却明亮无比，正如月下飞天镜。

很难把这样寂静的夜晚与早上学生们的生机勃勃、青春活力联系起来。

雨下了起来，雨落在叶片上。

五

察觉内容的路径不仅一条。

空明的路径，直接从形体上来辨识其所携带。实干的路径，直接从内容中发掘其所携带。空明的路径往往更好走，却易入歧途。实干的路径往往趋于正确。为什么说“趋于”？因为在物体上携带的，有形的，无形的，都是蒙纱的。而走空明的路，便是把光打在了纱上，那就更朦胧不清晰了。

信件便是一种奇特。它的本身就蒙了一层纱。与说话相比，这层纱就更厚，也更空。在收到信封时，你察觉出它的形体，发现它的来由，明晰了它所携带的，无形的。打开信，你察觉出它的内容，发现它的深层，明晰它所携带的，有形的。

信，叠放在抽屉的底端，邮票蓝色，信封黄色。

若缺：

思念是多么的厉害！如今你不在我身旁，便觉得孑然一身了。

你的名字是有故事的，我也不记得我是否和你讲过，不过我从来没写下来过。你想读便读，不想读也作罢。只要你收到我的信，知晓你对我是重要的，我便愉快了。

冬天，我独自走在路上。乡间的小路是那么不堪啊，那年 12 月，你出生了，我心中的欣喜与别的感情交织着，浸润着我的眼睑。我独自在那路上，徘徊不定着，想着你，想着你的母亲，想着你的名字怎么取。

那年的冬天不甚冷，家门口种下的水杉，在灰蒙中若隐若现。我想啊，我陈建国的儿子，名字可不能落俗套了。这是个会有大作为的人啊。想到以后有人提到你，大家便恍然：“哦！是陈某某啊！”而不是说：“咦，村头的陈某某，还是村西边、村尾巴的陈某某？是老陈某某，还是四眼陈某某?”我想着，我希望你的生活是顺风顺水的，无阻碍的。虽说生活不可能一帆风顺，但有这么一个期望不是更好吗？希望你无所缺，那就叫陈无缺吧，我想到。“对呀!”当时我激动啊，便使劲地跺脚（高兴时他是什么都干），跺得脚都麻了，才想着回家给你安上“无缺”这一顶帽子。但是很快地，我的意见却变化了。想到村北的王阿大（想必你也知道的），他读书读了多少呀，房子多大呀，粮食多多啊，还不是一夜就被抢光，最后不知所终吗？所以我领悟到了，无缺，到头来总会吃亏的，名字虽好还是放弃了呀。那叫有缺吗？这又是什么心境，就一心盼着你差吗？那就若缺吧，若有所缺。缺吗？似乎有所缺。不缺吗？似乎也不缺。不是不缺又不是缺，读着也好听，有文化味，真是个好名字呢。

于是啊，你就叫陈若缺了。从小叫这个名字长大，其中的故事也快忘了。你要知道给你取这个名字也是花了我不少心血的。

最近我却又一直为你的名字后悔。人孤单了，不免会胡思乱想起来。过去的，未来的，一股脑儿全在脑子里闪了。回想你母亲当年去世时，那冰凉的手搭在我的手上，那衰弱的样子令人心痛。我想啊，这是若缺了吗？自你母亲去世，我的生活缺了，你的生活也缺了。我估摸着如果给你取名无缺，你母亲，我，便和谐快乐了，便白头偕老了。早知道给你取名叫“无缺”了。这样，我们一家便无缺了。

希望，你的“若缺”，不再缺了。

你上次说的20元，我给你与信一同寄来了，你要省着点花。恕我无法天天给你写信，现在农活多，没时间。我们家的穷困让你生活多多少少受苦了，愧对你了。在学校要多用点功，我不指望你报答我，只求你走向成功，便是那样了。

祝一切安好！

父亲

信末，纸的尾部是参差的撕痕。

有些东西所携带的，有形的，无形的，便是完全落入在物质本体中的。上面是什么，它表达的便是什么。没有纱的，大可放心。

陈建国，也就是陈若缺的父亲，读过好几年学，认字，还会写。有时他也会帮村里人写信、读信。

六

早晨，清新的空气似乎把万物吞噬进一片幻境中，使人感到阵阵的怅然若失。

爬山虎爬满了赤色的砖墙。从砖缝中伸出来的几株杂草似是从爬山虎的束缚之中走出了自己的一条道路来。薄雾的天，模糊而不清楚。

陈若缺把头转过去，看到一个高个子女生，那张脸似乎在哪儿见过。

“咦，是你呀，上次那本书帮我还了吗?”她问道。

哦，原来是上次那位女生，记起来了，谢润清。

“……嗯，字也签了。”陈若缺的目光紧紧地勾住路面上那一条裂纹，地面似乎要被他的眼睛掀起来了。随即，他便要走开。眼睛仍盯着路面，只是，焦点由一个裂纹，移到前方一株贴地生长的草上去了。

地上的裂纹，贴地生长的草，地上的一小抔土，地上的一张纸条。地上的一滴水，地上的一滴水……

谢润清的话语让陈若缺的目光停在一滴水上。

“你这么急着就要逃呀？本来还想多认识一下的呢。”谢润清莞尔，“第一次见到你就觉得你这个人奇怪，没想到还真是的。”

陈若缺倏地扬起头，目光犀利，如一把锃亮的剑，刺了一下谢润清的心。陈若缺说道：“抱歉，我是不太喜欢与人交谈的，其实也不是，只是在这样一个环境中……额，也说不清楚，你想多认识一下我吗？那我也太荣幸了，谢谢你啊，谢谢你啊。”陈若缺的语气抑扬顿挫，气息吐纳的长短轻缓没有任何规律。

“要上课了，我要走了。”陈若缺两只手拉住胸前的书包带，便悻悻然走了。陈若缺没有去看谢润清。她的牙齿咬着朱唇，由于干燥而些许发白的嘴唇上，留下两个细细的牙印。“真是好奇怪的一个人呢，太奇怪了！”她喃喃道。

第一节课 7 点 30 分开始。“锵——锵——锵——”钟的声音溜到了每个角落，让人听得如此清晰，一共是七下。均匀而整齐。

段青看了看手表。7 点 1 分了。

七

食堂。

斑驳的砖墙砌成的楼宇，人们本不应该知道它是由砖建起的。白色的墙漆本是均匀散布在整面墙上的，如同冬日的雪，洁白到让人想要在上面踩上一脚，好使它不那么干净。邪恶的想法。但如今，却不是这样的景象。白色的墙漆大片大片地脱落，墙的裸露部分暴露在空气里，赤红的，绛红的，砖头上多孔，孔的颜色往往更深一些。墙壁的上方，一大截的白色漆片弯成了一个U形，一侧却死死地勾住墙壁。

这一侧的中间一定会断开，只是时间问题，而死皮赖脸的一侧又是死死地还在墙上。而后，这一侧的漆片又会再鼓下来，然后再从中间断开。嗯，是的，嗯，是的。然后又重复上面的步骤了。墙漆一半又一半地流失，照理是永远不会掉完的，是的，但是这总是不真实的，很快，估计这片的砖墙又要显露出来了，嗯，是的，嗯，确实。那往前走吧，吃饭要紧，其实读书也是要紧的吧，但也不可否认吃饭是要紧的。啊，小脑帮助我稳定地行走，感谢上天，嗯，是的，就是这样。格里高力也是这样走路的吧。不，那是气势十足的吧！小说中这个虚幻的人物，嗯，是的，却又在脑海中有如此深刻的印象。真是神奇。嗯，那么我也气势十足地走一会儿吧！嘿，伙计们，看我！啊，夸张了，被别人注目可不一定是什么好事。呵！确实如此了，那么就小心一点吧，走出气势来！嗯，就是这样，嗯，非常好。

陈若缺神气十足地走进了食堂。人多嘈杂，他的气势收了，恢复到平时小心谨慎的状态，低着头，迅速地穿梭在人群里。

很快地，他就来到了餐窗边上，几个阿姨在窗的另一侧盛着饭菜。菜几乎是每天都不一样的，但是在这种时候，肉毕竟也算得上是稀缺品，花菜，青菜，在大多数人眼里也没什么区别，主要是哪道菜有肉。陈若缺是与众不同的，他深谙这些便宜蔬菜的味道和区别。青菜最便宜，但是味道不赖，鲜甜而脆，买青菜总是正确的选择。肉什么的陈若缺一无所知。陈若缺向左右看看，目光瞟到了谢润清。谢润清也看着他，露出了笑，并且招了招手，还踮了踮脚。谢润清一直在看着他。

陈若缺望了望今天的菜。四种菜：花菜、蒿菜、玉米、红烧肉排，暗想："啧，她就一直这样看着我啊，快到我点餐了，如果我又只点一碗最便宜的蔬菜的话，她会嘲笑我的吧？像我这么节省的人她也许没有见过，嗯，确实如此。爸给我寄的钱我每日用这么少，省下来的也不少了。不过，如今家里也不宽裕！能省一点是一点吧！谢润清毕竟在呀，她这种热心交友的人，吃饭估计也会和我一起坐吧，真难弄啊，在她面前丢脸也没意思啊，要不吃好一点的吧。是要吃好一点了，现在我每天吃这么少，身体也受不住啊。这个红烧肉排成色也是真的不错啊。嗯，是的，嗯，确实。我就因为面子去点个贵的肉吗？唉，不在意了，吃点肉改善一下伙食吧，在学校里也没怎么吃过肉。嗯，肉这么多钱，再加一个青菜，那我的钱也足够付了，嗯，是的。是要感谢她呀，让我能吃上一餐肉，不过这么说也不准确吧，以前也是我自己逼自己的。以后肉也尽可能不吃了，毕竟家里真的不富裕啊，父亲身体又不好，指不定……啊，不对，怎么回事，暗想这些干吗，现在能省则省，偶尔开开荤，不是很好吗？嗯，确实，所以也没什么好纠结的了。嗯，是的，确实。天天吃菜，人都变菜罐子了，菜又不是必需品，我肚子里这么多菜，一餐不吃也不碍事，嗯，就点一碗肉！哈，又省了一点了，希望以后，嗯，一家人舒坦点，嗯，也不用这么斤斤计较了，唉，啧。”

陈若缺说出菜名后，从口袋里掏出硬币，一枚一枚数着，交给了食堂的工作人员。一个搪瓷的碗里满满地盛了酱，红黑的，鲜味扑鼻，肉分别点缀在碗里的角角落落，有的露出了小小的一角。

果然，谢润清径直朝他坐的桌子走来。她手里端着一碗肉与两根玉米，一会儿，这个碗出现在了陈若缺面前。“介意一起坐吗？”谢润清笑着说。“没事的，请自便。”陈若缺口中塞满了饭，以模糊不清的声音回复。“谢啦。”她随即坐了下来，“看你这么瘦，不料吃得还挺多的嘛。”陈若缺的脸微微泛红，他的脑中正迅速找着话题来跟上。

“咦，你不吃饭吗？”陈若缺突然意识到谢润清碗中并没有饭。“啊？两根玉米吃了也很饱了，下午饿了还可以再吃个面包，也没有什么，况且玉米香糯糯的，也挺好吃的哦。”

真是个奇怪的人呢，他早上好像很害怕我的，但现在又不然了，早上的时候他脸红也是让人很不理解的呀。是他太内向不敢和人说话？但好像不是，现在他和我说话不也说得挺自然的吗？也有可能是他没有说话交朋友的经验，导致他一开始和我交流起来紧张。但他内心是渴望交朋友的，只不过这个想法也许连他也是不知道的。所以一切便可以理解了，他顺从了自己的内心，他内心及时调整了与我交流的状态。不知这种状态的调整是不是单对我一个人的——其实也可以检验一下。怎么这么像小白鼠呢？我预感他不是个一般的人，他一定会有惊喜给我看的吧。想了这么一会儿，他不会认为我在疏远他了吧！哎呀，还是继续与他说话吧！正好也饿了！

谢润清捧着玉米开始慢条斯理地啃起来："那么，给我讲讲你家里的故事吧，如果你愿意的话。"

"我母亲在我六岁时去世，她生前对我很好，我父亲和母亲在乡下几亩田地上劳作，母亲去世后，父亲为了种这些田，加倍辛苦，他如今几年来一直在田间，也落下了一身病。也由于他这么勤劳，我的饮食什么的还是挺有保障的。"

"如果叫你做你父亲的工作，你愿意吗？"谢润清追问道。

陈若缺若有所思，随即回答道："我其实挺向往农耕生活的，闲暇时间可以读读书，写写文章，但这一定不是想想这么简单的，我希望的田园生活是有节奏的，是紧张有序的，我从不认为务农是种粗俗的选择。"

"你的想法也很有意思哦。"谢润清微笑着说，"你愿意听我讲我向往的生活吗？"

"当然了。"

"其实我从小就想当一名画家，大概很多人儿时都是如此，但我却始终不变地怀着这一个理想。我要感谢我的父母，我如果做一个画家，也不用因为生计而过于发愁，在他们给我的条件下，我可以全身心投入到绘画当中去。当然我也会认真创作的。我希望我的作品也是能受他人认可的。关于阅读，我并不是很喜爱。纸上的文字即便再好，在我的认识里，也不过是一个画像，但却不十分清晰。那为什么不用绘画的形式呢？从视觉的神经传导上看，至少画上的形状与色彩会更直接地传到脑中，我认为这更好。”

“啊，你是这么想的呀，与我有所不同。但这种不同恰好是人与人的性格上的差异吧。多听听不同的声音，也必定是很好的事情。”

陈若缺看着碗中的肉骨头。只是短暂地闪着光泽，陈若缺的菜似乎是这么回事。

“你还记得初次见面的时候吗？你说话的样子也真是奇怪呢！”

“我也说过嘛，不太善于与人交谈。”

“那你现在和我谈得不就挺自然吗？也看不出你不善交谈呢。”

玉米棒上最后一丝热气飘散。它散到空中，化作轻风。

融合。

八

陈若缺醒来。单薄的被子在暗暗的初阳的映照下，显出半透明的色泽，可以看出里头的填充物不均匀地、一团又一团地塞着。陈若缺的眼睛向下扫了几眼，被子紧贴在他身上。他倏地坐起来，被子缓缓从身上滑落。穿上破旧的灰白袜子，再把脚探入那同样破旧的鞋子之中。鞋子的底部有些许开裂，或许是个安全隐患，但又能怎么样呢？

走出门，到了盥洗台前。有些同学已经在那儿了。陈若缺捧起一把水就往脸上糊。他清醒异常，吃点儿好的东西毕竟还是有些好处的。

背上书包快步走到教室，教室里只有零零散散的人。陈若缺迅速把书包放在地上，拿出一本同样破旧的本子，还有铅笔。没有人看向他，没有人注意。好似空气。下个月是学校的文艺节了，陈若缺想要写一个剧本，饰演一个角色。他认识谁？两个人演吧，至少了。陈若缺和谁？谢润清吧，陈若缺思索着。可是我和她很熟吗？只是点头之交罢了，她的朋友一定有不少，怎么会轮得到我呢？陈若缺叹了口气，用手捋了捋头发。

【昏黄的舞台，一张椅子】

梅菲斯特上。

梅菲斯特："哦！那美好的花卉，草木，山川，河流，鹿，狮子，猴子呀，数不胜数，令人陶醉，对吧？鸠鲁？"

鸠鲁不上台，以沉重的声音发出叹息。

鸠鲁："未知全貌。时间的美好只是停留在最浅层的，你可以把其视作一层外衣，薄到如一层纸片。"鸠鲁缓缓走上台，"你可以发现，但又难以发现这一层纸片的背面。真是令人悲哀，丑恶的，不美好的，无端的，不合时宜的，在这层纸片的内部聚集。既然美丽的外表是容器，而容器又随外表的美丽而扩大，那么，纸片里的邪与非正的形态使与其外表的美丽程度为正比例。世界万物都是不美好的，你要有审慎的眼，我厌恶这世界！"

梅菲斯特："世间万物所展现出来的往往是它们内部最美好的一面，而它们不会把丑恶的一面暴露。既然世间的一切可见的物体呈现的都是美好的，我们为什么要发觉其内部的丑恶，鸠鲁，以欣赏的眼光看待事物！”

鸠鲁：“可是即使我以欣赏的目光去看待事物，其不堪的内核是不会发生改变的。这只是一种媚俗！没有任何意义！”

梅菲斯特：“不然！你一开始便错了。美好不是丑恶的包容器具，美与丑是并列的，混杂的。以丑来否定美，是片面的。你太注重对模型的想象，却被模型所牵制，说到底，你的球体模型是不存在的，是虚构的。”

戛然而止。陈若缺“唰”地撕下这页纸，愤怒地揉成团。几双目光盯着他看。我又写这样的东西干吗呀，烦死了，确实，写成这样在文艺会上怎么演出啊？谁要看啊！真就乐于让别人看笑话，加深对我的坏印象吗？不合时宜啊。是，没错，确实如此。好好想想吧。

中午校长把全体学生召集起来讲话。陈若缺心不在焉。但校长的声音实在是太大了，耳朵是封不住了，声波传了进去。大抵是要我们有革命热情，有积极的心态，热心投入到生产、生活和学习中去。还举了几个例子，说什么一个学生救另一个学生，结果两个人都死了。校长郑重地说明这是在浙江这边发生的。说我们要向他们学习。

陈若缺鄙夷，不具备救人手段而去救是最危险的，最傻的。还举例子呢，真是个迂腐的人，只有死了才光荣是吗？

讲话结束后，陈若缺呼了一口气，随人流一起奔跑一样地回到了教室。

陈若缺已经不满足于小说了，他欲读一些更深刻、直抒思想的文学作品。他在图书馆的角落找到一本《卡拉马佐夫兄弟》，作者是陀思妥耶夫斯基。

原来小说能这么写，他大为震惊。小说可以为读者服务，也可以为作者服务，可以成为阐述思想的利器。

晚上，陈若缺躺在床铺上，上铺和左铺的段青和马亿都不在。他们以前也常常夜不归宿，月色打在两张空空的床铺之上。

陈若缺睡着了。

九

马亿死了。

溺死在离校园不远的一个湖中。

段青也同样死了。

两人的灵魂被命运套上了枷锁，被永远禁锢在那寒冷而深邃的湖水之中……几片细小的灵魂碎屑逃过了那枷锁的拘束，飘离到人之众集处，声泪俱下地述说着那夜的悲怆。

是段青去救落水的马亿的。

段青的尸体被放进了棺材之中。他腕上戴着那块手表，但指针永远指向了一个时间点。

马亿的母亲在学校门口大哭，她的腰间背着一个鼓，哭几声就敲两三下鼓，哭声尤其响亮。鼓面震动，泪水跳动着飞出去。她的哭声终究迎来了教室内同学的注目。随即她就跪在地上，用第二只手指指着天空，大声呼喊着校长的名字，大声地要求讨回公道——伴随着鼓声。

校长终究是出来了，他拍拍马亿母亲的肩膀，在她耳边低声说了些什么。马亿的母亲跟着校长进了办公室，她不哭了，鼓槌交叉着摆放在地上。马亿母亲的哭声时时地，无规律地从办公室传出，悲惋，又不完全是。

马亿和段青的座位上放满了鲜花。基本上是白花。挤满在桌子上，几株落到了地上。知情人士说是校长在晚上放上去的。看门人看到马亿母亲口袋里塞着钱，打着鼓，大声哭着沿着大路走向了远处。

“全体默哀。”校长如发号般命令着。

形形色色的学生低下头，像是忏悔的现场。

陈若缺内心有种复杂的情感，低下头，才发现青草原来是那样翠绿，鸦雀无声。只有脚与泥土触碰的声音，只有昆虫爬行的声音。

散会后，同学们高傲地抬起头，如什么也没发生那样，肩搭着肩，有说有笑地走了。有几个男生女生，四个，坐在两人的黑白像前，大声哭嚎。

陈若缺的心收缩得厉害。他低头跑回了教室。气喘吁吁，呼吸急促。

矢车菊失去了往日的色彩。

校园的管理员多了一个，夜晚拿着手电筒站在门口。

据说是段青父亲派来的。他父亲是个政府的大官。

夜沉沉地笼罩了整个城市，如墨色的丝绸拉在了天空中。

被子的一角早被陈若缺捏得不成形。被子上有深一块浅一块的泪渍。

陈若缺不知道他为什么悲伤。这间宿舍空荡荡的只有他一个人。他开始后悔没有与他们好好相处。他心中的苦涩在他的心脏中凝成一阵酸楚，挤出更多的泪水。

在湿漉漉的被子里，他梦见了那如镜的湖。

幽静、深邃、黑暗。

段青的手表里镀着黄金。

辉煌，闪辉，明亮，指针走着，嘀嘀嗒嗒……

十

一周后，陈若缺大概也对段青和马亿的死淡然一点了。这件事给他的震撼实在太大。不是说他与这事情有什么联系，其实与他无关，段青和马亿也和他关系普通，平时也无交情。可是，他仍觉得压抑，不安。不安与压抑不是因为害怕，他也没什么好怕的，可这种情感从内心深处迸发出来时，却是如此真切明显，压得他喘不过气来。

尽管学校很不想学生外出，怕又出事情，但假期毕竟还是来临了。放假前的上午，在校长关于假期人身安全的讲话中度过。即使他讲得很起劲，但学生们的心思仍是随着讲话的结束而振奋起来。没有人去听校长的讲话，那种东西着实使人厌烦。他们飞一般跑进宿舍，理好东西，站在校门口，等待校门打开的那一刻。校门如闸门一样，阻住了一股汹涌的人流。四周一片叽叽喳喳的讲话声。

陈若缺的家离学校远。两三天的小假期一般他选择住在宿舍。这样的同学并不多。谢润清背一个小包，挤到了陈若缺后面。

“你今天有什么安排吗？”谢润清问道。

“今天我也没有什么事情，打算去放松一下，去哪里也没有想好，但是晚上还是得来学校住的，所以也不去很远的地方。”陈若缺应答。

谢润清嘴角露出了一丝微笑，邀请他说：“那我们一起去吃饭吧，我常去南山下的那个卖烧饼的小店，特别好吃，我请你。”

“好呀，当然不用你请我啦……”

校门大开，两人如同是激流之中的渔船。随着人流飞速地急奔。一名男生踩了一脚谢润清，她喊了一声，有些厌烦。

“没事吧？”陈若缺问。

“没事的，看他们急成什么样了，像这辈子从来没有放过风一样。”

陈若缺跟随在谢润清后面，谢润清非常熟悉地带着路。这是一个阴沉沉的中午，天灰蒙蒙而没有生机。

“唉，我说你呀，文艺会要参加什么表演吗？”谢润清问道。

陈若缺说：“我是想参加的，不过具体演什么，还没有想好呢。”

“啊，那你来我们小组吧，我们要演话剧《哈姆雷特》，组长是我哦，我演王后。”

“你们剧组有几个人呀？这么早就准备了吗？”

“我们都是热爱演戏的一群人，现在一共是七个。时间也不长了呀，《哈姆雷特》又是大戏，不早一点儿弄什么时候弄哟。我们都是热爱演戏的，这种活动每次必参加。”

“你们剧组人都定了，那我去不显多余呀，不要影响你们。”

“唉，段青你知道吧，本来是演哈姆雷特的。那现在的话……明白了吧。”

陈若缺的眼神呆滞了一会儿。

谢润清说：“你的性格也像哈姆雷特，我相信你能演得好。”

“好，我试试看。先说好，我如果演得不好，千万及时换人，不要因为我耽误你们这么久的努力。”

“你觉得你这么重要，能让我为了你把我们的排练成果毁了？”谢润清笑道。

陈若缺的脸红了，红得很透。他哑口无言，想说点儿什么话来打破这尴尬与沉寂，又想不出任何可以说的话。

南山。青翠而幽郁的小森林。

两人步行到了南山下。

“喏，那就是烧饼店。”谢润清指着前面的一爿小店说道。

烧饼店中氤氲着白色的烟气。热气扑脸而来，把两人卷进了一片白热烟的海洋。陈若缺睁不开眼睛。

“老板，两张烧饼，刷葱油。”谢润清对着雾气中的人喊道。

“这店卖的包子也非常好吃，在这儿蒸着呢。要不来一点？”谢润清问，然后指了指一旁的包子笼。

“不用了吧，如果吃不饱再点。先吃烧饼呗。”

两人面对面坐下来。

从白雾中伸出的一只大手把两块烧饼递了上来。

他们开始吃了起来。烧饼香气扑鼻，味道浓厚，甜咸有度。陈若缺如狼似虎地嚼咽下一块烧饼，全然不顾吃相。

“你慢点吃，没人跟你抢。”谢润清放下拿在手上的烧饼说道。

他们走出了店铺。云开雾散，太阳在天的中央，明亮而辉煌。刚才阴阴的天不见了，骄阳似火，无比炽热。

“我们去爬山吧。”谢润清提议。

“好，走吧。”

蔚蓝的天空上无序地飘着几朵白云。

十一

茂密的丛林遮住了那烈日的骄阳，令人感到阴凉而舒适。树木的叶儿以不同的深色呈现着。紫色、墨绿色、灰青色……层层叠叠的枝干被叶子簇拥着。疏条交映，有时见日。包容的大地上，干的、湿的泥土混合交融，几块大小不一的石头以大小不一的体积裸露在空气里，情愿被林间的松鼠践踏。

在这样的山路中踱步，似乎感觉自己是一个采药的花仙。于林间穿行，阳光毫不留情地打在那或稚嫩的或衰老的叶子上，枝条上。光于其间漏在地上，形成斑斑点点。但森林不是幽暗的。寂静而富有生机，深远而富有张力。土地上的草稀稀疏疏，时有时无。看上去它们为这森林所提供的价值近乎可以忽略，但若真没有它们，这森林，还会那样的生机盎然吗？

山间枯叶发出“咯嘣咯嘣”的响声，土地上成对的脚印还在慢慢地延伸着。

“你以前来过南山吗，陈若缺？”谢润清问。

“没有，第一次来。”

“我经常来的，这是个美丽幽静的地方，让人心静，不是吗？”

“是啊……”

“看，毒蘑菇！”谢润清指着前面那朵红艳得不可言表的毒蝇鹅膏伞，高兴地大喊着，随即跑了过去。

“唔。”

谢润清手里已经拿了那朵艳丽的鹅膏。“有毒！”陈若缺说，“这样不怕中毒吗？”

谢润清笑应：“拿着怎么会中毒，哈哈，你胆子这么小的吗？”语毕，拿着这朵毒蘑菇跑到陈若缺身前，她把这朵蘑菇放在离陈若缺很近的地方，“喂，尝一口？”她看陈若缺的身子有些僵硬地后倾，便把毒蝇鹅膏伞向后掷去，“看把你吓的，我可不会害死哈姆雷特君哦！”

一段路后，陈若缺指着那一泓清泉说：“喏，那边，我们去看看吧。”

两人一同朝那儿走去。两侧奇形怪状的石头上布满了青草渍，秀颀的枝条，在石块上方耀武扬威着。一线清泉随着鸟儿的鸣叫声，一级一级流下去。比小溪还小的水流，如绸缎般在那深沉的土地上迂回。簌簌的流水声。

陈若缺把手伸进那水流之中，感受到那直入人心的清爽。水默默地抚平了他那不平整的手。

“真是清凉呀。”

谢润清把头枕在一块较为平滑的石块上。她长发披在石头上，如神话中的河流女神："听，那，叮叮当当的铃声哦。"

这样默默地过了少顷。

"陈若缺，你来扶我一下，不太起得来了。"谢润清朝陈若缺挥挥手。

他走过去，握住谢润清的光滑而白皙的手。

谢润清站起来了。她抖了抖头发，头发上的泥土、青苔、落叶随之一一而落，如同扬起的沙尘。

两人同时间地，下意识地松了松手，但又不知为何地，握得更紧了。十指相扣，没有一点儿空隙。

四五点钟的阳光斜斜地、恹恹欲睡地打在万物之上。

他们牵着手，自顾自地徜徉在无边的天色之中。

玫瑰色。

十二

谢润清手里拿着一本《哈姆雷特》。威廉·莎士比亚的头像（带有秀丽的短而尖锐的髯，微微有些卷曲的头发映衬着可鉴的额头）直挺挺地，不偏不倚落在封面的下端中央部分，格外醒目。"世界文学"这四个字被红色的框与绿色的边缘色块包围着。靛蓝色的书皮滑而油润，因为时日之长，以至于边缘淡化成了天青色。

"那我们就开始排练哦！"谢润清对其他七个人说道，"我们之前讨论了分角，内容的详略啊之类的，排练倒是一次都没有过。文艺节马上要到了，我们可要抓紧时间了。"她身旁一个个子较矮、梳着双马尾、穿着紫色外衣的女生对大家又说道：“这个《哈姆雷特》是比较长的一部作品，如果我们演得不够精彩，观众倦了的话，那就是太失败了。我们一定要把这场戏演好了！”谢润清听罢，即开始仔细讲第一部分的流程。

她把书摊开，发黄的书页发出“咔啦咔啦”的响声。

“第一幕的情景是城堡前的露台，我们到时候便不用做情境了，直接在舞台上演。那么田如海、徐诏凯，你们先来把勃那多与弗兰西斯科的对话重复一遍吧。”

试演比较成功。

“好，万事开头难，开了个好头，接下去就很容易了。来，大家都是熟悉自己要演的那些内容的吧，我们就直接排下去！”

陈若缺（哈姆雷特）与谢润清（王后）的对话开始了。

开始，陈若缺很紧张，尤其是在看到周围人的希望与好奇后。他说话结结巴巴的。但谢润清向他投来的目光是支持而充满力量的。她在说王后的话时，既有王后的威严，又有母亲对儿子的慈爱。陈若缺慢慢地沉浸在了剧中的世界，与哈姆雷特紧紧联合在一起。这段演完了，陈若缺似乎都不曾察觉。人们给了他们热烈的掌声。他们都说两人把剧中人物的神态展现得淋漓尽致。

真是伟大的作品。只要情寓于中，便能自主地把角色的动作、神情不差一丝一毫地演绎出来。莎翁的剧作不愧为一股汇聚着人类热情的洪流，这股洪流在人们灵魂之泉的泉眼深处开启了眼泪的闸门。陈若缺想到。

谢润清向陈若缺投来了极为赞许的目光。

他们七个人连着练了四遍《哈姆雷特》的内容。一天的学校生活过去后，他们排练了四个小时，却不觉得累。

应该是演得不错的，至少是越来越好的。因为在夕阳的金赤下，陈若缺的眼中已噙着泪。

十三

时间没有明确的快慢界限。有时很长的时间，也让人觉得犹如一瞬。

一天一天的时间如同翻书一样一带而过。转眼间一个月便匆匆离去，唱起告别的小曲。当然，文艺节也在众人的盼望下到来了。

红色的舞台在太阳的照映中露出美妙的光辉。一条横幅上“青年文艺节”五个字高高扬起。那位精神十足、声音优美的女主持响亮地宣读着开场白，宣告一年一度的文艺节再度来到。在她的开场白结束后，学校的校长也热情地发表了演讲。

下面，文艺节的幕布便正式拉开了。聚集在舞台周围的学生发出了雷鸣一般的掌声，有的学生放声大叫，不一会儿，学校操场上便荡漾起无限的快乐与激情。

第一个节目是两男两女的舞蹈表演，这些是陈若缺似乎没看到过的。学生手执雨伞与扇子，呈倒梯形站在台上。一个极胖的男生，名字叫朔东，他站在舞台角落最不显眼的位置，吹唢呐伴奏。张开的雨伞，持开的扇面，在舞台上如虬如龙般蜿蜒着挪动。

陈若缺聚精会神地看着。一双手在身后用力地打了他一下。陈若缺回过头去，看到是谢润清。谢润清的手伸出来，穿过人群拉住陈若缺，随即将他用力地又小心翼翼、徐徐地拉到人群外。陈若缺依依不舍，回头看了好几眼他们的舞蹈。

谢润清说："这次一共十五个节目，我们定在第十三个，虽然说是快开始了，但是服装什么的我们还没时间试，必须要现在抓紧时间了。我现在去叫其他人。衣服在我宿舍，待会儿我去拿，到时候找地方去换，你在这儿别动哦！可别不见了。"谢润清又消失在人群之中。才一会儿，人都齐了，陈若缺真的很佩服。谢润清竟然能在这么短的时间内在这么多人中无误地找到其他六个人。

八个人一路小跑到女生宿舍门口，谢润清抱着一大堆服饰、道具出来，她把它们陆续分发给了每一个人。陈若缺拿到一件平滑的有花边的衬衣，一件黄色夹杂着金色的外衣，再就是一件厚重的红色大衣。衣服质感很厚实，是由羊毛什么的织成的，样式也很新。谢润清对陈若缺说："你的演出服是我偷偷把我爸的衣服拿出来配了这么一套的，你别弄脏了，不然不好交代。哦，对了，这与哈姆雷特真实服装是有很大不同的，不过气质上啊什么的都很神似的，喏，差点忘了把这把'宝剑'给你了，别在腰间，到时候小心一点，别真刺死国王了。"

陈若缺细心地，小心翼翼地端着这套衣服，迅速向自己的宿舍走去。

他走到宿舍，关上门。

陈若缺细心地、小心翼翼地穿着这套衣服，他对着窗户照了照。没有镜子，窗户玻璃勉强照照。

红色的大衣披在细致的衬衣外，可威风了。有一种古典的气息。那宝剑也是尖锐无比，宝剑的握柄上雕刻着中国龙。虽说不符合哈雷姆特的形象，但那份威风凛凛早已使陈若缺真正成为一名国王的儿子。他似乎真的是高高在上，拥有着巨大的财富。

谢润清看到陈若缺穿上服饰后的样子，不觉大声喊道："真是太像了，就是我想的样子！"谢润清惊奇、喜悦地说。

谢润清的模样也着实让陈若缺大吃一惊。他未曾想到竟有如此美丽，如此与谢润清般配的服饰。

紫色镶有长花边的长袍上，白色的衣领长而曲折，二十几道皱褶不偏不倚，凹凸有致。在紫色的长袍上印着金色的玫瑰花与一些很美却叫不出名字的花。谢润清把头发扎成七道辫子，一道长的辫子如马尾挂在后方，四道梳成麻花辫，两道粗，两道细，对称分布在耳侧。耳前的两簇头发也扎成松松的麻花辫向上跨越，交叉打在头顶上。一层粉红的头纱若有若无，在光照下如水流动。纤毫之发在头纱下格外瞩目，头纱下缘精致地打着三角形的花边，配有轻白色的条纹。紫色大衣长到可以拖在地上，她穿着长而带有黑色花边的裤子。她持有一根金色的金属杆，高度超过自己的身高，顶部是一个六角星芒的模样。她的腰带中系着几条"口"状的白色羊绒布，上面装饰的蓝色五角星芒紧贴裤子垂下来，谢润清的模样带有一种古典的雍容华贵，自信骄傲。

谢润清见陈若缺一直盯着她，脸微微泛红，眼睛害羞，默默低头，如同提香的大作《拉努乔·法尔内塞》中拉努乔眼神中的那种柔和。人陆续来齐了，国王的长髯、华贵的服饰等都预示了演出必将成功，必将辉煌。

他们偶然发现二楼的教室窗口是极好的看表演位置。不用担心自己这必震动全场的服饰提前暴露，也不必在拥挤的人群中怄气。节目进行到了第八个，只是一个尖嗓门的女生大声唱着歌，索然无味。人群都在吵吵闹闹地聊天，显然是没什么吸引力了。第九个节目是玛格丽特《飘》中斯嘉丽开锯木厂的片段。平淡无奇的表演，质朴的服饰，无味的内容，也没有什么亮眼之处。

人群注意力都涣散了，人声嘈杂，没有几颗心还在舞台上。他们马上就要开始表演了。

陈若缺紧张起来，随即身体猛烈地颤抖，大腿的肌肉、小腿的肌肉、足跟、足尖都不规律地、无顺序地抖动着，于是乎人也左右倚斜了。他轻气吸进，长气呼出，又一口气全部吸满。血色漫开了整张脸，牙齿又开始上下撞击，嗒嗒，笃笃笃嗒，嗒笃笃笃，笃笃笃嗒……

好，再温习一下台词，怎么背来着？怎么……哦，想到了，开始我就满怀心事，可是我那郁结的心事却是无法表达出来的。记住了啊，千万别忘了，上场千万不要紧张，沉浸在表演中就行。确实。心在跳呢，平息下来啊。哦，对了，上场后若是有口误就糊弄过去，圆过去，千万不要被他们看出自己在犯错。好，最后一次深呼吸，千万不要紧张。好，非常好，心跳降下来了，好，冷静，very good。

舞台上小提琴那不同于唢呐的悠远的、凄美的声音吸引了众人的眼球。开始了，两个士兵上场，他们身着“甲胄”之类的服装，威风凛凛。全场爆发出了掌声。精彩的剧情就这样有条不紊地进行着。到了谢润清盛装出场，场子更是炸翻了。陈若缺坚定地走上台，大声而有特色地与角色对话。每个动作都无比自然，浑然天成。他的心又怎么不曾紧张地跳动？但是若是浸入了情感，也就是三两下眨眼的工夫。戏很快完结了。小提琴的弦声在怅然的高音下戛然而止。

陈若缺在惊喊声中“晕”在了舞台中央。

场下的掌声用雷鸣形容是不夸张的。陈若缺觉得从来没有听到过这么响的雷声。

“你演得真的太棒啦！”谢润清高兴地对陈若缺喊道，“你真是一个大功臣！虽然这样说有点老土。”

“谢谢，我也很享受这场表演。”

谢润清把别在背后的手伸到前面，摸着那件红色大衣：“我经过我爸爸同意了，这件衣服送给你了，就当作是纪念。”

“真是雍容华贵的纪念品呢！不过我也要好好感谢你。”

谢润清突然抱住陈若缺，使他差一点儿向后倒去。她紧紧抱着，在陈若缺的耳朵旁悄悄地翕动着嘴唇：“不用谢。”

大风。

大衣的扣子在风的促动下，“叮叮”地碰撞着，抖动着。谢润清长长的头发飘到了陈若缺的脸上。

鲜红色。

十四

陈若缺床头是一本《堂吉诃德》。

《堂吉诃德》从来不只是笑话。

陈若缺睁开双眼，发现自己躺在一块石头上，秀颀的，屈曲的枝叶，包围着他。他伸出手，拨开那干扰他视野的杂草杂叶。眼前一片开明清澈的景色。

五六十块大石头叠在一起，成了一座不高的石丘。石头不光滑，有许多尖锐的刺角或锋刃，但没有青苔。因为太阳光总是直直打在上面，但是青苔总不是唯一的植物，藤、小百花等也有在上面安身的权利。于是乎，藤蔓卷着石头向上攀缘，其间的石头凹陷里填着泥土，泥土中生机勃勃地生长着美好的白色花朵。花瓣小而有灵性，格外抓人眼球。

陈若缺从他躺着的地方爬起来，四处望望。

随即，他听到远处有人在狂笑，又听到树摇晃的声音。又一会儿，这狂笑声停了，又是一阵哀叹的声音。陈若缺很好奇，走上前去，想一探究竟。这地方他并不认识。陈若缺小心地走着，离那人越来越近了。

陈若缺躲在一块石头后面，盯着那个人的举动。

他穿戴着盔甲，手中握着一把枪矛。一瞬间，他突然跑向陈若缺，撞击他藏身的石头。陈若缺吓得不轻，但想那人是看不到他的，便只是不发出声音，静观其变。

“亲爱的杜尔西维娅·德尔·托波索。如果你的心如这石块一般坚硬，便让我在这块石头上撞死吧！”他用头撞着石头，撞了五六次。陈若缺听了他这番话，知道了他便是狼狈相骑士。所以见他撞得头破血流，也不担心。他也不多思考他是怎么到这个地方的。真是古怪呀！

堂吉诃德的身高不矮，他起身，揩去头上的鲜血后，看到陈若缺。他高喊了一声：“你是何方的魔术师？想必是挂着几个骷髅头的那种魔术师！不管是谁，都是非正义的，你躲在石块后方，想必是欲图用魔药来害我。哦！你一定是一个女人派来的术士。她看到我的勇敢与为民除害便私自爱慕我。但我的心是永远属于杜尔西维娅·德尔·托波索这位可人儿的！你意图用魔法让我变心吗？不要妄想了。让我这一仅有的游侠骑士来净化你的邪恶心灵。”

陈若缺回过神来，堂吉诃德早已用矛来刺他了，这位英勇的游侠骑士下手极狠，跑着攻击陈若缺。

那一根长矛在堂吉诃德手里转着，一秒后便刺入了陈若缺的胸膛。

陈若缺吐出了鲜血。

“朋友，这是你罪有应得。你无论如何都不应当试图让我对杜尔西维娅·德尔·托波索变心！”

陈若缺惊醒了过来。窗外月亮高照。

刚刚梦到了什么？

忘记了。

十五

一早，陈若缺做好要过一天无趣生活的准备后，杨老师突然叫他过去。她给了陈若缺一封信：“陈若缺，这是你叔叔送来的信，看他的样子挺急的，你抓紧时间看一下。”

陈若缺有些忐忑。他的叔叔？不是住在城里吗？怎么会突然写信给他呢？不过他转念一想，叔叔平时和自己也没有太多交集，估计不会有什么重要的事情。于是他把信随手放在了书包里，毕竟上课时总不能读信吧。

那位头发花白的历史老师——好像是畲族人，端正地坐在讲台上，手持着教科书，滔滔不绝地讲着中国历史，他讲到重点时会用力敲几下桌子，以示强调。

后面有几个不识趣的学生在打闹，他们用书去拍对方，还说说笑笑，声音也不低。一般的老师是不管那三个人的，毕竟早就习惯了他们那样做。用俗话说就是“烂泥扶不上墙”。但历史老师可看不惯他们（毕竟他一周只上一次课，也不清楚情况），他紧紧盯着那几个闹事的学生，随即拍案而起，用食指与中指指着他们，大喊：“你们站起来，滚出去！”那几人被历史老师的气势惊呆了，但是他们天不怕地不怕，面无怯色，没有要出去的意思。那位历史老师也是一个很强硬的人，见学生不动，便从椅子上站起来，摇摇晃晃却有力地向后排走去。他拎住一个男生的领子，把他从后门推出教室，再一次次重复，直到那些学生都在门外了，才用力地摔上了门。“砰！”

“清王朝的统治是反动的，落后的。”历史老师有力地讲述着。

时针转了几个角度。

回到宿舍后，他打开了信封，现在他一个人住一间宿舍了，也没有新搬进来的同学。

“若缺，请快回家，你父亲前几天下地干活时突然发病了，情况很不好，躺在床上两天了。现在情况很坏，希望你快点回来。”

陈若缺的呼吸顿时非常急促。突然眼前发白，晕倒在床上。半夜他醒了过来。他的手里紧紧捏着那封信。

“一切都不会有事的，一定不会。”

陈若缺向学校请了一周的假。便匆匆离去。

谢润清几天都没看到他。

完全可以幻想出这么一个场景，在崎岖峻峭的地面上傲然地建成一座楼房，柴草与泥土筑成的墙孔隙多而松。所以也容易想象：一触即倒，砖瓦无存，粉碎——这座楼房的末路。

对吧？

第二章：秧歌

胡为乎泥中？

——《诗经·式微》

一

夏日的村庄，总是沉没在浓郁的嘈杂之中。

村口高高耸起的水杉，不知在四季轮回中度过多少个春秋了，在那枝头上伸出的绿色的可爱的叶片上，憩着不知几只蝉。它们大概是用足勾住叶子，把头朝向烈日，高声嚷嚷着，向着太阳炫耀着自己的美好身形。

“yang-si-ta”的声音连绵不绝，杂乱地充斥在空中。除蝉们外，似乎一切都要被太阳融化成一摊水了。绿色从绿叶上滴落下来，棕色随扭曲的枝条呈螺旋形地乱成一团，与绿色混成了墨绿色，一点点，一丝丝的正红色，从边缘溢进视野，搅成乱七八糟的样子，泥沙的黄色如下雨般一点点撒在色彩的糅合处，随其他色彩一起荡开，扩张。九种色彩在陈若缺的眼里被蝉的鸣叫搅成了一塌糊涂的样子。

“好乱！”

陈若缺闭上眼睛，用手不轻不重地拍了拍自己的后脑勺。如中国画的洗笔水桶那样的景象终于是消除了。蝉的叫声似乎听不到了，大概是耳蜗包裹了一层只隔离蝉鸣的蜡。

他买了张车票回家。车的终点站是这里。

下车后还是大路，路较为平坦，石子细而碎，嵌在土壤中，有些堆在一起。离村子还有些距离，不过前面就是小路了。但陈若缺对地理位置还是很熟的。可毕竟再熟也改变不了前方行路难的事实。

大小的石块横七竖八躺在那条草比较少的“路”上，但“路”上仍是长着各式的杂草。草有些高到小腿肚，有些却很矮。一部分顶着沉重的白花（花像芦苇一样一层一层叠着）。“路”的两旁长着茂密的树，有些被斧头砍倒了，只留下一段木桩，孤单地在地上痛苦呻吟，一些树干上有着斧头的砍印（大概斧头也有奈何不了它们的时候）。

陈若缺不会在这里浪费时间“欣赏”的，他一路跑着，毕竟时间紧张。他拨开树枝，艰难地在这条“路”上穿行着。

这样快速拨开了数十根、数百根的枝头，一个新的世界便出现在他的眼前。但他不会在这里浪费时间“欣赏”的，他只想跑！跑！他只想尽一切力量，尽自己的所能最快地跑！跑！

跑！他只想跑！

二

不妨先简单描摹一下这村庄的外貌。

它的西南边交壤乡里，但仍隔着一片树林，西北面又是一个村庄，东、南、北边都被太湖环着。农田面积广大，大片大片的色彩在田中绽放。在这个上午，太阳早已爬到了穹顶，毒辣地照着太湖，给湖水镀上一层金皮。细而甚微的风拂动那水，形成一道一道互相追赶的波纹。太湖广阔，几乎看不到那一边。若是到了傍晚，那一湖的赤水如血般使人惊心动魄，与天连在一起，不分彼此。渔船只是墨色的剪影，雕饰在赤红色的天与水上，雄壮、伟大。

陈若缺家的屋子是传统的，没有新意的，不过却不是平凡的。以黑瓦覆盖的屋顶下白色的墙早已变成了灰蒙蒙的，质感也是粗糙的。木质的门上刷的红漆早已脱落，给人败落之感。这些陈旧之物揉在一起，显现出一种别样的乡村风情。

陈若缺跑着，沿着太湖那条支流跑着。那清澈的湖下了雨后成了近乎泥水般的浊液，偶尔上方覆着大簇的水藻，不过这也是时令性的。

在田里劳作的农民抬头来看着这个男孩。“回来啦。”在拔草的陈大伯转过来，对陈若缺说。他急忙地“嗯”了一声，也不知道陈大伯是否听见，就继续跑了。

视野中自己的家越来越大。

陈若缺停在家门口，心中的忐忑不安如洪潮般没有了闸门的阻挡，一齐涌上心头，他从急促变成了害怕，他不敢进家门了。

他小心翼翼地推开大门，大声叫了声“爸”，等了许久，屋内轻轻地传来回应声。陈若缺最怕的事情没有发生，他突然高兴了，跑进父亲的房间。

陈建国正无力地躺在床上，枯黄的脸上没有任何的红润血色。但他眼睛中折射出的是对儿子回来的欣喜。

陈若缺的心凉了一大截。他刚刚在高兴什么？

“现在怎么样了？”

“好些了，没多大问题了，大概。”

陈若缺又放心一点了，他知道父亲不便多说话，就没有问太多，他嘱咐父亲好好休息，然后帮他盖好被子，出去了。

走到房间外，陈建国又喊住了他，其实也不是叫喊，只是用气息在呻吟，陈若缺跑进去，把耳朵凑到了父亲的嘴旁。

“我所有的储蓄全在厨房灶头下面。烟灰下有个箱子，也没多少了。”

陈若缺听了，便难过了。“爸，你说这个干吗呀！”

“有备无患，有备无患啊……”

陈建国仔细地摸着儿子的手，似要记住那手上所有的纹路。

三

陈若缺徘徊在家的大门口，心中五味杂陈。他的眼睛紧紧地盯着台阶石头的凹陷。在雨水的冲击下，屋檐下的石台阶上布满了深浅不一的错落的凹陷。

陈若缺就这样漫无目的地行走着，不敢走太远。他偶然地望到了石阶上的青苔。青苔是很常见的，屋顶上，这里那里，到处簇拥在一起。陈若缺捂脸，下意识走过去，蹲下，再倏地拔起青苔。

青苔的确没什么特殊的，他自言自语，而后把青苔掷在了地上。青苔在不远处的地上碎了。

我为什么要去砸它呢？噢，不对，我为什么要去拔下它呢？我不知道啊，确实，有些事情总是那么奇妙而有意思。可这也是悲哀的事情呀，嗯，我为什么会怪苔草的普通呢？我们每一个人不也是很普通的吗？我们是多么的渺小，在世界上每一个人能占多大的比重？苔草的普通却不代表它是平凡的，能在如此的台阶上生长出来也是奇迹。是的。但我却这样无情地摧残了它！唉，我是怎么了呀？青苔，便与苔丝一样！平凡却善良，纯洁，伟大。但我却是那么邪恶与不公！青苔，这个受我侮辱的可怜的植物，我愿用我的胸膛做你的床！嗯，确实，我怎么了呀？唉……

陈若缺走上前，伤心地拾起地上的青苔。

中午，他叔叔来了，看到他，便对他说："这几天是我帮你爸爸做饭的，你回家了，我也放心了，晚上我不来了，我事情也多，接下来你照顾好。"

他叔叔做好饭就离开了，其实只是粥。陈若缺找出一个碗，盛上了满满一碗粥。他吹了几口气，又用手扇了扇，试图让粥凉下来。然后陈若缺把粥放在桌上冷却一会儿，却又怕变稠，便用筷子不停地搅拌。几分钟后，他看到粥凉得差不多了，又抿了一小口，确认温度合适。

他把粥端到父亲的床边。坐在床上喂父亲吃饭。陈建国的手已经完全使不上力了。就这样，在床榻上的父亲张开嘴，陈若缺便用勺子小心地送入父亲口中。几口吃下去，陈建国忙着摇头说吃好了，再叫他吃也不吃了。碗里的粥还有一大半，好说歹说，却一点儿用也没有。无奈，他只好用手帕擦净父亲的嘴，便离开了。他真像个小孩子啊！陈若缺想。

陈若缺才发现自己很饿，于是把那碗粥喝光了。他的喉结一上一下不停地移动着，粥顺着喉咙流进胃中，他仍是很饿，便把剩下的粥也喝了一大半。还有一小部分他也不想管了。陈若缺真的很急，心与身体两方面的疲累，使他不想挪动身子，哪怕一点点。

他终是下定了决心，走到了自己的床边，倒在床上。

陈若缺并没有睡着。他还是不敢睡，怕一觉睡毕，世界就塌了！

就这样迷迷糊糊躺了半个小时，突然他隐约听到父亲的呼声，他的筋疲力尽似在一瞬间消失了，他跑向父亲的房间。

陈建国嘟囔着："水……水……"

陈若缺跑出去，找了水便给父亲喝。他把热度适中的水缓缓倒进父亲的嘴中。陈建国的嘴唇被水浸润了，眼中露出了满意的神情。

"医院？小病自个儿也能好，大病嘛……去了也没用的。"父亲的声音很轻，但很坚定。陈若缺默默地想着什么。

喂父亲吃了晚饭后，他终于是不堪重负，睡在了父亲的床上。

四

陈若缺倏地惊醒了，他心里似有什么东西在不停地翕动。

他爬下床，拍了拍父亲。

陈建国发出一阵奇怪的叫声，痛苦而绝望，陈若缺被吓了一大跳，他的心跳加速到了峰值。陈若缺用手轻轻将父亲翻了个身，他看到父亲的样子后，惊恐的神色蔓延在整个脸庞上，他想尖叫却发现自己叫不出声音。陈建国的脸红得如鲜血，眼睛瞪得很大，唾液沾在紫而发青的嘴唇边，留在下巴上。

“你等着，我去寻医生!”

陈若缺拉开自己的书包，疯一样掏出了省下来的所有钱，胡乱塞在口袋里，就跑了出去。跑出房门，跑出院门。

正值早上，太阳光温和拂在他湿润的眼中，那条含泥带沙的河流今日却显得清澈如镜，如清幽幽的玻璃。陈若缺看到那河中倒映着各种各样的东西，扭曲的房子，扭曲的树枝，扭曲的桥，还有……扭曲的脸?

陈若缺奇怪自己怎么来得及看自己的倒影，不过他连细想的时间也没有了。医生只在乡里的卫生院里才有。他还是去叫人先帮忙看着父亲。他去敲陈大伯的门，运气不错，大伯在家。陈若缺气喘吁吁向他说明了情况后，陈大伯就跑去他家了。

陈若缺又跑向卫生院，他就这样穿过一条又一条的小径，跑过一块又一块的田野。他儿时去过，他还有记忆。

陈若缺记得前面是有路的。可前面是一户人家的房子。

不过陈若缺相信他不会记错，他急着从屋子间穿过，记忆中的道路自然是对的，不过两侧开辟成了私家鱼塘。

陈若缺沿着路奔跑着，跑过了树林，跑过了后村。

他穿过那块他儿时望而却步的墓地，不顾那臭味与幽暗，他再跑过一座又一座的桥，看到一群群灰白相间的脏脏的鸭子，聒噪着从桥下面游过。

流水潺潺与泪水涟涟的声音。

路宽敞了起来，两边的树木也剪得错落有致，在阳光下灿烂夺目。人家与店铺喧闹了起来，使乡里蒙上了一层烟火气。乡里和村里，人们的生活状态是不大相同的。贴着瓷砖的墙一层连着一层，红杉、绿杉、色彩斑斓，相互掩映着穿插在一起。

陈若缺拐进那个斜角。那便是卫生院了。陈若缺匆忙跑进卫生院，拉住一个中年医生："……渠病得厉害了。"

"住在唔嘚?"中年医生不慌不忙，慢条斯理地问着。

"跟我来！陈家庄 23 号，不管价格，我很急!"

医生慢条斯理地理好医用的急救箱，便跟着陈若缺走。

"尔走慢一点儿，百僮，不推位噶点时间，我不和尔一样，精力旺盛。"

陈若缺听了心里很不舒服，不过他顾不上生气，只是冷冷地回了一句："我真的蛮急。"

医生早已气喘吁吁了，陈若缺也是很累，却要拉着医生跑。终于跋涉到陈若缺家。医生看着自己因沾了泥而脏了的鞋子，吐了口唾沫。这时陈若缺的内心是真的紧张到了极点，仿佛是一座岌岌可危的大楼，一触即倒，瞬间就会粉碎，砖瓦无存。

陈大伯急忙跑出来，大声说："快点快点，病人气息弱了。"

医生也赶紧跑进屋里面，拿出各种器具开始急救。陈若缺与陈大伯站在一旁，给医生帮忙。陈若缺不断呜咽，泪水如同断了线的珠链一样。他的心跳很快，怦怦作响，手足无措。千万不要有事，千万不要有事，千万不要有事，千万不要有事啊……

"没气了，神仙也救不回来的。"

陈若缺眼神失焦，似乎在彷徨地寻找什么，不在视野中的东西，父亲的生命？悲伤、绝望的心情充斥在心头，竟酝酿出了一种奇特的情感，他眼睛干巴巴的，似乎不失落，也不难过。

就这样吧，陈若缺想。

陈若缺从口袋中拿出钱给医生，医生道了句“节哀”便走了。陈大伯在一旁安慰他，他又怎么听得进去？陈若缺看了看没有生气的陈建国，郁郁的情感终于爆发出来了，内心的平静被无比的凄苦代替。

他的眼睛润湿了陈建国的衣裳，麻雀叽叽喳喳叫着。

岌岌可危的大楼，一触即倒，砖瓦全无，粉碎。

太阳落山了。

什么？

太阳还在头顶上啊。

五

那么……继续向前走吧，不要在原地停留太久了。

陈若缺走到厨房，从墙边拿了扫帚。他蹲下来，把半块堵住烟囱的红砖移开。红砖的一面染成了黑色。

里面堆积的烟灰软软地散在了地上。

陈若缺把扫帚探进去，“笃笃笃”地点着烟灰铺满的地。里面的烟灰在飞散着，灰色的雾霭充斥着烟囱，突然，他听到铁的声音，陈若缺确定好拍打的方位，然后把手伸进去，小心地把那只铁盒子拿了出来。并不是很沉，大概也没什么了吧。

铁装的盒子上钉着一圈圆形的铁片，生锈的部分露出的黄赤的锈迹如同坠落的夕阳，一阵阵铁的腥味氤氲在空中。

陈若缺小心地掸干净袖子上、手上、衣服上的灰尘，“咳、咳、咳”，灰的味道实在是刺鼻。他打开那个铁盒子，很多纸票子全部弹着膨胀出来。“全是一元、两元的啊。”陈若缺自言自语道。铁盒子的底部终于有了几张十元的钞票。

他把一些钱拿出来，放进口袋，再把铁盒子放在自己的床底下。陈若缺认为，放在灶头下实在不是明智之举。

陈若缺花了一些钱，去乡里买了一个花圈，端放在门前。叔叔也来了，脸上充满了同情。叔叔，陈大伯，他们帮陈若缺举办了葬礼。是应该感谢他们的，不然陈若缺是不知道怎么办才好的。陈若缺给陈建国换上叔叔买来的寿衣，穿戴整齐后，陈若缺和村里几个人一起，把他父亲抱进了买来的棺材里。

他把父亲葬在了田边的小树林里，种下柏树，请人刻了块碑，“陈建国墓”四个字在碑上十分闪眼。

“阿爸，你睏好。”

陈若缺默默说了句，便折返回去了。

世事实在是无常，陈若缺思索着。以后路还很长呢，好好走吧。他很惊讶自己竟然能这么快摆脱痛苦，甚至比段青那次还快。

“是我不孝吗？”陈若缺指着自己的鼻子说。

七天后，他叔叔从城里又来了。

叔叔其实是不愿意来的，只是作为亲戚，必须这么做。唉，他对陈若缺没有任何的感情，也不想要与他再有联系。

“想帮我就留点钱给我吧，谢谢了。真的很困难。”

他叔叔叹了一口气，从口袋里好久才摸出一张十元钞票，递给了陈若缺。

"谢谢了。"

门口的白色的花组成的花圈上，花孤零零、散散地耷拉着。白色在时间的流逝下变成了黄色。

于是乎，那发黄的花儿，落下来了，化成水了。

只有竹子做的骨架傲然立着。

六

陈若缺清点了一下家里的财产。

他的生活费省下来的钱大概有 30 块；家里存款大概有 100 块，葬礼过后，却只剩 20 块了。所以，总共只剩下 50 来块钱了。

家里没有别人，钱便只有 50 块了，只会少不会多。

50 元钱再省也待不到毕业的，连毕业证也领不到，钱也白花了，加上叔叔给的 10 块，照样是不行。所以，大概率是上不了学了吧。不过我不上学便只有务农了，本想家里有点积蓄的话，务农也能兼着品品文学书。现在又哪来的钱买书呢？过务农生活也是只能糊口罢了！去借钱吧，我又没有什么亲戚，叔叔那个人显然是不愿帮我的，所以借钱这条路也是行不通了。唉，确实。所以上学基本是行不通了……那我明天去学校把剩余的钱退了，然后就不去学校了！明天，学校，便成记忆了……唉。明天去跟谢润清说个再见吧，以后也见不到她了。等会儿……去看看自己家的土地吧，毕竟，以后大概率过的是务农生活了……真是连环套，一环连一环，我从未想到我会读不起书了呀。还不能怪我爸，他也勤奋劳动了一辈子了。确实……谁都没有错，但结果确实是悲伤的。

陈若缺把钱塞在铁箱中，便出门去。他大概是知道田地在哪里的，小时候听他父亲提起过，家里有两块田，一块在太湖边，不大，主要种瓜果蔬菜，一块是重点部分，是稻田。陈若缺打算去稻田看看。

他走在田垄上，四方是绿得使人心寒的稻田，一片连着一片，与太湖一样，一眼望不到边。望向远处，只有绿色、深绿、淡绿，绵绵的绿色在眼睛中布满了，占领了所有位置，有什么是这一波一浪的绿色不能抚平的呢？脚底下发出“咔嚓咔嚓”声响的石头与泥土，湿润得可以蹚出水来，左右稻田里的水，不清澈，不明净，却给人自然的气息，那水田中的水与稻秧一起，随着风儿，飘、飘……水中有什么生物在游动着，溅起了一条条波纹。这一道一道的水波，一圈圈打在稻秆上，又引得它们晃动着，相互拍打着，默默述说着。“簌簌”的声音回荡着，如水波一般荡在空中。律动的海洋，生命的波纹，滴滴流淌，缓缓荡漾。

陈若缺顺手拔了一根不知道谁家的稻秧，细细观察着。他闻了闻，自然的气息使他深深陶醉，他闭上眼睛，想象出了那古老诗人与哲学家理想中的神秘缩影。

“唉，阿缺啊！”陈大伯在一边的田中对陈若缺喊道，“要快活点啊！”

陈若缺心里很感动，那种温和的感情令他的身心从生活的困苦枷锁中摆脱了一点点。

“陈大伯，我家田是哪一块呀?”

“我带你去看，走诶。”

于是陈大伯带陈若缺到了他家的田。几天没有劳作，田野中的杂草又生长了一点。但稻秧仍很精神。这些稻秧可是他父亲的一种象征啊，可能，也只是唯一的象征了。

陈大伯不厌其烦地告诉了他这片田地的头与尾，又说:“阿缺啊，书还读不读啦?”

“我想要读呀，可是条件不可以啊。”

“唉，像尔这样的不读书，怎么行呀?”

“对啊，像伢一样种田可没大出息！读否读书推位的大呢!”一个老人从他边上的田野中冒出来，是太湖边的崔大伯，陈若缺一开始没有发现他。

傍晚，有人来敲门。

陈若缺去开了门，发现是陈大伯。

“唉？陈大伯，有事呀?”

陈大伯偷偷把30块钱塞给了他，说:“尔个小伙子不容易，我晓得，你阿爸也帮了我不少忙，我也不能看你太苦啊，哄喽些铜钿我瞒着我娘娘拿出来的，我也苦过，晓得那日子是什么味道，不要吔道少，拿去吧。我晓得这些铜钿肯定供不起你读书，可是起码减减生活压力啊。”

“可是……”

“否要噶，拿着就好，不要再推托了。”

陈大伯说完马上就走了。

“谢谢!”陈若缺朝着他的背影说。

陈大伯没有回应，只是默默地挥了挥手。

真的有善良的人啊，陈若缺想。泪水簌簌地滴在地上，陈若缺又低头看了一眼。

他手中攥着那不太鲜艳的皱巴巴的钞票。

太阳完全落山了。夜里风很大，在床上的他，听到竹架子“咔”地断裂。

七

日光迸发了出来。

一线的曙光马上便被一层接一层的惊艳所笼罩。随即，那乳白色的祥云也被日光照得更加可观了。白云正在丝丝地吐出，抑或是绺绺地吸进钛白的棉线。

陈若缺坐上了去学校的大巴车。

不知为何，在晴朗的天空下，他的心脏在不知是兴奋还是惊恐地肆意跳动。破旧且不常维护的大巴车伴随着这心脏的跳动，上下摇晃着。上方，未焊好的一根铁丝与大巴车顶部若有若无地接触，“嗞嗞嗞嗞”地发出不美妙的声音。陈若缺感到他的鼓膜正快速地抖动，如同车窗外那条被风吹得摇动不止的悬在屋头的衣服。

谁家的衣服挂在屋头上招风呢？陈若缺暗想。

到了学校。

几天没有见的那扇古老的大铁门似乎是陌生的，几天没有见的那几栋楼也是陌生的，这样的物、景只是停留在记忆之海的表面，随着感情的波动便扭曲、畸形，不正常了。不，他们并不陌生。但陈若缺知道他与这些东西没有更多的联系了——

以后，那么就让它们淡化，消逝在那天边的海洋中吧。毕竟陌生的事物比熟悉而又增加了一层记忆色彩的事物好忘记多了。

陈若缺叩开校长办公室的门。

“提前回来啦?”校长问。

“不回来了，永远不回来了。”

“什么意思……”

“就是我不读书了!”陈若缺显得有些急躁，有些无奈，眼中似有泪珠在凝和了。

“我现在一个亲人也没有，读不读书便是我的事，我说不读了。”陈若缺不喘气地又补充道。

“可是你叔叔不是……”

“叔叔，叔叔，他付钱我当然读啊!”

“陈同学，你先冷静下来。”

“我很冷静啊，我要退学，请给我办手续，然后把下半年的钱还给我，谢谢!”

“办手续可以。”校长慢慢地说，“不过钱……”

“有什么问题吗?”

“我们学校没有这个传统，退学了还退还已缴钱款的，请你……”

“什么传统不传统的，下半年还都没有开始，把钱退了不是理所应当的事情吗?”

“可是照传统……”

“好，我也给你说，”陈若缺拍案而起，眼里的泪顺着脸颊流下来，“为人民服务懂吗?退钱就是为我服务!照传统你也从来没有当过校长，我看你这种态度就下台算了!”

“可是毕竟没有先例……”

“就说钱给不给吧！”

校长的最后一丝自信也完全被打压了。他在抽屉中翻翻找找，花了好久时间才把那些钱凑齐了，交给陈若缺。

“差 10 元。”陈若缺面无表情，手仍旧打开着。

校长一咬牙，便只能又拿出 10 元。

陈若缺在退学协议上端正地签上了自己的名字。他又毅然划去了“家长”这一栏，把手中握着的钱塞进口袋里，便离开了校长室。

他隐约听到校长的叹息声。

他只有用这种强硬的态度，才能狠心给自己的学生生涯画上一个句号。

八

陈若缺来到了宿舍。宿舍里空无一人，充斥着一阵灰尘与汗渍的味道。毕竟没有新学生来，所以这间宿舍也必定是空空如也的。

于是他拉开窗帘，打开窗户，窗外的鸟鸣声，鲜明的空气都似在一瞬间涌了进来，拂在他脸上。

陈若缺把红色大衣细致叠好，平整地放在书包中，那是忧伤的手势动作。无比的无奈与忧伤凝成水从指间滴落在地板上。手指一系列弯曲、伸直的动作都在滴水。听，滴答作响。

偶然，他发现段青的包还隐没在那个角落。于是陈若缺走到书包跟前，心中默默道了声歉，便拉开他的书包看看有什么。

一张50元的钱。

陈若缺缓缓拿了起来。倏地，他的心跳声很响很响，顺着血管通到大脑与四肢，他仿佛整个人在收缩，不是紧张，不是悲恸，从心中油然而生的普通却无法言表的情感正在一下又一下猛烈地砸击着他的心肌。砰，砰，砰。陈若缺把钱塞进了口袋，于是乎发现，那钱、那包、把床、那窗户、那鸟鸣声都如同魔鬼的爪子般向他抓来，一阵的黑色风暴在将他吸入暴风眼。

陈若缺将钱放回了包，拉上书包的拉链。

差不多是10点钟了，于是陈若缺背上自己那个不沉重的书包。

他关上窗户，拉上窗帘，默默向漆黑乎乎的房间摆了摆手。

陈若缺把床上的那本只剩几页未看的《堂吉诃德》拿在手中，便出了宿舍的门。"我真的很需要钱呐。"他默默地呢喃。

离开宿舍，陈若缺再度顺着大路走向图书馆，教室中时不时传来一些欢声笑语或是琅琅读书声，他再度推开图书馆的大门，来到这个熟悉又陌生的角落，用手托着头，细细地，吧唧吧唧地嚼着每一个文字。书封被手焐热了，有点湿了。然后陈若缺沉重而庄重地合拢了《堂吉诃德》。书中的内容如同一个有心的螺旋，越旋越小，最后只剩下一声叹息。

"堂吉诃德死了。"

九

午饭的时间到了，陈若缺到了餐厅，准备用这最后一顿饭。

他又恢复了以前的习惯，只点了一碗青菜与米饭。陈若缺向四周快速扫了一眼，又一点一点地搜索过去，发现谢润清坐在左侧的饭桌上，一个人依旧啃着玉米。陈若缺似乎听到了玉米汁浆在谢润清齿间绽放的声音。他端着饭与青菜，走到那一桌边上，在谢润清的对面坐了下来。谢润清在啃着玉米，现在他听清楚了，那声音是清脆的。

谢润清低着头，目光覆盖在玉米与下面的搪瓷碗上。突然，陈若缺一动，书包里的红色大衣的细扣又“叮咚”地响了几下。然后她就抬起了头，眼神转到陈若缺的身上。一瞬，那眼神中的惊讶收缩汇聚到一点，凝和在他那乌黑明亮的瞳孔与巩膜上。叮咚的声音唤起了谢润清心中那个鲜红的大风天的记忆。

“你回来啦?”谢润清把激动塞在齿缝里。

“嗯，不过马上又要走了。”

“咦？怎么回事呀?”谢润清疑惑地问道，仿佛理解了一些什么，朦胧间内心桥梁的桥拱中心似乎出现了裂纹。

“我父亲，走了。”

“啊？那……”

“现在我也无依无靠了，家里钱留的也不多，以后也不能上学了。”

在陈若缺平和而又舒缓的语言中，谢润清却挖出了藏于陈若缺心底的悲伤与无奈。

“我想试试帮你。”

“不用啦，现在麻烦你也不像话，我退学手续都办好了。”

“啊，这么快嘛。你是特意来和我告别的吗?”

“嗯!”

谢润清脸上闪过一丝高兴，却又马上被无尽的怅然所填盖。

然后他们两个人低下头，默默吃着东西，似乎两人有无尽的话想要诉说，却只是在嘴边却说不出来。

午饭后，谢润清叫陈若缺在宿舍门口等她。陈若缺坐在那边石板上，感受太阳下石头所携带的温与热。谢润清几分钟后下来了。她把《哈姆雷特》《坎特伯雷故事》两本书递给陈若缺。《哈姆雷特》就是上次演戏的那本。

“喏，这两本书送你了，打发时间也好罢。”她又从口袋中拿出20块钱，“我现在身边也只有这些钱，你拿着，以后还给我。”谢润清又柔和地说道：“不要忘了我。”

就这样，陈若缺在下午烈日下踱步，最后走出了校园的大门。

那扇铁门缓缓地、吱吱呀呀地合拢，正要把他的青春与美好都锁在门的那一侧。

他回头一看，只见那白色的矢车菊，正目睹着一切乐与悲。只有矢车菊一直在看着，看着无数裹在人流中的无奈与欣喜悄悄流逝在时光的轮盘中。

十

陈若缺拿着钱与两本书回家了。这次他不赶时间，便慢慢走着，呼吸那美好的，蕴藏着各种自然气味的空气。他当然不赶时间了，他全部的时间都将在这片湿润而富有生机的土地上消磨殆尽。所以他又怎么差这欣赏与享受美丽田园风光的时间呢？

太湖吹来的风拂过了一大片一大片碧绿的稻田，汇在陈若缺的手上、脸上，似乎为他指明了方向。于是陈若缺追随着那阵有着水的香味的风，沿着小河，逆着水流方向，看着河道渐渐变宽，变广，看着水流变得更有活力、更加清澈。

太湖。

广阔的湖面上，飘着几艘大船、小船，是渔民在忙着捕鱼。陈若缺找了一块大小适中的平滑的石头，坐了下来。他的左腿下意识地架在右腿上。阳光洒在陈若缺身上，满满当当，不留间隙。他的每一绺头发，都在阳光下熠熠生辉。

望着无垠的太湖，陈若缺依旧记得，儿时在太湖边无忧无虑、美好动人的快乐时光。没有好的衣裳，没有城里人的运动鞋，没有很多的东西吃，可是大家都是这样的，而且大家都很高兴。

就回到那无忧的时光吧，不用为了生计而愁苦。啊，确实，广大的太湖清幽而伟岸，我真希望我也有那样的心胸。可是生活的拮据根本无法提供给我去拥有的能力啊。太湖，你看到没有，生活在你边上的孩子现在还是很艰难。啊，确实。儿时的时光是多么令人怀念啊。不过一切都会好的吧，太湖，对吧。你如此广阔，一定看到过像我一样不幸的人取得成功的吧。一定的，生活一定会好起来的，我相信不幸一定不会永远盘绕在我的身上的。明天就是另外一天了。对呀，谁知道明天会怎么样呢。永远要保持信心与期待。

陈若缺闭上眼，听着机动船的声音。这声音分明是太湖的回应，不过他听不懂太湖沉重的话语。

他慢慢走回家，太阳也快落山了。红色的火烧云在天边伫立着，燃烧着，小河的两岸堆砌着的垃圾坡被映红了，变得分外醒目。

于是陈若缺又看见了，在河岸的垃圾中，一张写有“奠”的白纸夹杂在砖石瓦砾中，在夕阳下，如同一面在空中飘扬的旗帜。

十一

日出时分。陈若缺便起床了，他穿上从家中好不容易找到的一双橡胶靴子，换上军服样式的迷彩粗布衣，便往田中走去。陈大伯上次和他说过，夏季，田里的稻秧只要拔拔草。拔草用手拔，不要把秧苗错拔了。陈若缺觉得还挺简单的，不过等他又到了那片田地时，田野的辽阔与壮观却让他胆战心惊：怎么会简单呢?

陈大伯已经在田里劳作了，陈若缺看着大伯熟练的拔草动作，便充满了信心，他卷起裤腿，小心翼翼，诚惶诚恐下到水田里去。

橡胶靴子防水，穿着很方便，让陈若缺惊讶了。他从没想到父亲会有这般好的劳动工具。无愧夏日，万物生长这么迅捷，好几天不打理稻秧，稻秧却仍是长势很好，攘攘地相互缱绻着。不过杂草自然也旺盛无比，一株株的不知名的杂草，也密匝匝地散布在任何可以生长的角落，聪明的杂草长得竟然与稻秧有几分相似，这大大增加了难度。

日出时分的阳光懒惰地打在大地上，温和而舒适，可是陈若缺早已大汗淋漓，腰的一屈一直，手的一伸一收，都使得背部、脸上、脖子上沁出汗水。陈若缺拔草拔得很仔细，总是连根拔起。一圈下来，杂草便横七竖八地躺在田里了。中午，太阳如火，汗与溅起的水把靴子快填满了，差一点儿靴子里外的水位就一样高了。心跳快速而猛烈，陈若缺生出了一种恶心的感觉。快一半的杂草拔完了，陈若缺躺在田垄上，享受汗水从脸颊上慢慢划过。

他回家去，把家里贮着的几个马铃薯蒸了一下。他做饭很熟练，也挺有技术。以前每次放假时他也总是帮父亲炒几个菜。

两口一个地吃完马铃薯后，陈若缺坐在家门前的台阶上。陈大伯背着一大担子的草回来了。过了一会儿后，陈若缺听到隔壁家羊在咩咩叫，陈大伯是在给羊喂食。

陈若缺家对面是童老太家。童老太与丈夫是渔民，一天基本在渔船上度过，所以他们家的大门常常是紧闭上的。他们有一个女儿，年龄在 30 岁的样子，还没有嫁人，每天一个人守在家里，很少出来。陈若缺一次偶然听到村西边的几个老太太说这个女人讲话太凶，会骂到让人没有回嘴的余地。她们说她是一个很刻薄的人，打扮得像狐狸精。

去年她把一个男的骂得很惨，还去他门口大喊大叫，砸东西。于是童老太只得好声好气道歉。后来他们夫妻就不怎么让女儿出门了。

短暂的休憩后，陈若缺便去了田里，他又花了两个小时，终于拔完了草。陈若缺去了菜地，菜地几日没有浇过水，土壤很干，青菜与红薯似乎奄奄一息，但是所幸还有一口气。有些菜则已近枯黄了。大大小小的石头砂砾，散乱分布在菜地里，虽然少，却显得杂乱。陈若缺看到旁边一个不知谁随意甩在地上的盆。盆上用什么漆漆着一个大大的“囍”，在阳光与风雨的作用下有些褪色了。陈若缺这块菜地离太湖很近，他捡起盆，便向太湖走去。盆上那个“囍”，与陈若缺很近，很近。

“囍。”

他疾步便到了太湖边，再捧着满满一盆水回去。“囍”字在太湖水中被放大了。呈现出一个巨大的“囍”，陈若缺还可以看到字旁边一朵淡淡的牡丹花的图案。

“囍。”

来回了几次，地也终于被完全浸湿了。他把带“囍”字的大盆子随手扔在了一旁，下午的阳光更加热了，也更加刺眼。陈若缺看到一棵矮小的死树，那是分割两户人家的地界线。他也看到，青菜菜心中似乎藏了些什么。什么？

“囍。”

傍晚，陈若缺很累了，他一动都不想动，但是他想去买点肉吃。跋涉到了家，再走到乡里。这次他没有穿过鱼塘，而是绕了远路。陈若缺走过了一座、两座桥，看到以前村里的那个疯老太婆坐在一座塌了的房间上面，坐在一块块黑的红的砖上。疯老太婆家在村东边，离这儿可有点远，她丈夫一定又在寻她呢。疯婆虽然疯疯癫癫的，但是她力气大，能下地干活也能做饭，在她家也算是重要的劳动力。

疯老太婆吹了吹口哨，招呼陈若缺过去。陈若缺看了眼她，她便又更欢快地招起手来了，陈若缺无法，只好走过去，走到她身前。疯老太婆笑了，笑得如此快乐。她从口袋中掏出了一些红色、黄色、绿色的亮眼糖果，塞到陈若缺手里，悄悄说："小心点，不要让别个小人看见啦！"

疯老太婆的丈夫高声喊着："金娣，金娣。"声音越来越近了。疯老太婆听了，脸上又露出喜色："我家老金来找我啦！"等那个男人从拐角露出脸时，老太的欢愉消失了，"不是这个老金，这个老金不是我屋里的！"

那个老金跑上来，对她说："你哪噶跑这么远，我找到现在啦！不是说不要出门乱走吗？"

"啊——啊，我在和小人玩，玩呢，你看渠，我在和渠玩！"疯老太婆抓起陈若缺的手，"对吧？"

老金拉起她，说："回去了，回去做饭啦！"

疯老太婆的头垂着，显然很沮丧："我不搭渠玩，渠会哭的。"疯老太婆一个人在嚷嚷着，一次又一次。然后她朝陈若缺又笑了一下。

陈若缺走到了乡里，买了小半斤的肉。他掏出一点钱，把钱拿在手里又讨价还价了好久，见商贩口一松，便抓住机会砍了价，快乐地提着那块猪肉回去了。然后他听到了很吵很响的鼓声，5 个不知从哪里来的人一个个都化妆成夸张的造型，戴着胡子，举着大刀、长矛、长枪，背后高插着几面大旗，威风凛凛地“进军”，时不时发出奇特的叫声。他们沿着路而向前，一直向前。陈若缺无法确定这是什么行为，是艺术行为？封建迷信？他看到 5 个威风的人前面有一个堆着笑的人拿着一个大桶，不仔细看还以为这不是和他们一伙的。

很多人拥在他们身旁，时不时往桶里投几枚硬币。乡里人都这么阔绰吗？陈若缺暗自思索着，感慨着。

于是鼓声慢慢远去了，不知向何处富饶的乡镇进发了。

陈若缺到家后，烧了一盘猪肉。肉的香味扑鼻，每一口都在治愈陈若缺疲累的身心，他吃得很满足，很欢乐。

晚上，陈若缺搬了板凳坐到门前。妇女们大都在柳亚平家里聚集。柳亚平他们家是村里最早买电视的。女人们手里抓把葵花籽，在院子里看露天“电影”，男人们很多在村头小店打牌搓麻将。热烈的说话声在传播过程中淡化了。

陈若缺沐浴了月光后，便走进房间。读谢润清送给他的《坎特伯雷故事》，他太累了，没读几页就合上书，再合上眼，睡着了。

他梦到在一个下雨天，疯老太婆一个人坐在砖块上不怕被雨淋湿，想把糖送给孩子们。孩子呢？早跑开了。

十二

早晨的时候桥口都是洗衣服的女人。她们的讲话声抑扬顿挫，仿佛是她们把太阳叫起来的。桥头就在陈若缺家的左手边。

右手边，三四十米的样子吧，也是水塘，鱼儿还在水底栖息呢，情况迥然不同。

唐小丽的声音总是最刺耳的。那可以把河面震得发颤的尖锐声无情地刺向陈若缺的耳朵里。无可奈何，他也只好起来了。大概六七点的样子，日光已挺强了，陈若缺穿上工作的衣服与靴子，准备再下田看一下。刚刚出门，陈大伯的妻子火珍便抱着一盆衣服准备回去了，盆中的衣服在她的手中晃晃荡荡的，时不时滴出来几滴水，撒在地上，像高贵的珍珠。

“珍姨，早啊！”

“唉！”火珍大声回应一声。陈若缺注意到她发红的手。干枯的手上血红的血管与筋络依稀可见。

空气中氤氲着洗衣粉的味道。虚伪却浓郁的恶香味。唐小丽蹲在最下面的一级石阶上，搓着衣服，背也微微上下起伏着。她右手在空中如蛟龙般舞动着，喉咙中的声带极高频率地震动，无停歇，无止境。陈若缺没有仔细听他们在说什么话，只是听到唐小丽每说几声四周总是有人赞许地回应。唐小丽在气势上独占鳌头，在她嫁过来的两三年中征服了这群闲话女人。以前以大嗓门出名的大气魄女人邹晓兰（那个身材有点胖的妇女），总是爱反驳别人、夸自己与自己全家的汾梅，都在唐小丽的金嗓子淫威下俯首称臣。其实唐小丽的话不一定有道理，但是声音刺耳、尖，这就够了。陈若缺呆呆地望着唐小丽的围裙，布的，红色的一朵大花绣在上面，不太精致。

陈若缺又凝视着河面出神。河面上游两边漂来一个个白色的小泡沫。即使唐小丽的声音再有穿透力，陈若缺依旧可以听到女人们搓衣服时衣服发出的喀嘞声与布料吐出饱满的白色泡沫的唔唔声。

房对面，童老太家门后，有个洗衣台。公共的，大概是。不过在乡村中公共与否都不是那么重要了。卢慧英在上面洗衣服，她嘴角有颗痣，嘴巴很扁。洗衣台是由砖头叠上去的，上方是一块大石板。平的，却粗糙。于是乎，他看到乳色的肥皂水伴着黑色与灰色的渍，沿砖头的凹陷与凸出流淌，如山中的小溪，向下蜿蜒。陈若缺出了神好一会儿了，终于回过神来。他来到田野，走下水后却大吃了一惊。杂草的生命力如此顽强！有些把根又探下水中，甚至扎根了！

陈大伯在远处对他喊着："杂草拔了摆到岸上呀！不要忘！"

"嗷——"陈若缺大声回应着。这场景很有意思。

原来是这样呀，这么简单的道理我居然都不懂？这个道理我也完全可以凭借脑子想出来的嘛，竟然不加思考。根有向水性，向地性，我拔出它们再扔在水田里，根还接触着水啊！当然又会长呢。唉，昨天的活白干了。陈若缺，动点脑子吧，不要生锈了！啊，确实。不过自然我不懂的地方也有很多，多请教别人吧，耕当如"农"，不可改也。

陈若缺于是低下头，弯下腰，默默把草拔起，拾起，这次比昨天可要轻松一些了，毕竟杂草只长了一个夜晚。陈若缺把杂草用力握在手里，等手里的杂草多了，再统一放到田垄上去。他又扫荡了一遍田野，把一切侵入者都迁出了它的美好王国。最后的几株杂草，陈若缺潇洒地朝田垄上一扔，可是一部分滚到隔壁人家田中了。他犹豫了一会儿，又去捡了起来，把杂草拉直，工整地摆在田垄上。

十三

在烈日的暴晒下，春季陈建国播种的冬瓜可以收获了。由苗到株再到结出很大的果实，往往只是翻转了几片相同状况的无聊的时间碎片。

在陈若缺日益熟练的栽培技术下，菜地里的，稻田里的，各种各样的植物都长得井然有序。诗人与哲人梦寐以求的乡村田园生活的确是有意思的，但是为了达到有意思这个目的所付出的劳动也是无数的。虽然是有趣的生活，却也如人与人的相处一样，在接触中，缺点会慢慢暴露出来。一次又一次地重复，即使不是完全一样的重复，也能使人感到乏味、无聊。

但是田野似乎是要跟陈若缺一生。

其实陈若缺是不得不与田野摩肩接踵地行走，可不能落下了啊。

一个人要管理田地，而且没有人为他做饭，没有人为他打理家务事，导致陈若缺要费很大的工夫，花很大的力气。陈若缺是需要休息的，可是怎么休息呢？

是阅读吗？《坎特伯雷故事》与《哈姆雷特》端端正正地摆在床头。陈若缺也总是会把它们拿起，认真擦拭。可是只是擦拭。他认为蝉的聒噪让他无法静心。可是他只是在自我安慰，一天的劳累，使他的脑与心都在搅动着。但主要是什么原因呢？其实是说不明白的。陈若缺只能看见自己对谢润清的情感与记忆，对书籍、对文字的依赖与热爱，如同一缕缕的烟，藏到田野中去了，越来越淡了，但他依旧在欺骗自己。

“吱吱——”蝉的声音在空中徘徊。

于是陈若缺只能找新的方式了，在晚上，那些比较自由而不随大流去打麻将与看电视的人（其实不少），总是会去陈阿扁家门口。大而平的地上，摆着很多长凳。长凳没有主人，其实也不是完全没有。你一把，我一把，便热闹了。然后人们就坐在上面，聊天、闲话。来也随意，去也随意，不打招呼，不作说明，来去自如。

陈若缺认为入乡随俗很重要，但是他是不可能去搓麻将的。于是他决定融入那个聊天的群体，八卦怪事，议论时事，即使不如阅读一般高雅，也有独特的味道。其实是一种烟火味，是土地一样的普通。

陈若缺不是在附和乡俗，他需要这种快乐，需要这种热闹，需要能在他心中拨动琴弦的东西。于是他在寻找。这至少也能让他的生活更加有味道一点。

晚上，太阳落下了，星辰与月亮翻上天空。稻的绿色，土的原色，一切都平等了，都是黑色。

陈若缺终于下定决心了。这次他克服了内心的怕生等的一切，他一次又一次地对自己说：“你是个纯正的农民，他们与你一样，你们没有什么不同。”于是他走过桥，走向陈阿扁家去。他的心中出奇的紧张和激动，似乎以前也有过这样的感觉。

什么时候？

陈若缺能感受到心脏的跳动，甚至听得到声音。他似乎在为乡村生活朴质的乐趣，特别是苦乐交织的这种美好而激动，不过有时这样的激动是无理由的。

“我就是想激动，于是我激动，就是这样。”

十四

夜晚，皎洁的月亮似乎可以挤出水来。

陈阿扁家的前门口这片公共区域是广阔的，几块石头有序地围成一个长圈，石缝中还有小草在自由地生长。

远远走去，陈若缺便听到了人群窸窸窣窣讨论的声音。经过拐角便是人群常聚的场所了。他的脚步于拐角处戛然而止，内心的忐忑不安与紧张到了极点。于是他不敢拐过去了，其实很近很近，近得只有一面墙。

陈若缺又做了几次深呼吸，努力使自己更加平静。这次，他似乎是要上台竞选什么重要岗位一般。但他终究是鼓起勇气，拐过墙角，若无其事地“闲逛”过去，再若无其事，似乎很自然地坐在一个板凳上，一切似乎很自然，似乎真的很自然。

“咦，这个人不是陈若缺嘛！”

“对的，喏。阿缺啊！”

陈若缺的心底一紧，他果然成了焦点。如浪如潮的问题与关切等等都像是冲破了闸门，在一瞬间奔驰而出。

“你现在怎么样呀？”“你会不会种田啊？”“你书读不读了？”……于是陈若缺支支吾吾回复着，有时却只是一个劲儿地点头，摇头，再配合着“嗯”“嗯”的声音。等到人群对他的关注消散后，陈若缺才回过神来，他发现板凳很冷，也才发现对他的疑问等高潮退去后，他们在讨论，在聊其他事情了。他不大记得他是如何回应他们的提问的了，只知道那时他整个人呆住了，话只是自然而然吐露出来。奇怪，不奇怪。

虽然陈若缺已经不是他们的聊天对象了，但是陈若缺的心仍然是“怦怦”地猛烈跳动，脸也是火热的。月光洒下温凉的玉水，渗入了板凳的每一个木纤维中，再慢慢渗入陈若缺的身体中，心灵中。于是，一切的紧张不安都消散了。

“柳亚平也是真有钱人家嗷！”

“唉，他男人家老蛤蟆的生意是顺风顺水的。”

“那你们是不知道嗷，老蛤蟆上次带她女儿阿莉啦，去城里买了个城市户口，花了两万呐。”

“噢，这个有铜钿哦，我们是比不上的，听听啊吓死了。”

“土根啊，你怎么听到的啊？消息蛮灵通嘛。”

“我认识一个公交车司机的。那个司机和我说，看到柳亚平与老蛤蟆扛着一蛇皮袋钱上车的，问了才知道是去买城市户口。”

陈若缺趁着一阵夜风的响声，悄然回去了。他心中五味杂陈。乡村生活也如围城，里面的想出去，外面的想进来。

夜晚，在床上翻来覆去，他认识到了自己对乡村生活的自信太大了，甚至不知道是如何来的自信。

想到各种事情，泡沫被这个夜晚无情地刺破了，他幡然地睁开了眼睛才发现，他与乡村的人们、与乡村，是那么格格不入。他正处于一个极其尴尬的状态，进也不能，他没有进路；

退也不能，他更没有退路。他的心太庞大了，无法被安放在这乡村天天无意义的话题中。

他只好去把心用砥去磨钝了、磨蚀了，他一次又一次地安抚自己。可是，由于这建筑的城墙一触即倒。陈若缺面对了现实，于是一切梦想的仙境轰然倒塌。

他觉得自己像把客店比作城堡的堂吉诃德一样可笑。

可是，并不是说乡村生活就是一无是处了。凡事都不是只有正反两极。陈若缺在乡村中又生活了多久？他其实也并不了解，之前也是，现在亦是。

十五

早上约莫四五点，陈若缺挑上两个桶，来到太湖边，装满水，便去菜地。他要去照料一下菜，顺便把冬瓜摘回家。冬瓜实在重，陈若缺费了好多时间，还是有一个冬瓜没收回来。

他低头走着，两个水桶重重地却又平衡地挂在身子两边，看上去陈若缺瘦弱的身体是如此的不堪。但他咬着牙，任凭汗水滴答洒在路上，拉成一条水线。太湖的水闸在他去菜地的路上，离村子很近。陈若缺抬头望了望水闸（他以前没有注意看），却有些失望。水闸固然挺高的，灰色的闸门挡板也厚而硬实，很沉稳的样子，但是水闸不雄伟，蓝色、青色的瓷片碎杂乱地贴在上面，十分老土，生锈了并退了漆的暗绿色栏杆也虚假而做作。水闸老态龙钟，如迟缓的老人。破败的树枝，杉叶零散飘落在水闸的各个角落中。

他不知不觉，又想到了柳亚平给女儿买城市户口的事，也正是这个时候，初升的太阳的光很耀眼，让陈若缺的眼珠一颤一颤的，但是陈若缺仍然可以看到一个人的身影在他的菜地上，似乎是在挪动什么。“唉！干吗呢！”陈若缺大声喊着，然后那个黑色的剪影停滞了一会儿。真不是时候，管水闸的陈婆从他后面叫住了他，与他聊起了家常，但陈若缺内心忐忑，只是草草敷衍了几句。可是陈婆实在是热情，说这说那，说完也不忘给陈若缺三个小香瓜。

陈婆终于结束了话题，陈若缺长吁了一口气，他跑上前，见到冬瓜已经被摘下了，不过没有被带走。农村终究是有偷瓜贼吗？陈若缺嘀咕着。不过他想，偷瓜的，大概也是穷苦人家，于是也就释然了一点儿。不过又有什么穷苦人家比他还苦，他自己才是最艰难的吧。

陈若缺先把桶里的水用瓢子一勺一勺地，均匀地洒在地上，水快乐地从鲜红色的瓢中流了出来，被土吸收了。然后他再用力把冬瓜抱了起来，冬瓜上白色的绒毛让陈若缺很痒，几次冬瓜都险些落在地上。

冬瓜的味道还是不错的，陈若缺看冬瓜太大了，一个人也吃不完，放久了还会烂掉，于是就切了约三分之一大小给陈大伯送去。

“谢谢你哦，谢谢你哦，正好今朝缺点菜。”陈大伯很高兴地收下了这一块冬瓜，又问道，“唉，你的稻田里嗷，今天该去打药了，不然虫多起来就麻烦啦！”

“哦，谢了，大伯，我都忘记了！”陈若缺回复道。

陈若缺又问了问如何配置农药。陈大伯于是就仔细地和他讲了。陈若缺在心中又默默记了一次，然后便去乡里买了一点农药，以便配好药杀虫。

在路过柳亚平家时，一阵喧嚣闹声把他吸引了过去。他看到邹晓兰用食指在空中指来指去，口中念念有词。柳亚平家里一点儿声音也没有，只见邹晓兰指着门在骂。再走近一些，陈若缺听到了具体的内容。原来是柳亚平偷邹家的青菜、西瓜，今天被抓了个正着。但柳亚平直接跑回家里，把铁门一关，便与世界隔绝了。

陈若缺又想到了早上那个剪影，那个鬼鬼祟祟挪动他的冬瓜的人，是不是就是她呢？他心中冷冷地嗤笑了一下，随即感到乡下人虽然淳朴，善良，但也存在不少特例。到了乡里，他买了两瓶农药，又回家配成了陈大伯说的浓度，然后把农药灌进家里那个蓝色的农药喷桶中。

稻子已经开花了。

白色的花很小很小，玲珑小巧，可是陈若缺认为它们不美。的确不美，那小小的花蜷缩于绿色的叶瓣之间，显然多余而繁杂。

农药于喷口中喷出，洒在绿色的叶片上，再在尖端凝成一滴滴水珠，农药的刺鼻味首先充盈在陈若缺的身边，他强忍着气味，久之也如“入鲍鱼之肆，久而不闻其臭”一样。慢慢地，他的心也终于在这稻田中融化了，他闭上眼，再睁开，发现一切丑恶都过去了，只留下了美好的稻叶与稻花。渺小的白花堆着，有序。陈若缺觉得白花是漂亮的，与起初不同。于是又合上眼，静静感觉着细小的白花聚成一张垫子，把他托举到空中，以便他俯身看着稻株们在风中表演美妙的秧歌。

十六

等到夏天最热的时候，稻穗便到了收获的季节了。太阳释放的光辉这时已经达到了最强。在农民的汗水的浇筑下，一座金色的城池傲然挺立。垂下头的稻穗上挂满了一颗颗金色的珍珠，与稻株的尚存的绿色合在一起，显露出一派生机勃勃的景象。

就是最热的那么几天里，陈若缺如飞速运转的机械一样。他只知道跟着所有人的节奏，不停地忙活着。

地里的水被排干后，积在田底的淤泥彻头彻尾显露了出来，饱吸水分的黏稠的泥如浆如膏，一塌糊涂淤积在田中。陈若缺于是拿镰刀把稻子割下来。他没有什么经验，有时多割，有时少割一点。他也没什么力气，致使只割了大概十分之一块田便呕吐了起来。一大束的稻抱在陈若缺的怀里，挠他痒痒，可是他不能休息，他要赶着大部分的人的节奏劳作！

等陈若缺忙完了一天，他早已连脚都伸不直了。如同有千百个针在扎他的背、他的肩膀。无比难受，也彻底没有力气做饭了。空空如也的灶台没有任何的烟火气，只是等着他去做饭。陈若缺突然感到烦了，他猛地一跺脚，可是脚也很酸，这一跺脚让陈若缺腿软了，人猛地抽搐一下，便向后摔去，结实地摔了一跤。

好不容易爬起来，他的烦劲儿却还没有消，他的指甲扣着肉，也不嫌疼，眉毛紧锁着，在最后他很不好意思地敲开了陈大伯家的门。令他惊喜的是来开门的是一个十六七岁的小女孩。然后陈大伯从房间里按着腰出来了。

“大伯，我没有气力烧饭了。”

“哎呀，没关系的，到我屋里来吃点。”

陈大伯给了陈若缺两个馒头和一碟咸菜：“今天我们也来不及，委屈你一下。”

“没事啊，我要谢谢你们才对呢。”陈若缺回应道。火珍见他吃完了，便把盘子收去洗了。她衣服上的汗渍还没有干。

陈大伯给陈若缺介绍了那个姑娘。她是陈大伯的女儿，前几个月去乡里参加缝纫培训了，今天放农忙假回来，名字叫作陈芹。陈若缺并不认为陈芹的长相有什么优点，只是她如花的笑容与开朗的性格使他感兴趣，不过他并没有什么感兴趣的力气与时间，等他回到家后，便马上倒头就睡。夏收时节，第一天就这样在汗水中被疲累与烦恼带走了。

十七

此后的两天，陈若缺料理完了割稻的事，他很疲累，可是却又不消沉。他对农忙时节抱有着崇高的情感，陈若缺要把脱好谷子的稻秆扎在一起，堆成垛，集中在田垄附近，作为日后灶头的火料。而后他还要学着陈大伯的样子，把稻谷撒在门口的道场上，让夏日的骄阳给它们神圣的洗礼。虽然他很累，可是他不能停。就这么几天，等这几天过去了，那就是丰收的喜悦了。于是陈若缺便这样数着日子，被日子牵着鼻子走，几乎无意识地劳作着。在看大家都割完稻谷后，大队的拖拉机便进田了。趁着拖拉机进田的那段时间，陈若缺便把所有的堆成山的稻秆全部挑回了家。厨房灶间根本放不下这么多的柴草，所以他只好把稻秆们安置在门口，他不相信有人会来偷的。

一年中最艰辛的双抢给了陈若缺一个下马威。除了种田，陈若缺还有很多活要干，他首先要搞搞家里的卫生，还要洗早已发散出汗臭的衣服、裤子。一切的活压在他的背上，快把他压扁了。百因必有果，在阳光下晒谷时，维持陈若缺生活、劳作的那根紧绷的细丝，被强烈的阳光打折，他被完全压扁了，沉重地携着过度劳累的身躯，一骨碌倒在了热热的稻谷上。

他的眼睛闭上了，可是在一片黑暗中，他又仿佛感受到了稻谷形状的小精灵手拉手围成一排又一排的圈，正围着他跳，唱。奇怪的臆想使他的身体颤抖了一下，于是便能感觉到了。他能感觉空气的燥热，太阳的燥热与谷物的粗糙。陈若缺猛地睁开了眼睛，经历了一阵子天旋地转后，又回到了双抢的节奏，犹如上了磁一般，繁忙与劳累马上被吸附上身了。陈若缺并不是一个爱勉强的人，他在这一次的晕倒后，清醒过来马上上床休息。安适的床与那柔软的薄毯正一点一点减缓着他的酸痛。

在他的睡梦中，窗外雨下了起来。

滴滴答答，把地上的万物都打湿了，可是陈若缺却梦到了河流的叮咚声。

十八

突然，陈若缺醒来了。

没有人叫他。按理说刚睡下去的人，不会一会儿就醒来，尤其是劳累的人。但是他闭上眼睛后，总是觉得有什么东西在颤动着。陈若缺回过神来，揉了揉惺忪的眼，然后听觉也便慢慢复苏了起来。他内心平静无奇，也是刚睡醒的状态。可是当听到那磅礴的雨声后，陈若缺马上清醒了过来，心脏开始猛烈地跳动。瓦片可以听到他“怦怦”的心跳声，从下向上，与雨声，从上向下，汇聚在一起。

陈若缺疯一样地跑出门外。运气可是真差呀，他穿的那双鞋子鞋底断成了两三截，而他平时又不怎么注意（不过慢慢走确实是发现不了的）。他这么快地跑起来，导致重心不稳，脚底一滑，“轰”地倒了下去。陈若缺的内心紧张而空洞，双手四处扒拉着，抓住了矮柜，才好不容易站了起来。由于刚才这么可怕的情景，他的心跳又“怦怦”加快了，可是脑里还是一片空白。天上落下的雨滴成千上万，如攻城一般的声音再度挺进寂静的房屋，传到他耳中，他醒悟了过来，又一个劲地往屋外窜。等到了大厅，陈若缺发现谷子都被挪到屋里来了，只湿了一点点。他又走出大门，门外的情景使他大吃一惊，雨竟是这般大！书中曾描述雨为“倾盆”实在是不为过的。外面没有谷子了，哦，还有几粒，陈若缺仔细地看了看，只能看到三四颗谷子零零星星地散落在雨洼里，被雨水冲得不成模样。

隔壁的陈大伯家似乎不那么安宁，陈若缺把耳朵种在墙壁上，细细地捕捉砖瓦石缝中传来的声音。

“你看看这稻谷湿成嗦样了！”火珍的声音中怒意四起。

“你个人齷糟否啦？讲到现在了，我不好，全怪我哦，这谷子这么湿一点关系么的，你烦来烦去要得啥呀！”

“你去帮他收谷，伢屋里呢？你咋眼睛只看天上，不往自家的脚地板上看嘛！啊？我想晓得你怎么想的？”

“阿缺他这么个小伙子不容易呀！”

“我知道呀！我又不是不知道！那你也先管好自己的事啊！我们两个女的怎么收得完这么多谷子呀？”

“哦，哦，哦，你差不多好嘞，吃力哇！”

一个女声适时进入，大概是陈芹。

“姆妈，我看你也不要讲嘞！赶紧抓紧时间，事体要做呢！”

“作孽啊！不管屋里的人！”火珍说道，“你把钱给他我也没说什么，我不是不知道，我就一个人在那里想啊，你说你，能不能先管好自己屋里呀，我也同意去帮他。不要把他扶上黄金台，自己死淹在鲤鱼塘里嘞！”

“晓得诶，晓得诶，我不是噶不管屋里的人。唉，花糕是不是蒸好了啊？火珍啊，去端来吧，陈芹也饿了，是吧？”

“是诶啊。”

“一帮人，噶像饿死鬼。”火珍愠气似有消散。

窗外的雨停了，在如同丝纱的灰云中，太阳用指头拨开了遮身布，开始了又一个阶段的劳动。

人也一样。

等到插秧之类的农活终于忙完，陈若缺也终于可以喘一口气了。一季的丰收之粮，那黄澄澄的带着小尖儿的谷子已经装满了十几个蛇皮袋，而白润可爱的新米也躺进了缸中，把手伸进去，冰凉中透着鲜甜。绿色的秧苗也很快扎稳了根，开始在阳光下直立地生长。

双抢时节终于告一段落了，陈若缺在田垄上默默感受那柔和的阳光、柔和的风。菜地的菜偶尔也会少几株，可是却没有扫陈若缺的兴，他是多么的欢愉啊，百般的憔悴与劳苦，终于收获了果实。平凡生活的舞台又一次拉开了序幕。

陈大伯门口的面盆里栽种的葱欣欣向荣，它们遵从泥土与太阳的指示，走着自己的生活之路。

田中，稻子又一季的枯荣，便在汗水与期盼下，又一次的，重复那个循环。田间农民的草帽与破鞋上啊，是多少时间的裂印，又是多少徘徊着乐与悲的经历留下的裂印。

深邃而伟大。

第三章：寒露

维是褊心，是以为刺。

——《诗经·葛屦》

一

朱寒露三十多岁了。

她揉了揉眼睛，在灰色的墙上，她又看到了那个梦魇，隐隐约约之中，散发着不存在的气息。

朱寒露可以清晰嗅到十多年前的那阵气味。清晰地，没错。甚至可以听到亲生父亲那最后一声叹息，她可以感受十多年前父亲粗糙的手的触感。可她不能，不能看到父亲的脸，那张十多年前的熟悉而陌生的脸不知为何，烟消云散了。

于是乎那个夜晚，便总如幽灵般，浮现在她的梦里。

朱光理面对熟睡的朱寒露，叹了口气。朱寒露并没有真的睡着，她的眼睛半闭着。父亲手上全是血，脸上也是，大都是凝固了。她的妈妈是真的睡着了，童椿正安详地在梦境中踱步，安静无比。和外头一样的安静。朱寒露清楚地低头看着父亲。虽然她是装睡，却看得清楚万分。朱光理朝她笑了一下。

她看到父亲又出门。又进来了。进来了。

朱光理把一个瓶子揣在手中。朱寒露很想知道父亲要干什么，可她却仍是装睡，仍是无动于衷。

一饮而尽。朱光理把那偷藏的手稿攥在手中，坐在椅子上。夜晚的歌声拉断了生命的琴弦。他突然地，背向后仰，贴在椅背上，只是轻轻地一声。朱寒露闭上了眼睛，便又进入了梦境之中。于是在梦境中，她又遇到戴着眼镜的父亲，在灯光下写作。她伸出手，想触碰，父亲却消失了。然后周围又响起了孩子们的叫声、驳责声。

宁静的夜晚，月亮高挂在树梢上，柔和的月光在吟咏诗篇，并把字字珠玑用光洒向地面。昆虫在叫着，却是无规律可遵循地叫，红色的标语终究还是成了黑色，万物一样的，是黑色，是黑暗。

一阵夜风由窗外吹进来，镜框与镜架碰撞。

叮叮当当。

二

母亲的哭声吵醒了朱寒露。刚刚睁开眼睛，看东西还是朦朦胧胧的。她看到母亲，这位平日中坚强的人在大哭着。朱寒露爬下床去，又看到了父亲那安详的脸。

可这安详中，她却挖掘出父亲心中的刺、痛苦。朱寒露无法忍住泪水，但她不知道该不该后悔，昨晚在半梦半醒中没有阻止父亲。这或许对他也是种解脱吧。她想。

童椿与朱寒露两个人相拥着。泪水和在一块儿去了。几个月，又几次了啊。大概是数不清了，她们两人的泪合成一颗颗的母女泪，又慢慢淌下。

朱寒露望着家里所剩无几的积蓄，便努力地织东西卖钱。童椿教过她怎么织东西。朱寒露的手并不巧，织出来的物件也不尽如人意，但母亲总在支持。母亲白天里都不在家，朱寒露不知道她去干什么了，或许是挨家挨户借钱……朱光理对寒露是很严厉的，所以，自然而然，朱寒露也受得起穷困点的生活。

以前她心中总是会隐隐恨父亲。父亲是一名文字工作者，是个文化人，可是父亲却坚决不让她多读书。当时家里不差读书的钱，可是父亲就是不让。朱寒露现在释然了。

无疑，世界不那么美好，尤其是在这个时候。

窗外的树叶子落了一地，还是绿的。可黄叶却攘攘在枝头挂着。朱寒露叹了口气，然后脑中便又回荡起父亲的叹息。朱寒露识字，爱看小说。闲时，就翻几页小说读读。小说也藏得很好，现在不敢拿出来读。

朱寒露走出了家门去。她左手挎着篮子，篮子里是她织出的满意、鲜亮的黄色、紫色、青色、绿色的围巾。

于是她微微向上撩起裙子，坐在台阶上，再放下裙摆。右腿微微搭在左腿上。黄雀从她身后飞来，停在她下一级台阶上，蹦蹦跳跳。

“卖围巾！手工织的！”

柔和的声音在扩散着，黄雀飞走了，轻灵地叫了一声。

一个妇女循声而来，看了看围巾，左瞧右瞧，选了一条黄色的围巾，接着从兜里拿出了钱给朱寒露。

“唉，女孩，我要一条绿色的围巾。”一个大姨走来，停留了片刻道。

“好嘞！来！给您。”朱寒露欣然。

篮子已空，朱寒露高兴。

三

朱寒露正在织围巾，却看见母亲一脸阴沉地进来了。

“怎么了，妈妈呀？”朱寒露问。

童椿的泪夺眶而出，她坐在地上，手捂着脸。许久，泪流尽了，她才又站起来，慢慢站起来。

“女儿呀，这房子我押出去了，我们无家可归啦！”童椿大声说道，“你父亲走了，我们平日里又欠了不少钱，现在只能把房子抵押给他们……”

“我们家怎么就这样子了呀？怎么了呀？”朱寒露哭了，她扑在母亲的怀里。

“没事，生活总要继续，妈去找间便宜的房租着。”童椿安慰着朱寒露，与儿时一样。一样得熟练，一样得温暖。于是朱寒露又抬头看了眼母亲，无数的皱纹形成的道道沟壑无言宣示着苍老。

一切的悲伤，都如泪水，由大河流向大江。所有的无奈与叹惋，又都从大江流向大海，最终混在一起，谱写出岁月的歌。

童椿又拂了拂朱寒露的额头：“女儿呀，去理理东西吧。”

童椿在路上走着。树木在四周婆娑作响。天灰暗暗的，风也大起来了，呼呼的风声如同饕餮张开血盆大口，唾液在其齿间、舌间流离。寒风凛冽，刮在脸上生疼，伴着尘埃不断翻滚、翻滚，遮蔽天空。风猛地在近地面舔舐，一遍一遍地让小石子、砂砾不断跳跃。她看着那风，眼神呆滞，她早已没有惊慌。

“橐橐橐，橐。”

童椿敲响了一家人家的门。木质的门上镂着花，却似乎是被人刻意磨掉了，只留下一点点痕迹。“唉？椿，你来啦？”开门的女人大概四十岁，穿着干净，脸上挂满了笑，内心却鄙夷无比，她甚至迫不及待想关上门。又有什么好事呢？她居然找上门来了。

“雁呀，你也别嫌弃我！”

“哪里，我怎么会嫌你烦呢？我沈雁可把你看得很重的呀！”沈雁见她不作声，又尴尬笑笑。

童椿以陌生的眼光看着沈雁，沈雁也觉察到了，不再是年轻时一同欢笑的亲切的眼光。是低下，卑微，沈雁觉得自己的心在被童椿一点点挖出来。她感到阵阵难过，但同情改变不了她对童椿的厌烦，这也是没有办法的事。

“进来坐呀，真是挂念你呦！这么久没来了。”

“我来……是想请你帮个忙。”

沈雁皱了皱眉头，态度没有一丝遮掩：“怎么说？”

“我想租间房子住……你知不知道谁有空房子。条件差点儿没关系，能住就行！”童椿说完后，闭上了眼睛。一阵阵痛苦又袭来，她感到了心悸。

“哦，我知道几个人的，这种消息我是通晓的。去找城口张老牛，革命路12号，那个在门口抽大烟的，他有房间空着，一直在出租。他脾气吧，不太好，你也别太介意。”沈雁说这话是真诚的，真诚地想给予曾经的朋友一点帮助。

童椿当然也认识到了这点，但她们的友谊早已结束，早在十多年前……已经泛黄，无法追忆。

风停了。天仍是灰蒙蒙的，沉重的绸缎压在天上，密而不透气。尘埃仍在天空中翻滚，搅拌着沙土，好像永远不会下沉。她无助地看着它们翻滚，翻滚……

她认为它们是不会停下的。

四

张老牛清出了一个房间，房间在阁楼顶上，破败的墙上露出了砖垣。

朱寒露皱皱眉毛，把行李甩在地上。叉着腰像检阅似的环顾四周。“你们随意。”张老牛把钥匙放在床上，接着便走出了房门，脚步声富有节奏，慢慢隐去，仿佛从此将永远消失。房间里是一片寂静，没有一点儿声音。朱寒露感到了阵阵自失，好像这破败的阁楼有独特的浪漫。

“咳，咳。”

潮湿的气息充盈在空气中，塞满了整个房间。朱寒露拉开破损的窗帘，看着窗台上老鼠与壁虎留下的残迹，她双手用力推着窗户，窗上脱落的漆尖刺刺的，很扎手。“咔嚓”，窗子只往外动了一点点。接着铁锈从窗户上零星落下，和着灰尘一起，薄薄地覆在朱寒露的手上，“妈！帮忙！”童椿与朱寒露两人一同把全身的力往前送，窗户仍是“吱扭吱扭”，以一度一度的角在转。又突然“咣”的一声，两个身子随窗户快速向前倒。她们好不容易稳住了身子，终于窗户打开了——开得有点大，风太大了，童椿于是又努力地拉窗户，可真费力，才把这锈迹斑斑的窗户开到恰到好处。

两人坐在床上，有点怄气。床单很破，还有一股臭味。朱寒露受不了，便把床单塞在了床底下。“妈，用我们的床单。”

“等会儿哈。”童椿翻找着。外面的风又刮起来了，窗帘从窗子中溜了出去，开始飘荡。

这之后，她常常想起这吐露在外的红色窗帘。窗帘随风飘舞，像一条巨大、鲜艳的舌头。

“妈妈，这床单可真舒服呀。”

朱寒露于是乎睁大眼睛，仔细在黑暗中寻找。

寻找到了，那朵玫瑰花，床单绣的玫瑰花即使在夜中，朱寒露仍认为，它在发出幽幽的红光。母女俩面对着面。

“露。”

“怎么了妈妈?”

“这床单，是我和你爸爸结婚的时候睡的呢。”

随即，童椿发出了笑声，此时凄苦也慢慢从喉中涌现了，伴着笑声，裹着美好的记忆。

“这床架可是真差，这么晃荡。”童椿默默嘟囔。

“妈，我能忍。”

朱寒露柔和的声音夹杂着雨水的声音。

一颗雨珠落在屋顶上，再弹起来，激起水花。

五

“出去，快一点了！”张老牛大声嚷着。童椿在哭，泪打在潮湿的地板上，也成了潮湿地板的一部分。她很无助，她不知道怎么办了，这是个无解的问题！

“你就等几天嘛，我有钱就把房租给你……”

今天还没有收入，已经几天没有收入了，朱寒露每天卖围巾，却没有人再买了。寥寥几人仔细打量，便也扔下围巾走了。围巾织一条又这么费时间，卖又卖不出去，怎么办呢？没有其他工作是她可以做的。她又没什么力气，体力活是注定没有办法做的，这不是凭借意志就行的。母女都在努力。其实房租并不贵，但对她们来说生活是如履薄冰，母女俩也硬撑了好久了。现在薄冰终于撑不住了。

朱寒露提着沉甸甸的一筐围巾，无精打采走回去。路上，树叶自然地躺着，悠闲自在，她用力踩碎了那些叶子。叶片发出了惨叫，朱寒露感到了舒畅。不然，她的压力该怎么排解？

“喂！给我看看围巾！”一个女孩从一家人家的窗口探出脑袋，挥了挥手，招呼她过去。朱寒露心跳加速，笑容自然地绽放，飞快跑了过去。“唉，这个围巾真好看！”朱寒露听了心里高兴。即使这个女孩不买她的围巾她也很高兴。朱寒露心中暗忖：是很好看呀，终于有发现它的美的人了。女孩仔细摸了摸几条围巾，又嗅了嗅，说：“你的围巾可真香呀？怎么会这么香呢？”

朱寒露莞尔一笑：“因为……我用野花，调过味道哦！”

朱寒露技法很娴熟，她的围巾并不是单一的颜色，还有花纹、图案，比如蝴蝶。小姑娘看上了绣有蝴蝶的围巾。她睁大了眼睛，认真瞧着蝴蝶，那蓝色翅膀的蝴蝶只有黑、蓝、白三色，却美丽动人，栩栩如生。每一个部位，朱寒露都仔细地编织。

朱寒露好奇地问："你几岁？"

"十七。"她答道。

朱寒露惊讶，这个女孩看着只是及笄之年，年龄却与自己相近。朱寒露好像找到了真正的友谊。其实她们又了解对方多少呢？朱寒露除了母亲以外，已经很久没有被人关心过了。她渴望友谊，渴望一切关爱，她极其孤独、痛苦。她没有那么坚强。

"我们可以做朋友，我叫陶墨墨。"

"哪个墨字？"

"就是墨水的墨呀。"

窗前是块草坪。草绿得深沉，与风互相倾诉。

"我们可以书信联系。我可能过段时间会搬家。写信的话方便吗？这里地址是丹青路 9 号。如果搬家了的话我会把新地址给你的。"陶墨墨说道。

"好的，我会来信的。"

朱寒露会心一笑，便离开了。她又最后回头看了陶家的地址。她站过的那片草坪上，有两个脚印一样的凹陷。几秒钟的时间，草坪又像发面一样膨胀起来，恢复了原状。

六

朱寒露回到家时，发现悲伤与痛苦正弥散，其实不能被叫作家的。这么一间破房间，叫什么家呢？何况刚刚又被赶了出来。

扛着行李，童椿坐在了张老牛房子外头的一块石头上，等朱寒露回来。“女儿啊，我们命可真苦……”童椿说，但她没有哭。生活把她最后一滴眼泪也吸走了。“我卖出了一条围巾，有了点钱，不知道……”朱寒露摸着口袋。

“不够的。而且张老牛家这间房便宜得很了，想找地方住几乎是不可能的啊……”

夜晚，灯点上了。河边的芦苇在随风肆意摇荡着，沙——沙——沙，声音和谐而动听。“真的是啊，熟人避我们像避瘟神一样，我们住都没地方住呀！”童椿轻轻地抚着女儿的头发。

夜色越来越暗了，可怕的影子早已做好了吞入一切的准备。“你们怎么在这里？”一个大叔，约莫 50 岁的样子，走来问道。

“我们无家可归……”童椿想说更多，她马上要被压垮了，就差一点点，一点点。

“唉，上我船上去过个夜吧，看你们母女俩也够可怜的呀！”大叔热心地说，说完指了指那边的那艘渔船，“放心，我不是坏人！”

“啊，谢谢你，谢谢你。”童椿面上终于露出了点笑容。

“谢了大叔！”朱寒露道。于是大叔带领两人上了渔船，打开舱门，迎面而来的是浓厚的鱼腥味。朱寒露越闻越恶心，看到地上的鱼头鱼血，又不禁干呕起来，“对不起啊，大叔。”朱寒露说。

“叫我老吴吧。”

老吴给童椿母女一格独立的储物室。出乎意料，储物室不放鱼虾，只放一些生活用品，还挺干净的，船板有侧窗，正好能看到夜晚那深邃而幽静的湖水。老吴一人住在外头，与鱼虾的腥味一起。

“我们要怎么谢他才好……”童椿默默地说。

朱寒露的心里很温暖。

母女俩四处求人，却没有住处，不得已，只好又麻烦老吴了。朱寒露突然想到了陶墨墨，可是念头马上被打消了。“我跟她完全不熟。”

老吴是个非常善良的人，一直没有要她们走的意思，母女俩再次感谢他，他也只是摇一摇头，笑而不语。老吴的妻子几年前就病故了。

童椿也不好意思，便也帮着老吴干干杂活，但老吴一直不要她干，似乎认为接纳她们是理所应当的事情。上次想到陶墨墨后，朱寒露便想着写信给她。她拿出包中的白纸与笔，把笔杆转了几圈，思考了一阵，就在微微摇晃的船上写起来。对于这个女孩，朱寒露有点害羞写信给她，其实挺可笑——写信有什么可害羞的呢？第一封信的开头是这样的。

“一切都很好，你呢？”

信寄出后，陶墨墨竟然马上回了信。由于渔船实在是收信不便，朱寒露想尽了办法，才使陶墨墨的回信到了自己的手中。

陶墨墨在信中说了很多自己的问题，诉了很多苦，她真的像把朱寒露当成朋友一样。

两人很快便开始了你来我往地写信了。

朱寒露做了一个噩梦，梦到父亲突然把她拉出储物间，她想大声叫却叫不出来，最后父亲把她推入了河水之中。

睁开双眼，还好是假的。

背上，凉凉的，全是汗。

七

其实朱寒露怎么也想不出为什么生活会变成这样。本来家里是比较富裕的啊。时机不对的问题？对，没错。

朱光理为了出版自己的论文集借了不少钱，于是等他死后，母女俩便一无所有了，没有钱，他们是早就在城中落户的，乡间也没有田地，没有朋友，其实这是朱光理的问题，他性格孤僻，骄傲自大，没有一个朋友。没有工作、谁愿意招用她们？

"朱寒露啊！"童椿叫她。

朱寒露吓了一跳，她母亲一般是从来不叫她全名的，不知为何，她便紧张了起来："怎么……"

"我们天天住在老吴这儿，怎么行呀……"

"啊，又能怎么办呢？"

正是下午的时间，渔船停靠在路边，买鱼的人在岸上很是吵闹，朱寒露从人群中挤出来，在城市的路上徘徊不定。地上有颗黑色的石子，她踢着石子，一直踢着，若是没踢准，她便会再踢一次。一直低头的朱寒露抬头看了看前方，店铺都是开张的，红的，绿的，紫的……商品琳琅满目，朱寒露下意识摸摸钱包。可是钱包是空的——哦，不对，没有钱包。

走到河边，她又刻意远离那艘渔船。朱寒露在离船远的地方找了块大石头坐了下来，她脑海里是一片黑与白的混合，很乱。朱寒露只是盯着河水，数着河水翻一次波纹要几秒钟。她嘴里不知哼的是哪一段悄怆的旋律——其实她不一定记得的。

朱寒露向四周望望，又看到渔船。那艘渔船承载着很多东西。斑驳，在阳光下只是模糊的形状。可是朱寒露可以清楚地看到老吴坐在船尾——她又下意识规避。“吱——”鸟飞过她的头顶。

老吴坐在船尾，瞪着眼睛，五味杂陈。他仔细看着河水，头随河水的波纹而轻轻摇晃。

“啦——嘞——呦——”

老吴不自主地唱着，有力而又柔和的声音在风的帮助下传得很远很远。

河水终将注入海洋，于是乎默默，成为无言的千千万万中的一个。

八

时间有几千种的方法流逝，而我们，远不如时间聪明。

三年便如此匆匆，由朱寒露的脚下爬走。

老吴把渔船停靠在太湖旁，当太湖的风慢慢拂过老吴的白发时，买鱼的人已经在等着了。“有人哇？买鱼嘞！”客人喊道。老吴来太湖没多久，但是因为太湖鱼虾很多，所以便把船停在太湖南岸的陈家庄固定了下来。他抬头望着这一陌生人的脸，这个男人大约 40 岁，皮肤干燥而枯萎，血管凸出来。“来点什么？”老吴问道。

“哦，来斤白弯转，今天我儿子回家了。”

“呦，儿子多大啦？”老吴说。

客人笑了笑：“10 岁呢，才，这个孩子就喜欢吃弯转。”老吴熟练地把在清晨时分捕来的虾称上一斤给那个客人。“以后常来买！我一直在这儿的！”老吴喊道。朱寒露的脸没有那么白皙了，反而有些许粗糙，唯一让她像一个女孩的是她那袭白色的裙子。可在乡村中，这袭白裙是格格不入的。她仍把小说带在身边，一有空就打开读起来。童椿老得很快，白发早已爬上了她的头顶，开始肆意散布。

老吴终于决定要盖一栋房子，他为自己的决定而沾沾自喜，“小露！”老吴喊了朱寒露一声，“把你妈也叫来一下。”“好的，爸！我去叫。”朱寒露说。等到三人在了一块儿，老吴便说了：“我们在陆上盖栋房子怎么样？”

杂然相许。老吴与童椿已经储了一些钱了，也该终止一天天在船上漂泊不定的生活了。于是老吴就去全村走了走，看哪里有空地。在老吴的细心挑选下，地块定了下来——就在那块平地上，陈建国家对面。他租下了地，签了合约。想到自己在向好生活前进了，老吴心中很美，杀了几条好鱼做菜庆祝。

朱寒露闲时除了读书，也会在村里转转，慢慢地沿着小路走下田野、鱼塘，一切都是那么美好的图景，她在学习拥抱生活。邹晓兰与潘阿亭坐在板凳上，吃着瓜子，皱着眉头聊天。朱寒露笑着走过她们的身旁，邹晓兰与潘阿亭就抬起头看她，邹晓兰说："这个外地的人，在我们陈家庄也要落户了侬。""看看好了，走路还发笑，估计高兴死。"潘阿亭说。

朱寒露没听到她们在议论什么，只是知道她们不是在说什么好话——从两人凶恶的表情中也可以看出来，她不想多说什么，虽然她很生气。她瞪了她们一眼，而后便走了。

邹晓兰与潘阿亭开始嚷嚷起来。

九

农村中几个妇女开始三五成群议论起朱寒露他们一家。

老吴已经在盖房子了，他每日拉几车泥砖与其他什么东西，再花小半天时间砌砖砌瓦。渐渐，两层楼的房子已经初具规模了。老吴用手指揩一下脖子上流满的汗珠，自豪地看着他的劳动成果，在红砖黑瓦之中，老吴见到了那向往已久的美妙仙境，那是无忧无虑、盈满幸福的天堂。

童椿也很是高兴，这几天她总是笑容满面的，于是她便又回想起原来三口人在城中的生活，想着又不禁泪如雨下。摸着结结实实的砖石，她感到了力量与依靠。

朱寒露发现村中的妇女已经形成了一条统一战线，开始对她启动了不可名状的侵袭。她尝试了几次与妇女们交好，开始效果不错。一开始对她不好的潘阿亭有时竟对她满脸笑容。朱寒露发现乡村其实是一个有爱的地方，而自己只要给予，他人也会给自己的。可是日增夜长的房屋无情地碾碎了这个发现。

美好的情感在无言中被碾开，化为粉碎，像是一抹灶灰，或是一抔细沙。朱寒露幡然醒悟了，在那个灼热的下午。有几个妇女和她关系还不错，甚至还会给她点小食，特别是陈淑瑶。可是在那个下午，在田垄上的每一寸土地被阳光晒得沁出汗珠时，陈淑瑶却与潘阿亭和其他几个女人开始说老吴和朱寒露的坏话——说到底是觉得他们造了房子自己难过。其实有什么不好受的？她们又不是没地儿住。

朱寒露悄悄听着刺耳的话像蒲公英一般散播。两面派！这些女人真叫人恶心。看起来妥协是绝对不可行的。她开始反击，于是走到几个女人面前，女人们一脸不屑地转过去。朱寒露便更生气了，愠色爬上了她的鼻梁：“陈淑瑶，你不是和我很好的嘛？怎么这么看我？”

陈淑瑶不言语，在上午她还朝朱寒露笑过。

“恶心，真叫人恶心！”朱寒露把陈淑瑶给的那几块饼干摔向她，“陪你下棺材吧，这饼干！”她不知道自己原本一个文质彬彬的女子，是如何脱口而出这样粗鲁的话的。哦，对，是乡村，是乡村的泥土。那些朴质的泥土侵入了朱寒露的身体，重塑了她的精神，重塑了一切。

于是朱寒露抬头望，太阳大得出奇，她感觉自己被太阳的光芒所吞噬。在亮到发白的太阳下她睁不开眼，却感到天旋地转般的晕眩。

她长舒了一口气。唉，乡村便是这般乌烟瘴气。滚蛋吧，死女人们。朱寒露又瞪大了眼睛，她敏锐地发现自己其实在无言中被同化成了一个泼辣的村妇。“不行，不行的，什么啊……”朱寒露觉得自己脑袋要炸了，魂要飘走了，她自己紧抱着头，低声呻吟，又是突然一瞬间，她好了，身体好了。朱寒露不知怎的又想到了父亲教她的歌谣。

朱寒露仍是避免不了被同化。

打个比喻吧，一块洁白的丝布，浸在墨里，和把一块脏的麻布浸在墨里一会儿，一定是洁白的丝布变得更加黑，更加不堪。朱寒露想道：她们这么对我，我也只能这么对她们了。

到后来，似乎又变味了。朱寒露的辱骂似乎是遍布到了每个人。她凡见了一个人就不自主地要骂，要闹，早已不再是复仇而已了。又有谁知道朱寒露她想干什么呢？根本不可能知道，毕竟，连她自己都不知道了。

她已经浸入了一片泥潭，无法脱身了。

在朱寒露与陶墨墨的信中，朱寒露仍是一个女孩，一个洁白如玉、干净如水的女孩。只有在信中，只有信中的文字，才能折射出那时在烛光下庆祝 18 岁生日的扎马尾的女孩朱寒露的影子。你能看到朱光理在她旁边站着。

他们笑起来了，朱光理亲切地摸了摸朱寒露的头。

"生日快乐。"

十

水根是在那日傍晚出现的幽灵。

他一个人摇摇晃晃走在路上，手不时插入袋中，又不时地抚抚他那时尚的头发。他老婆死了，他一个人逍遥自在，是公认的"流氓""烂木头"。

近晚时分，太阳只剩几根头发在外面，赤色的云，把一切笼罩在其下，当然河水也被映红了。朱寒露坐在家门口的石头凳子上，手心向上撑着脑袋，悠闲地看着地上的蚂蚁在运食物。

陈水根暧昧地看着二十几岁的朱寒露，眉毛不由自主地向上挑了几下。蚂蚁的食物被运到了洞里。于是朱寒露便站了起来，稍稍地伸了个懒腰。她穿着短衣服，于是白而细的腰便无蔽地显露出来。风轻轻滑过。陈水根又露出了更加猥琐的笑容。“腰蛮细的，风流。”他说着朝朱寒露挤眉弄眼。

于是，在这迷迷糊糊之间，水根这个幽灵又突然发起了袭击。水根，那手指在游离，搂上了朱寒露的腰。似乎有点迷蒙，似乎是一条蛇或是一条蚯蚓在肆意攀爬。可是进攻只持续了几秒。

“神经病！滚开呀，你干什么啊！”朱寒露大声叫道，随即把水根用力往后推，朱寒露未想到自己力气这么大，水根竟被推出去挺远。

她不肯善罢甘休，赶忙追上去，在他家门口大骂“流氓”，把放在门口的玻璃酒瓶往墙上砸。玻璃碎屑飞溅开来，沙沙作响，在阳光的照射下耀眼得如同钻石。水根喝酒多，瓶子攒得也多。朱寒露心中的愤恨无法消解，她决不妥协。声音吸引了众人，他们议论纷纷，指指点点。

“哈哈哈，真搞笑，哈，太可笑了。”

朱寒露眼泪沁出来，她在笑吗，还是在哭？可是眼泪是实实在在的，酸咸的，朱寒露于是乎便不愿意再出门。她只想待在家中，其实家中她也不想待，可至少她还不想去死。

她真的不愿意再踏出自己家的门槛一步了。太阳似乎在剜她的眼睛，好像水根那暧昧的笑声也一直回荡在门外。

十一

几年她似乎没有踏出家门一步。

几乎没有。童椿老了，白发与皱纹已经完全覆盖了她的容颜。她的外貌完全不与她的年龄匹配。人们叫她童老太了。她不老，童椿不老。她老了，童椿衰弱得不行了。所以，她老不老呢?

朱寒露透过窗户看着外面，天天如此。她看到了对面陈建国家出了一些变故，可她不出门。她如同一个观察者，默默凝视着一切。朱寒露心上的疮口是无法弥合的。永远的伤痕。

朱寒露看到陈若缺，这个个子中等的男孩面目还挺有棱角。她细心看着他的一举一动。

“咦，真是个成熟的孩子。”她想，不过当她又看到那一望无垠的田野时，对乡村人的不信任与厌恶又从心中涌出:“这个孩子一定也会变成那样的。”可是，朱寒露却又发现在双抢时这个孩子是这么努力。

当然，朱寒露每周都与陶墨墨通信，不过她突然有了一个大胆的想法。她想做一个尝试。

“唉，陈若缺!”

陈若缺听到有人叫他，疑惑地向四周看了一眼。于是他看到朱寒露的脸从门中露出了半面。这对朱寒露讲是自我疗伤过程的第一步。勇敢的第一步。

陈若缺知道她是怎么一个人，事实上他不知道，完全一无所知。但他认为自己很清楚。他默默想：这个女人这么泼辣，肯定没有好事，而且陈若缺也很困，他装作冷酷地朝朱寒露看了眼，就进屋子去了。

朱寒露静静地发了几秒呆。

陈若缺的目光把她用作自我疗伤的绷带撕裂了。

朱寒露的眼中又沁出泪水，她“砰”地关上门，撕碎了要寄给陶墨墨的信：“为什么？怎么会这样？”她完全崩溃了，倒在床上，大哭大嚷。

陈若缺在床上，他愉悦地躺着休息。陈若缺听得到朱寒露隐隐约约的喊声。幸好没理，不愧是个疯女人。他暗忖。

风烟俱净，从流飘荡，任意东西。

看呀，柳亚平家门口的红豆杉，多绿啊，绿得滴水呢。

生机盎然，万物生长，一派祥和。

十二

照片上的朱寒露抱着一个娃娃。

那时她大概是七八岁吧。她在微笑，清水出芙蓉的样子多么可爱，她又是多么纯洁，多么善良啊，不记得是哪里拍的了。不过这不重要。她正趴在床上，怆然地唱着那歌谣。能感受到玻璃也在振动，悲凉的声音似乎也在上下流动着，房间里，阴冷得能结冰。

快是寒露天了呢。

附十一行诗

水很浩瀚
但你却
根本无法看清
每一滴水
而且
也无法操纵
哪怕
仅一滴水
只便看其徐徐逝去
直到消失
在无边无际中

中篇

第四章：萌芽

纳塔纳埃尔，切莫在未来中寻找过去，要抓住每一瞬间的新奇，不要事先准备你的快乐。

——安德烈·纪德《人间食粮》

一

秋季是落叶的季节，但也是丰收的季节。

丰收又何尝不是一种生命的落幕呢？至少这一季稻子的生命，算是到了头了。陈若缺收获了第二季的稻子。白花花的米堆积在米缸中，快放不下了。颗颗晶莹饱满充实着陈若缺的梦。米，多么重要的东西啊，这可是自己用汗水种出来的呢。他柔和地捧着一抔米，和蔼地看着。如同老辈看着子孙的样子。拣了几颗放入嘴中，慢慢嚼，陈若缺感受到生米破裂又弹在口腔四壁的感觉。

他的脸上露出了微笑。丰收是喜悦的呀。这是多么令人高兴。汗水有了回报，两季丰收下来，陈若缺的米已经充足无比了。接下来要在冬季种上耐寒的油菜。

钢铁的炼成固然是要经过千锤百炼，但陈若缺的成长与提升可比炼钢要快好多。短短这么几个月，陈若缺就已经能熟练地劳动了。从一开始的疲累无比，到现在能悠闲应对，就只过了几个月呀！但陈若缺心里很清楚——这几个月他受了多少的磨炼。

记不清多少个日夜，在床上恍恍惚惚，恹恹欲睡却又因腰背的疼痛而不得入眠。记不清多少次，在嫩绿、鲜绿、浓绿、金黄的稻田旁，他晕头转向、呕吐、干咳、胸闷。稻秧都看在眼里呢。记不清多少次在地里出现幻觉。更记不清多少次他出汗如浸满水的海绵受到了挤压——汗无尽而迅速地流着。

他终于强壮了一些，也终于有空晒晒太阳了。

于是在下午，陈若缺把家中的凳子拿到外面，坐下，仰头看天。刺眼的光把他的眼皮向下扯，所以他顺着势头闭上了眼。无尽的光辉从上源源不断地泼下来。固然光是强烈了，毕竟是下午的太阳，但是陈若缺仍觉得光在他身上一次又一次地滑过。

抓起一把河水。秋天的河水还是较清的。陈若缺往水上方吹了口气。于是几颗——对，仅仅很少的几颗水滴，便轻轻弹了出去，顺着手的纹路，滑下来，集中在手背上，再滴落。他把水向脸上扑。“嘘啦”，水不均匀地挂在他脸上，陈若缺揉揉眼睛，再睁开眼，水的清凉使他感到从心中发出的轻松。他舒心地看着，看着两只鸭子游过斑驳的石桥。

一只棕色并黑色，一只白色。

圈圈水波拍打在桥口的石阶上。

二

油菜籽已经播下了，好像空余时间马上就多了许多，陈若缺是切身体会。

《坎特伯雷故事》还没有看过呢。陈若缺伸出手去想拿来翻几页，可看见上面积满了灰尘，他又缩回了手。真的是因为积灰，他才不想读吗？不是的，很显然。陈若缺已经不爱阅读了，他与书已经隔了一条深深的沟。但陈若缺显然是不会承认的，他只是叫自己不要再多想了。

我是个有文化的人。

我是个有文化的人。

自我的呓语终究骗不了自己的。即使不多想，但是思绪仍会从不知何处飘来。难道我真的不再是个文化人了吗？难道我真的落入了乡下人的俗套了吗？不会吧，不会吧。嗯，不会的！

于是他又伸手去拿《坎特伯雷故事》。

灰尘于封面上腾空，飘荡在空中。陈若缺厌恶地拂了拂手。他翻开书，抓住文字看，可是那些文字如同扎入他眼睛的一把刀。为什么会这样？谁知道呢。不过沟终究也是可以被填补好的。

有空时他就抱着《坎特伯雷故事》，即使文字让他厌恶，故事让他乏味，他仍然在读。

"我是个有文化的人。"

沟终究也是可以被填好的，而陈若缺便是一个例子了。

奇迹般的，他又爱上了阅读。又是怎么回事呢？其实他是从乡村的束缚中摆脱了，他终于又能品味文字的美好，又能欣赏情节的趣妙了，当然摆脱束缚的只是部分。部分啊。

不过仅仅是这部分，也花了陈若缺不少的心血，他是以多么惊人的毅力去让自己重新爱上阅读的啊！

有了这次经历，陈若缺也更加警觉了。

他不想让自己白上这么多年的学，可是他也不明白，上了这么多年学的意义何在。不过有意义与否对陈若缺也并不是那样重要了。毕竟阅读可以供他消磨时间，能使他快乐。可他也不清楚，使他快乐是不是上学的意义？

没上过学的大叔大爷可能比他还快乐呢。又能怎么说呢？

快乐是没有高级或低级的，把快乐分裂为两面的人只是有种自傲，他们把自己看得高，却鄙视普遍、平凡。

当然，陈若缺的文学底子还是在的，即使它被封锁了一段时间。他突然发现，农村中的美好事物是多么值得去用笔记下来。他于是产生了创作的念头。起初陈若缺只是想想，可是村中的各种，太湖的各种，都在默默中坚定他的理想。终于他忍不住，便提笔创作起来。

读并没有白白读，各种文字的结构与好词好句，他早已谙熟于心，圆珠笔由于好久没有用，有些不顺，可是写写便又重新顺滑了起来。他想到什么就写什么，他便这样的，用笔消磨殆尽了一段空闲而无聊的时光。

那是一本笔记本。谁买的哪里买的不曾记得。笔记本很精美，棕色的外壳上烫着一朵花。材质很厚实的。总是在好奇，当时是出于什么样的情况，才会买这么一本笔记本——毕竟这种样子的本子价格也是极为昂贵的，至少对于陈若缺来说是。

陈若缺的文字在细密间总是有热情或是冷酷的情感掺杂其中。读来，也有一种独特的味道，更有种大师般的凝练。所以说邵子英评价他的文笔是“独特的鲜花”，也确实是有理的。即使邵子英这话部分是为恭维他才说的。不过这是后话，便暂且不谈了。

陈若缺是个感情深邃的人，这点是肯定的。他擅长从一草一木中发现，从一花一叶中思考。

发现·小记青杉 / 陈若缺

啊！居然没有人关注这棵青杉树。

很美呐，真的。

来来往往的人，一个又一个，经过，面朝前方面无表情。匆匆，偶然的，有人停下来，随意抬头看看，却也马上走掉了，仍是匆匆。我的父老乡亲们，我知道你们疲于劳动，但世间如这青杉一般的树，我真是找不出第二棵。

你们莫要不信，莫要觉得这青杉屹立于此只是普通无奇。我相信你们的眼，请睁大吧，谢谢。你们将被这青杉的雄壮吓到！乡间这些的美好尤物实在太多了，人们都没发现，我也没有！不过我也不担心。从现在开始发现，也是来得及的。

笔直的枝干透露出的刚强使人心动。青杉是那么高，那么直呀。直插云天的树干成棕色，粗糙的树皮如老人的皱纹，沁出了时间的沧桑。我自然是看到过许多的杉，可没有一棵是这么直的！乡亲们，这仍无法吸引你吗？请看那叶子。

我无法看清叶片的样子，只知道千千万万的树叶堆积成了绿的城池。这绿色是那么的苍翠。它绿到我的心里去了。即使闭上眼，仍感觉那绿色在眼前一闪一闪跳动。

你们说这树年龄很大。

那它真是老骥伏枥，志在千里呀！

发现·小记落雪 / 陈若缺

《发现·小记》是一个系列，嗯，怎么说呢？感觉生活中值得我们去发现的东西实在是太多了。那么，姑妄记之，期待生活中的美可以被装入我的文字中吧。

在长江中下游地区，凡是学过些地理的都清楚，下雪一般是几年难遇，毕竟这儿一月的平均温度也是高于零度的。不过今年很神奇，而且神奇之处远远不止一点。

今年冬天挺暖和，太阳几乎天天都露面。我总是想：阳光这么好，真的是冬天吗？可是就在这样热的天气下，居然下雪了！雪是昨日开始下的，一开始便大朵大朵落下来。雪下了，那天自然也凉了下来，勤恳工作的太阳也终于休假了。昨日下午开始下雪。中途下雨夹雪还让我担心积不起雪来。不过我多虑了。晚上雪更大了，对，是纯下雪，不再是雨夹雪。

巧事，昨天晚上我好像听到了雪花落地的沙沙声，但我知道其实是不会发出声音的。今早雪积起来了，不过不厚，对，很薄，只能说有50页纸一样厚。油菜花耐寒，而且做了处理，长得不错。

脚踩在雪地上，松软的雪慢慢地凹下去，“咔嚓”，雪响声清脆动人，让我有些愉悦。两个孩子在河对岸堆雪人呢。这么点雪，不知堆大雪人要多久。下午又是大太阳了，雪没怎么化，但我家门口几层的薄冰与河上漂的冰是化完了，搞得地很滑。我差点摔着。

感觉我挺像孩子，不过我也不算大吧。

太湖 / 陈若缺

我的太湖。

已经这么多年了，从第一眼看到你到现在。不过对你，便只是洪荒岁月中短暂的一瞥吧。

你是我心中似神灵般的存在。我相信，对陈家庄的人，对围绕太湖生活的千千万万的人，也都是如此的。

我们是怎么邂逅的呢？

从小，我便常来你身旁，与伙伴们一同玩耍、嬉闹。不过我不敢说我邂逅了你。那时我把你当作我们游戏的背景，游戏的场所。可我却没有仔细欣赏过你。

是多么的不应该呀！当时为什么没有想到用欣赏的眼光看你一眼？其实只要粗粗一望，也必然被你所震撼。邂逅你的那个下午，我仍是记忆犹新。不过总是回忆过往，似是对现在的不尊重。于是我又匆匆走来，如同每次来时一样坐在石头上，盘起腿，庄重地凝视你，太湖。

海的波涛是汹涌的。我见过海，但忘记是什么海了，谁带我去的我也忘了。不过应该是父亲的一个富裕朋友。只记得金色的沙滩在傍晚常带着太阳的余温。贝壳的碎片，小沙砾，我踩在上面很舒服，还发出悦耳的声音，虽然不清脆。越往前走，海也越近，而沙子也越湿。金色的沙子变为了泥土一般的褐色。

海浪缓缓地匍匐而来，舔了几下我的脚，又马上回去了。大概它妈妈要骂它的。远远望去，海水是如此的蓝，而令人心惊的蓝色又不规律分布着从天上撒下般的、白色的泡沫。看着近处波浪平平无奇，可一旦望向远处，又是那么的澎湃，那么的汹涌。如人高的浪头一个接一个此起彼伏，似是直接翻入我的心头。心都在震动啊！

你，太湖。我一眼望去是那么的平坦，是如此沉得住气。你与大海陡然不同。你的湖面如琉璃一般光滑，只可见到微小的水波慢慢地荡漾着。多么壮观呀，太湖。你比海可要壮观，自古有“成熟的麦穗弯腰”的道理，你是一个蕴含深厚能量的人，是一个谦虚沉稳的人！大海是个年少轻狂的孩子，又怎么能跟你比？

用文字描写你是不够的！连眼睛看也是看不够的！多么雄伟壮观的太湖，你如一个伟大的母亲，孕育了无数的生命。

礼赞的话若是说太多，反倒是亵渎了你啊！

怎么赞美都是不够的，又有什么文字能抒发我内心那情感呢？

我的太湖。

发现·小记石阶 / 陈若缺

我就随便写一写。

突然发现石阶也是颇有趣味的东西。那石阶就是指桥口的石阶。是通过大路往下走到河水的水平线的石阶，人可以在石阶上洗衣服、淘米等。河水的水位常常会变动，有时上升，有时下降，这是自然的。太湖较为平静，所以变动也不会很大，但起码变化还是明显的——至少不同水位最下层的石阶是不一样的。

第一层石阶严格来讲不是石头，是用水泥和着小石子做成的。大概呈扇形，不过不太规则。嵌在上面的石粒儿，在人的踩踏下慢慢失去了棱角，变得平而光滑起来。

第二层（这样说其实不完全正确，因为第一层的石阶很大，但只占了一半的宽度，另一半则用一块石头补上了，不过比前面那块要矮一些），是一块赤红色的石头。这块石头很有个性，四面八方生长着刺，而且不因为人的踩踏而变化。我蹲下去仔细地摸了摸，它的质感很粗糙，凹凸不平而且有沙砾感。并不是完全的赤红色，其上自然也分布一些黑色的、白色的条纹，不过像是粉笔画上去的，很淡。

第三层是我最喜爱的。从小起，我便常常看着这块石头出神。常常思考这块石头的来历。这也是正常的，因为这块石头实在是太独特了。它光滑无比，可以照出人的脸，摸上去很舒服，很清凉。它像是玉髓（照片上见过），而且呈现着偏蓝的墨色，真不像是一块普通的石头呀！而最神奇的，必须是那道白纹，宽一厘米的样子，长则贯穿整块石头。这道白纹可是不一般，晶莹剔透，浓淡有度，我以前一直以为是块宝玉。

下面几层就平平无奇。第四层是由三块石头构成的，中间的呈血红与白交替的颜色，上面密布着洼坑，不过不好看。左右两边的石头很普通，便不做介绍。第五层常年是浸在水中的，是一块很大的青色石板。

咦，似乎这样便介绍完了，你也许觉得我写得稀里糊涂。这么几块石阶有什么好看的？

好看，没有唯一标准。

可能只有我可以品味其中的美好吧。这种美与记忆，与个人经历都有关系。

那就不给你们看更多陈若缺的文章了，只怕你们烦了，跳过去不读，便白费了功夫。况且陈若缺又不是一个笔耕不辍的作家，他的作品，也没有那么多。

三

日历撕完了一本，又换上新的一本。

新的一本日历是蓝色的纸，如油一般滑的手感与其看似粗糙的外表并不一致。

“喀，喀，喀。”

日历又撕去了几页。

蓝色的纸，从空中徐徐落下，如一只蝴蝶。也可以看到它轻轻落在地上，悄悄地躺着，不发出一点半点声响。年马上就要到了（虽说还有半个多月，不过繁忙的准备工作是要抓紧时间做了）。

普通的人家，亲戚朋友众多，自然对过年的准备就更加庄重正式。他们忙里忙外，既要为给谁家孩子多少压岁钱算计，又要为了年夜饭请谁而发愁。陈若缺家是太神奇了，除了他想也不愿想的叔叔家以外，竟一个亲人也没有。一般讲农村的亲戚网是密布的，缠绵的，解不开的，甚至说一个普通农村人亲戚数小于十个都是极不正常的。所以陈若缺祖辈父辈是怎么把自己的家族弄成这般模样的呢？

真是令人好奇，令人讶异呀……

陈大伯坐在家中的椅子上，他手上拿着几张钱，心里默默地盘算着。“火珍！今年我们给芹芹多少压岁钱呀？”

“要不给20块洋钿吧？随你，不过我也是很奇怪你这个人，女儿都18岁了，也不是要给压岁钱的年纪了，就你年年说给压岁钱，真奇怪的呀！”

“唉，我这不是爱芹芹嘛！”陈大伯说，火珍听了似笑非笑，手上也没停下活计：“从你嘴巴里讲出‘爱’这个字，奇怪透顶。”

“咋奇怪呀？闲话会不会讲？”陈大伯是会有点儿不好意思，“那给满满多少压岁钱，10块够不够？”

“够的够的，格哇亲戚当年也不见得给我们芹芹多少钱，10块钱是多得不行了。对了，那给云娣家的小姑娘要多噶点了，上年噶给我们也多，而且那姑娘也快16岁了，多给也给不了几年的。”

“哦，我去找几个红包，不要像去年人家来了，红包壳子还在找。这叫‘防患于未然’‘高瞻远瞩’，这种闲话你会说吗？嘿嘿嘿。”

“呵呵，懂点儿成语就把你能的，有本事去当个老师呀。”

“这叫家庭先生，专门教你。”陈大伯笑着说。

火珍不屑地瞧了一眼陈大伯：“就会吹牛，我也不想说你了，买个东西总是被揞兔子，走走路也要掼高。交关事体呐，我记得牢呐，睏觉睏相么差……”

陈大伯马上跑上楼去找红包壳儿了，楼上传来声音：“火珍，抽屉钥匙呢？”火珍大喊：“在橱顶上呢！当心点！”

陈大伯出门，去打一桶水回来，迎面正碰上陈若缺。陈若缺在桥口，瞧着石砌的阶梯若有所思。“做啥呢？阿缺？”陈大伯问。

“哦，我瞧石头呢，这石头好看，我要给它们写篇文章。”

“好看嘛？说正事，过年马上的事儿了，你也做点准备，买点糖啊什么的，自己快活快活。”

“唉，好！”陈若缺回应道。

四

陈若缺有空就读书写作，家里没怎么整理。自然家中的物件杂乱，把空间全占满了。起初他并没有很在意，毕竟环境无法对他造成太大的影响。不过，现在的情况实在是过分了一些，而且也快过年了，所以他打算来一个大扫除，“新年新气象”嘛。

把家中的衣服，新的旧的用水洗涤过。晾哪儿，陈若缺环顾四周，没有找到特别好的地方。但他忽然一眼瞥到地上的麻绳。对呀！挂在麻绳上！原来麻绳是用来晾衣裳的。以前陈若缺不知道，傻傻地把麻绳解开扔在地上——嫌碍事。以前他晾在石头上，不过那石头很脏，陈若缺也害怕风吹走衣服。

他把麻绳一头系在窗户边的一个铁钉上，另一头拴在门把手上。虽然这样门没法打开，不过那扇门是小门，平时也不怎么打开的。陈若缺自豪地打量着，把衣服挂在麻绳上，他用一块土抹布，仔细地把床的骨架、床几、桌子什么的物件全抹了一遍。这可不是一件容易的活计。由于太脏，他抹几下抹布要么变黑，要么油乎乎的——不得不去洗。这么一折腾，一下午便过去了。

今天再洗被子晾不干了，明天吧，他想着。于是陈若缺又拿起拖把，费力地把地也拖了一遍。原本地面全是积的灰，现在几乎是一闪一闪的呢。

次日，他仔细清洗了床单与被子，上面布满了汗渍与灰尘。洗的时候也是很困难，用板刷和了洗衣粉，"咔嚓咔嚓"刷许久，才能刷去几点污块——要歼灭敌人有生力量不容易呀。洗着洗着，陈若缺的脸不自觉红了，他竟然与这么脏的东西睡了这么久，还从来没想过要清洗。

等到一切完工后，陈若缺疲累却高兴地看着这干净整洁的屋子。

虽然是陋室，但仍是一间美好的屋子呀，看起来平日的整理是很必要的。看那衣服鞋子，整齐地摞着，多使人高兴啊。再看看这地，这么干净，几乎没有灰尘！天花板上的蜘蛛网也一扫而空！可是我要忙于务农，又怎么能来得及每天打扫。嗯，确实。不过如今稍稍空了一点才能这样打扫一番，而且打扫也不轻松，嗯，确实。拖着务农的身体打扫也不现实。啧，不好弄。而且我还要读书写作呢，真是忙碌。

五

他想着要去买点糖。

翻了翻自己床底的钱盒子，陈若缺十分惊喜地发现他剩下的钱还挺多的。看来平日他的确很节俭。既然过年，陈若缺便想小小地奢侈一把，毕竟钱最后还是为了能够更好地享受生活用的。他已经快把《坎特伯雷故事》读完了，所以他就想趁这次买几本书回来。

挺好，他爱上了书，他离不开书了。陈若缺不时会陷入一种无边的焦虑，若是他上次没强迫自己爱上书，他就只是个极普通的农民，不用为看书花费时间与金钱了。

可是陈若缺毕竟是陈若缺。

数了15元钱，他便出门了。15元钱对他来说无疑是巨款，可他放下顾虑：快过年了便开心点，这15元钱权当奖励自己一年的努力了，今天一定要花完。

临近过年，乡里挺热闹，人们都忙里忙外，打扫卫生，整理家当。乡里的小店更热闹了，生意兴旺——买东西的人是一堆一堆的，老板站在柜台里笑容满面，脚不点地，真是热闹万分。

陈若缺走进店里。他在店中“打转”，漫无目的地找着有什么吸引人的东西。临近过年了，店里进了不少货，特别是糖，但陈若缺看不上眼。这些棕黑的椰子糖，白的玉米糖，真的勾不起他丝毫食欲来。走了又走，逛了一圈又一圈，陈若缺什么也没相中，而且乡里小店连书都不卖。

于是他匆匆离开店铺，快出门时正巧碰上了一个女孩子，年龄与陈若缺相仿。陈若缺感觉自己在哪里见过他，却又记不清了。

“唉，你是陈若缺吧？”女孩问。

“对，你是？”

女孩微微一笑：“不记得我啦，我陈芹！”

原来是陈大伯家的女儿陈芹啊。这下陈若缺突然便来了兴致：“你来买什么嘛？”

“哦，买点盐，家里盐吃完了。”

陈若缺和陈芹闲聊了一会儿，便走出了店铺。看着明媚的太阳，他油然而生一个神奇的念头——去城里看看。

大概陈若缺不清楚自己为什么突然起了兴头和陈芹聊起来。但他潜意识中，已经把这次他与陈芹的聊天，比成他与谢润清在清晨的那次谈话，那么相似……不是吗？但陈若缺大概无法领悟。他只有潜意识中有所知觉。

六

花了一元钱买了张票。

车票涨价了这么多也出乎陈若缺的意料。对此，司机解释说：“快过年了，很多司机回家了，自然价格要贵些。”今天陈若缺不想为这么点事斤斤计较，不过他心里仍是比较清楚，价格可能是司机擅自上调的。

前面说过了，他不想斤斤计较。

城里就是不一样。不是一般的不同，而是迥然不同。“高楼林立”，这么说也许夸张了些，但“广厦千万间”是完全符合城市特点的。不像乡下的石子路，城里的路是平整的。面对广阔的城市，陈若缺激动万分！

也许有人会问他为什么会这般激动？但这种激动是毋庸置疑的。虽然以前在城里上学，可是他没有一次是纯粹在城中自由玩耍的。假期都在书页的翻动中被蚕食，只留下了开学前一天夕阳的余温。仅一次与谢润清出游，也只是往城郊的南山去，并没来繁华的市区。

一切令他惊奇，令他不敢相信。

摩托车呼啸而过，如老虎一般，把陈若缺吓了一跳。不可误会，陈若缺不是无知无识，只是那车开得太快，声音太响，把他搞得措手不及。黑色的外壳熠熠生辉。

毕竟陈若缺不是“乡下佬”，也是见过“世面”的人，所以，城中的其他事物并没有令他过于惊讶。陈若缺只是在赞叹城中的不一般，只是赞叹城市与乡村的不同——每个有过乡村与城市双重体验的人一定都会如此。他从来没有在城中心走过，却像是心里有着地图。陈若缺凭着感觉竟一个人很快找到了商店。

商店的门口放着两棵圣诞树（很旧，上面积了灰），墙上砌着红砖，显然是故意为之。因为是冬天，窗户上结了一层白雾。不知哪个调皮鬼画的一张脸在寒风阵阵中渐渐模糊了。

陈若缺想象的商店是放着 JAZZ 的。他微微一笑，看来自己把城市看得太豪华了。不过他仍盼望听到 JAZZ，因为那次谢润清用音乐盒给他放 JAZZ 的经历深深刻在他脑海中。进入商店后，物品的琳琅满目彰显着城市的气派。陈若缺略一眼就看上很多东西。

“要些什么吗?”

陈若缺一回头，发现一个男生站在他后面。原来是服务员啊。

“哦，我要糖。”

“这儿。”服务员把他领到柜台前。

各种的糖。每种都以彩色的灿烂糖纸勾着陈若缺的心。他捏了捏写着“棉花糖”的包装。真的软，像棉花。于是他选了两袋棉花糖，陈若缺又好奇草莓味的糖，所以也拿了两袋。

“一共 3 块钱。”大叔坐在柜台里不热不冷地说了一声。

真贵，不过他不斤斤计较。陈若缺大方地把 3 块钱摆在柜台上。

走着走着，抬头便看到“新华书店”的字样。于是他走进去。这么多书！学校的图书馆与它比真是小巫见大巫了。书可不是便宜的东西，想要买一本司马迁的《史记》，却碍于那昂贵的价格。

装订质朴的《战争与和平》引起了他的注意。只要 3 元！这可真出乎了他的意料。他又挑了一本陀思妥耶夫斯基的《罪与罚》，以及《阿里斯托芬戏剧三种》。

走出书店，陈若缺仍沉浸在《战争与和平》只要 3 元的白菜价给他带来的快乐之中。他又回头看了一眼，“新华书店”四个红字行云流水、绚烂夺目。

突然陈若缺又想到了什么。

该给陈大伯一家买点礼物吧，他对我这么好。嗯，那送什么呢，陈大伯庄稼人一辈子也没有什么喜欢的东西。确实，那么怎么办……嗯，哦，送给陈芹吧。送他们心爱的女儿一点东西也是一样的，毕竟陈大伯这么宠爱陈芹。送给她礼物的话陈大伯也会高兴的。而且女孩子喜欢的东西也不特别，无非是发卡啊什么的，挑起来也方便。对呀，这可比给陈大伯挑礼物方便，行，就这样，嗯。

陈若缺想换家商店看看，于是就往前走。

华丽的屋檐重重叠叠映衬着天空，缕缕黑烟从不显眼的角落里慢慢吐露着。

七

烟愈来愈浓，灰白的烟气渐渐暴躁了起来。于是人们都可以看见浓黑的烟雾大朵大朵向天空横冲直撞。

街角那明澄闪亮的镜子中，反射出陈若缺奇怪又诧异的表情与眼珠上映出的城市被烟所吞噬的画面。

慌乱的人们沸腾了城市这锅热水。正巧一个男子向陈若缺的方向走来。

“怎么回事，同志？”陈若缺问。

“哦，着火啦！那边。”男子说着指了指北侧。

着火嘛，也烧不到路上，陈若缺不怕，反而走过去想看看情况。

转过两个街角，起火的房子便清晰地出现在了眼前。

陈若缺惊讶于这座房子的华丽。在城市的中心还能见到如此大的别墅，这的确是不可思议。在熊熊烈火的烧炙下，整栋房子都散发着闪亮的火光。不管从哪里看，总能见到鬼似的烈火吐出舌头并挟着烟雾不断散开。陈若缺隐隐听到在房子里有人的尖叫声，且伴着木头断裂的咔嚓声。

他大概是不清楚城市有消防队，不过事实就是，在听到有人在尖叫后，他不假思考冲入了火海之中。进到了着火的房子里后，陈若缺突然发现自己是十分无力的存在，当带火的墙壁、地板纷纷耀武扬威时，他心中滋生出了恐惧。

可来都来了，自己一个人再跑出去?

于是陈若缺只得一咬牙。循着尖叫的声音，他找到了一位妇女。陈若缺把妇女背出来后，妇女大叫着："钧呀，钧呀！我的段钧，我的段钧还在里面呢！老段也在!"知道了里面有人，陈若缺又凭着不知何处来的勇气冲了进去。老段在二楼费力扒拉几根断木头——它们拦住了路。于是陈若缺连忙迎上去帮忙。火舌一点一点舔了上来，不过还好在那一瞬，老段顺利脱身了。

把老段也送出房门后，陈若缺被告知不必再找段钧了，他不在房子里，根本找不到。

陈若缺喘着粗气，最后朝着火的房子里看了一眼。

客厅里挂着一张黑白的照片，那么夺人眼目。

那是段青的脸庞啊，于是乎陈若缺眼睛瞪得老大，一动不动，呆若木鸡。

八

这件事情仍存在许多疑点。

那位妇女有能力逃生的，可她却没有。妇人可以找到他心心念念的儿子段钧的，可她却没有。她可以去帮助老段，可她却没有。她只是在尖叫，却纹丝不动。所以那位妇人到底是怎么想的？是她对这灾祸措手不及，还是对活着已经失去了希望？

火到底是因为什么原因而起的？

一切的奇怪于我看很是引人注目，可是在时间的洪流中却总是马上被掩盖、蚕食。一些奇怪的、令人疑惑的现象，如缕缕的细线，它们交织在一起，形成了混乱复杂的绳结。

也许有人会解开绳结，也许永远不会解开。

或者是，只能解开一部分，那另一部分，则成为永恒的组成，它将深埋在历史的车轮下，永远被黑暗所围绕。

九

陈若缺一直是呆坐在那边的。

他的脑海中一次又一次地浮现出段青的脸来。对于其他人对他说了什么，陈若缺一概不知道，只知晓自己一次又一次单调地发出“嗯”的声音。他像是失了魂魄一般。

一段时间后，陈若缺终于不再发呆了。他清醒过来，发现自己坐在一张舒适的椅子上。于是陈若缺便疑惑起来：他竟不知道自己是什么时候坐在椅子上的，也不知道这里是什么地方，刚才他一直处于游离的状态。犹豫，不知所措，他也像失了魂魄一般。

突然意识过来，他的东西不见了，于是陈若缺叫道：“我的书呢？”

“哦，在这里呢，还有四包糖，对吧？”那个叫老段的人回答道。陈若缺盯着老段的脸，他想把段青的样子从老段的脸上抠下来。似乎真有几分相似。

“你家是在？”老段问。

“哦，在陈家庄，乡下头的。我一会儿还要回去的。”陈若缺答。我们会注意到他答得很完整，几乎是无懈可击。“先别回去吧。”老段说，“我不知道要怎么感谢你才好，我去给你安排地方住，你在城里玩几天。”

陈若缺多次推辞，但难却老段的盛情。

“真的很感谢你。”老段握着陈若缺的手。紧紧握着，然后站起来向后边招招手，“老陆，你去给这个兄弟安排个好的宾馆。好的，特别好的那种，然后领他过去。”

“先生，您是段青的爸爸吗？”

老段眼睛一瞬间迸发出了光彩，脸上露出不可置信的表情：“对，是的。”他的牙在颤抖。

“我想和你聊聊天，方便吗？”陈若缺问。

老段说：“你是我们一家的恩人，不要说聊天了，叫我干什么，我也没有第二句话。不过今天这么件事下来我真的是心力交瘁了，况且段钧人还没有着落，我明天来你住处找你吧。”

老段又拿出30元钱，“你大概没拿什么钱，这些钱你解决一下饭食吧。我先走了，你跟着老陆。老陆！”他把老陆招呼来，便匆匆离去了。陈若缺想拒绝拿这30元钱，但老段坚定的态度吓了他一跳。

老陆给陈若缺安排了一个气派的房间，仅仅说是气派似乎不太够，因为这房间何止是一个“气派”能够概括的呢？陈若缺心中关于段青一家的思绪涌动着，但他却不愿意想太多。于是便坐在藤椅上，翻开《战争与和平》，开始读起来。不知怎的，竟读不进去！陈若缺有些许恐慌，难道他又如上次一般与文学产生了鸿沟，不应该呀？一段时间后陈若缺才意识到了为什么，他于是不禁微微一笑，然后又放声大笑起来。

这椅子太舒服了，弄得他不自在。

于是放下书，陈若缺扑在了那松软的床上——就好好地休息吧，床单与被子都是香的，如丝绸一般丝滑凉爽。更巧妙的是那床还有弹性，躺着如同进入仙境一般。看着自己的手上因为救人而带上的灰尘，陈若缺突然开始疑惑起来：自己为什么这么不假思索便去救火？为什么不找有能力的人帮忙？

也许是他太冲动了一些。幸好运气好没出问题，不过仍不应以结果论思考问题，下次必须冷静思考，不过陈若缺也不能确定，面对真实的危急情况时他能否冷静思考。

陈若缺看着太阳慢慢坠落，消失在林立的阁楼中。肚子有些饿了，他才发现没吃午饭，他拿着 30 元钱，像个万元户一样出了门。陈若缺心里美滋滋的，30 元钱啊！凭空拿的呀，也不能说凭空，这可是冒着生命危险得来的，确实，不过 30 元钱可是大数目了，得省着点花了。嗯，因为今年奖励自己的 15 元钱额度快用完了，以后仍是要节俭，可不能奢侈度日。看来人用钱也是有方法的，不可太省，当然也不可太奢侈，要有度。这个度，嗯，很重要。感觉我以前一味地节俭是不对的。有时也要放开手脚！嗯，的确如此。

与乡村不同，城市的夜晚热闹无比。各种颜色的灯亮了起来，令人头晕目眩，不知所措。

陈若缺买了两个包子，城里东西不知为何要贵一些，两个包子也价格惊人，乡下只要几毛便够。不过味道的确不一般，汤汁四溅，肉馅嫩软爽口。陈若缺舔舔嘴唇，又抬头望望天空，黑暗的天幕上亮起了颗颗明星。这又把陈若缺拉回到了那个夜晚，那个宿舍只有他一人的夜晚。于是他眼前又涌现出了那片深邃的湖，如镜的湖。

老段现在在哪儿呢？段钧又是谁呢？

默默想着这两个问题，他走过一棵槐树下。陈若缺惊起了一群鸟，鸟儿们你我相伴，飞向不知何处。

月明星稀了，鸟儿啁啾的叫声在空中一遍又一遍永无止境地回旋。

十

当老段敲响陈若缺的房门时，正好是上午 9 点。

陈若缺并没有睡懒觉的习惯。他的生物钟以农耕生活的状态早早叫醒了他。拉开窗帘，迎面而来的是清晨城市蓄势待发的状况。城市如同冬眠的熊，在微风拂面下渐渐苏醒起来。于是陈若缺捧起《战争与和平》的上册，仔细摸了摸凹陷下去的书名“战争与和平”与它的俄语名“ Войнаимир”。封面没有任何其他的装饰，朴素的淡绿色。

他津津有味地读着，当敲门声响起时，陈若缺正读到安娜·米哈依诺夫娜去找老朋友罗斯托夫公爵夫人借钱给鲍里斯买军装的情节。陈若缺为安娜·米哈依诺夫娜的窘迫而叹了一口气。

"橐、橐、橐。"敲门声响起。

陈若缺跳下床，把《战争与和平》搁在床头几上便去开门。老段身着羽绒服走了进来，他抬头看了陈若缺一眼，想露出一个和蔼的微笑，但事与愿违，老段最终只能表现出一个奇怪的表情，一张完全没有笑意，甚至带着愁苦与绝望的脸。

"段先生，坐这儿吧。"陈若缺拉出一张椅子。

"咦，这儿的拖鞋呢?"老段打开门口的柜门，拿出一双白拖鞋，掷在地上。他脱下黑皮鞋，穿上雪白的布拖鞋。陈若缺脸都红了，自己就是乡下人啊，连换拖鞋都不知道！不过陈若缺不想让老段看到，于是就立刻坐了下来，并把脚伸进了桌子底下。老段把公文包轻轻放在地上，搁了椅子使包立起来。他坐下，自然地把左腿搭在右腿之上。

"真的非常感谢你!"老段激动地说，而后又从兜里抓出了几张钞票，欲递给陈若缺。

看到这幕，陈若缺摆了摆手，义正词严："段先生，我真的不能要。我救你们我也没有损失什么。"他于是指指四周。"您给我安排这么好的房间，也给过我30块钱了，30块不是小钱，我收了心里也不踏实。所以你要再给我，那我也真是……"

于是陈若缺用手把老段握钱的手往前推。

"段先生，您找到段钧了吗?"

"唉。"老段叹了口气，"找到了。"他说的声音很轻很轻，如蚊蚋一般。

"啊，那不是好……"陈若缺看到老段的脸上青一阵白一阵黑一阵的，只能闭口不言。

"段钧死了。他们说是他跳河自杀的。"老段默默回答道。

“投河，怎么会？”

老段突然情绪起来了，猛地一拍桌子：“他们说的！谁知道是不是真的呢！”陈若缺吓了一跳，面色煞白。

“哦，抱歉，是我的问题。”老段说，“其实我知道事实是这样，但是我就是无法接受……我是个软弱的人呐……”老段越说声音越轻。陈若缺看到老段的眼泪一滴滴滑落。陈若缺没有言语，这是想让老段平定一下情绪。老段大概是醒悟了他的意思，便深呼吸了几次。等他的情绪慢慢平复下来，便问：“小兄弟，你姓什么啊？我还没问呢。”

“哦，姓陈，耳东陈，陈若缺。”

“若缺兄弟，请问你与青儿？”

不等老段说完，陈若缺便回答说：“我与段青是舍友，住一间宿舍的。”

“原来是青儿的舍友呀。”老段说着脸上的阴影似乎是消散了一分，但是马上沉重又爬了上来。老段的表情透露出的是一种惋惜，继而是悲痛与无奈。

老段又说：“你大概是想听听我们家的事吧。一次又一次的变故，可是它比电影还曲折呢。”

“愿闻其详。”

早晨的阳光很是和煦，打在窗棂上，打在桌角上，淡淡地反射出一抹鹅黄。渐渐地，城市热闹了，人来人往，络绎不绝。一切的烦乱，都被搁在外头，而里面的，只是两个人。

一个人在讲着，一个人在听着，各自都很专注。

十一

“我该从什么时候开始讲起呢……一开始我们家是很美好的。对，非常美好，虽然段青有时候淘气，有时候做出出格的事，我们一家人也同样是高高兴兴的，因为青儿他学习很用功，对人也不错，有缺点我也会不时提一提，其实我并不一定说他必须改过来怎么的，人无完人。他这样我已经很高兴了。

“当时那件事情你一定是知道。对，那个晚上的事情。他平时也经常跑出去的，大晚上的，对吧?”老段说。

“嗯。”陈若缺点点头，“我就习惯了。所以见他们没回来，也没有多关注，自己就睡了。没想到……”

“哎，这种事谁又想得到呢？面对天灾人祸什么的所有人都是力不从心的呀。后一天早上的时候，我因为加班到很晚，所以还在睡，那时就有个电话来，然后听说了这件事。”老段脸上的皱纹于是更加清晰可见了。陈若缺听到老段不均匀又很响的喘息声与喉咙发出的“喀啦喀啦”声——很轻微的声音。

“我赶过去以后吧，那个警察，我认识的，叫老侯的，他就一次又一次地说‘不要难过啦’之类的。不过听到段青是救人牺牲的，我也很是欣慰，但我那时情绪特别激动，完全冷静不下来，然后就坐在河岸旁大哭。我可能从来没有哭得这么响过，真的，好像泪水都被打出波儿来了。后来又知道一个小孩见两人落水后便去报警，但仍是没救上来。不过我很感谢他，起码他让我们知道青儿是个英勇的人，让我心里有了点暖意，不然真相就永远埋没了。其实在背后说其他人的坏话是不好的，我也知道，可是那个马同学的母亲实在是有点儿过分。唉，不去提了。那时起就与莺莺——我的妻子心神不宁，夜夜噩梦。后来去了许多寺院参拜，而后也没什么效果。唉。”

陈若缺问：“那段钧呢？”

“段钧啊……”老段有眼泪在眼睛里打转了，“青儿归了天以后我们夫妻俩心病太重，莺莺就提出去领养个孩子。她说是要一个十多岁的男孩，因为要与青儿年龄相符。最后找到了一个男孩子，15岁，在福利院里。然后我们把他带回家去。多好的孩子……”老段哭了出来，泪水一颗颗滴落。陈若缺说：“要不算了吧，叫您在孩子刚去世时再讲他，一定不太好受。”

老段挥了挥手：“不打紧的。那时候这孩子很可爱，也很听话。我问他说，‘你叫什么呀？’他也不知道自己姓什么，只知道名字里有个‘钧’字，当然我与莺莺希望尊重他，就把‘钧’字仍用在他名字里，就叫他段钧。那孩子第一次到家时，东看看西看看，他说什么都没见过。但他再好奇也不去用手触摸。多好的孩子……后来也没过多久，完全就不一样了。可不是他的错，那时候我们总想给他树立榜样，要像青儿一样。然后当时我们有点过度敏感，所以就动不动说什么以前青儿怎么怎么样。昨天的时候，钧儿居然又逃学回来，他本来成绩差，我费尽心思用尽人脉给他找老师补课，可他却直接跑回来了！”老段有些激动，可马上却又像泄气的皮球一般，“不是他的错，我本来早该知道他不是这块料，不是他的错……莺莺竟然又拼命说起来了，居然说什么是野种怪不得父母不要。她怎么说出这种话的，她还有良心吗？到底是不是真正爱他？不要看他这么懂事，脾气是不小的，总是这么说不出问题才怪，可我却没有去阻止……”

老段深呼吸了几下，继续说：“他那时脸涨得很红，我吓到了，真的吓到了，他太委屈了，是呀，把一个人强加到钧儿身上是件多么残忍的事……他大叫，却没有摔东西，钧儿其实打算摔一个瓶子，可是他后来放下了！他多乖巧呀！可我却没有意识到，没有意识到呀……钧儿他进了房间锁上门，我想着他自己待会儿就好了，没想到……”

“火是他放的?”陈若缺问。

“大概吧，”老段说。但事实明摆着就是这样。但老段眼里又是那么茫然无措的目光。

老段于是又说：“像这样的变故，一般人可能要伤心痛苦几天，可我现在除了伤心更多的是不知所措。一切来得太快，太快呀……我根本反应不过来！为什么我受了这么大的痛苦，却似乎没有那么伤心，你知道吗？我是绝望！可又能怎么办呢?”

陈若缺说：“段先生，生活的苦难一定是不会少的，我也是它的受害者，但这，我们不得不面对。”

“谢谢。”

“先生，我写首诗给你吧，我以前背过，现在把它默下来。”然后他拿出一张宾馆桌上的纸，流畅地写起来：

When you are old and grey and full of sleep,
And nodding by the fire, take down this book,
And slowly read, and dream of the soft look,

Your eyes had once, and of their shadows deep;
How many loved your moments of glad grace,
And loved your beauty with love false or true,
But one man loved the pilgrim Soul in you,
And loved the sorrows of your changing face;
And bending down beside the glowing bars,
Murmur, a little sadly, how Love fled,
And paced upon the mountains overhead,
And hid his face amid a crowd of stars.

这是爱尔兰文艺复兴的领袖人物威廉·叶芝的诗，老段收下纸说道："谢谢你，非常感谢。这房间，我为你付了三个晚上的费用，你想住便住，我得先回去了，我怕莺莺一个人在家想不开。"于是他换上皮鞋，把包夹在腋下，走出门，又回头对陈若缺微笑了一下。但没有高兴的情绪。

正好是午饭时间了。墙壁上的欧式大钟，雕花的指针指向11点30分。

段钧，段青。他默默呢喃。他无法评价，人性复杂，他不懂人心。

陈若缺心中五味杂陈，可无限思绪却又只能化作一声轻叹，随着空气流逝，无影无踪。他无能为力。

十二

太阳威风凛凛，站在天上，随手扒了几朵云朵抱着。

陈若缺吃过午饭后，步入一家杂货店。他摸了摸口袋——袋中的纸币很厚实，让他安心，于是他自信地拉开了店铺的门。此次陈若缺是特意挑了一家比较有派头的店，因为他想给陈芹买点有气派的东西。当然他也想让自己长长见识。

果然是不一般。货架上的物品之间几乎不留一点缝隙，而且处处是比人高的货架，放眼望去，根本数不清的物品像天上的星辰一般招呼着他。陈若缺觉得自己的确见识少，脸也不禁微微地绯红了。在这家商店里，他一伸手，手前的物品至少也有两三件。笔袋有五六种颜色，发夹有十种花式……这真的是让陈若缺感觉有些天昏地暗，不知所以了。若一开始在城里逛的那家店的货要用琳琅满目来形容的话，这家店的物品简直是想不出一个词来概括。天上的星星虽然无穷无尽，可带给陈若缺的感受却不如在这里的压迫感！

于是陈若缺如无头苍蝇一样在店里左走右走。他觉得送发卡太随意了些，便想再找找有什么其他的好东西。在千万个的商品中忽然有一件东西显示出与众不同，当然是对他来说。原来是一张画。陈若缺走近看，那是一张绘有一片紫色花海的水彩画，虽然是复印的，却不影响它的美感。那种透视感，色彩搭配的自然感都令陈若缺喜爱。他甚至感到了熟悉，不，他不可能见过这一张画。那他熟悉的是什么？是画的精神内核吗？

一块二毛钱一张的价格，不高也不低。所以陈若缺欣然买下了。他想陈芹可能会喜欢好看的扇子，所以又买了一把三元的丝绸扇子，上面绘有鲜红的梅花，用竹子做的筋骨。

由于不想辜负老段的心意，陈若缺便又在宾馆里住了两晚。清晨，太阳又缓缓地露面时，他拿上自己的书等物品，坐上早班的中巴车，再度回到那个道路凹凸不平的村庄。

十三

陈若缺心里有自己的盘算。毕竟陈大伯的钱不能白白拿了，但送礼物似也不够，礼物报答心意，而钱报答钱。所以陈若缺打算在年初一把礼物给陈大伯一家，并把钱还上。

挺不错的打算。

而现在，是腊月廿八。

过年的热潮在家家户户全部掀起浪来。过年的气氛马上要到达极点并在高处放烟花了，一切都是迫不及待、蓄势待发的样子。在一阵阵热闹中，陈若缺巧妙地立于他们中间空旷的平阔的地方，那是块安静的土地。他并不打算要把年过得怎么热闹——人各有志，他并不热衷于这些，他的经济能力束缚了他。本来还是想要去买点春联，不过陈若缺实在提不起兴趣了，便只好作罢了。

他常常待在家中。买了《战争与和平》与《罪与罚》后他心里美滋滋的，再加上得了 30 元钱，虽然收得不好意思，但也是使人快乐的。陈若缺不是一个老古董，老学究一样正襟危坐的人，他明白他是要钱的，有时候对方心甘情愿，自己也有利，就不要硬去拒绝。书虽然很厚，但天天看，很快翻完了上册，陈若缺舍不得，把下册的每个字都要嚼到无味再吐出来。近来写作欲望倒不是很强烈，也没有写。

大年三十。

“唉，阿缺呀，来伢屋里一道吃年夜饭啊？”陈大伯端着一个蒸屉，问道。水滴答地落下来。

陈若缺想了想，说：“否用了，今朝我自己做做菜式！”

陈大伯于是用湿手拍了拍陈若缺的头，说：“你要抓紧时间啦，大年三十可是蛮重要的哩。”

“嗯，谢谢大伯了，我要去准备了呢！”陈若缺说。

“唉，对了，尔前几天人啊不见了，我想出啥事体了，到唔嘚去了？”大伯又问。

陈若缺笑笑：“去城里买点东西回来。”

其实陈若缺也挺想与陈大伯家一同进晚餐的，但是他们也有亲戚朋友，自己一个外人也挺尴尬，所以就回绝了。

“大海航行靠舵手，万物生长靠太阳……”一个微哑的女声隐约传来。是火珍，她边忙着洗衣，边唱着歌。并不会有人惊讶说农村妇女会唱歌，还唱得挺好这件事。不信你问一圈村里人，又有几个不会唱这《大海航行靠舵手》的？只要对那段历史有所经历的人，都会唱。

十四

我们姑且把眼睛从陈若缺身上移开。

由于是除夕了，老吴与童老太也便拴上渔船，进行过年的准备事项。其实临近过年时能赚更多，可老吴他们不想那么精打细算，毕竟也都是一把年纪的人了。家门口，老吴站在板凳上，贴上春联。红色的春联上写着大字，右边是“新年大吉，万事皆顺利”，左边是“辞旧迎新，人人都上进”，当然是朱寒露题的。

上次宣泄完了情绪后，朱寒露进入了一种奇特的状态。她仍是对人各种的厌恶，所以不出门。但是奇怪的是她整个人亢奋了起来，有精神起来。一会儿做这，一会儿做那，什么事都想做。

我们都得承认她的行为并不奇怪。只是我们已经习惯于朱寒露往日不正常的状况，所以对待她日渐正常、日渐积极的举动反而不解。而且受了一次次打击后，她是如何又积极起来的呢？

朱寒露在腊月廿一的时候，去了丹青路 9 号找陶墨墨，她打扮得花枝招展（其实是近乎奇怪了），口中哼着小曲儿。无可避免地，村中妇女们的指指点点纷纷而来。可朱寒露毫不在意，好像这才是她的目的。

为什么呢？

但我们不能说朱寒露不讨厌村里人。她是连瞧都不想瞧他们一眼。可朱寒露又是怎么调整战略，由消极承受变为一种刻意的招摇？其实这或许也是一种对村里人的报复。

可是她是怎么调整战略的？

朱寒露在厨房中切着猪大肠。她手法不太熟练，剁得也小心翼翼地。老吴生起火，她就把大肠扔入灶锅中，放了料酒与老抽，不停用炊具翻炒。朱寒露对这事儿可有兴趣了。

“妈，你不要切萝卜，我来切。”朱寒露看到童椿在切萝卜后便匆忙走过去。

童椿哭笑不得："寒露啊，你噶西噶积极呀，那大肠我去炒。"

"不要，我来。"然后朱寒露意识到自己没有三头六臂，担任不了两份工作，母女两人相互对视，哈哈大笑起来。

老吴在灶火后听着她们的笑声，脸上也洋溢着笑容。火光映在他的脸上，像一轮太阳，也像一个蜜瓜。

十五

"唉，陈大伯，新年好！"陈若缺说着拿了两个草莓味的糖果给陈大伯。陈大伯尝了尝，说："格个味道新奇，城里厢搞来的吧？"

"对。"陈若缺说，"还有什么花糖，您试试看。"

"城里厢东西就是好一点啦，人也是的，闲得多啊。俺们过年买糖吃，哄喽乡下就一些玉米糖啊，椰子糖啊，就城里花样多。"

"等噶一等来您家拜年哈。"

"欢迎欢迎！"

大年初一，陈若缺的心情十分愉悦。昨晚也凭一己之力完成了六个菜的壮举，吃得可美了。人们都相互拜年去，村里到处是祝贺声、问候声，还夹着小朋友们的嬉笑与摔炮声。红色对联，红色灯笼连成一条又一条，结成一片又一片。欢庆的气氛到达了巅峰。

家家户户都团圆在一起了，老蛤蟆也从安徽经商回来了。听说拉来了一车的东西。

过了一会儿，陈若缺把30元钱以及礼物准备好。陈大伯家的门开着，火珍与陈芹坐在长凳上，陈大伯站在门后吸烟。烟似是有灵性的，一缕一缕直往窗外飘飞。

陈若缺踏进陈大伯的家门："新年好，新年好！"他先把礼物拿出来给了陈芹。

"谢谢、谢谢！"陈芹激动地说，她打开画说，"太美了吧。"她又摸摸扇子说："哇，丝绸的，太谢谢了！"

陈大伯瞟了陈芹一眼，笑说："看把你激动的。"于是陈若缺搭上陈大伯的肩膀，背对火珍与陈芹，把钱交给他。陈大伯把陈若缺带出门说道："你干什么？我给你是好心，你怎么还回来了？"

"我现在生活也开始舒坦起来了，有能力还了，欠人情也不好呀。"陈若缺回答道。

陈大伯摇了摇头，说："这钱我是一分都不会收的，以后也一样，你还太小，不知道世事无常，永远不要有点儿底气就挺直，晓得吧？"

陈若缺也没有办法，只好悻悻地收回钱。刚想走，陈芹就叫住了他。

"嗯，啲啥呀？"陈若缺问道。

"你……你也是小清的画迷吧！"

"嗯？小清？"

"对呀，你不知道，那你怎么会给我买她的画呀？"

"嗷，我想画得不错，你应该会喜欢的，就买了。"

"我们缝纫班的女同学都可迷小清的画了，叫谢润清，是一个可有名的画家了，年龄和我差不多，而且她也只开始画了半年多，就这么火了。我上次去买签售会的票，可是挤都挤不进去呀。”

听到谢润清的名字后，陈若缺如同被电了一下，呆住了。但他心里深深为她高兴，她这么快就实现了梦想呐。陈若缺明白他与谢润清终是擦肩而过的缘分。但是陈若缺仍是有点伤感。

玲珑的雪花慢慢飘落，只在化为水，在地上留下斑点时，人们才清楚地发现：下雪了。

以这个温度，注定是积不起来的吧？陈若缺默默想。

十六

世界上的许多事情都带有极大的偶然性，而且很多是令人费解的（虽然一部分是无解问题）。一个从未发表过作品的女孩突然出现在画坛上，以技巧的独特性，只用了半年便成了名人。而且能在漫天的批评与赞扬中安然不动。这合理吗？

不合理。非常不合理。进一步的，这件事就不太应该出现在这个世上。

谢润清的独特画法是令老画家墨染都拍案惊喜的。自从第一幅画作半年前在《画者低吟》的创刊号上占了两版发表后，机遇便迫不及待地一拥而上，把谢润清缠得紧紧的。

《画者低吟》杂志是八个德高望重的艺术前辈联合创立的，为了这期创刊号，八位老人尤其是莫老付出了不少心血——他费尽心思寻求那些独开一面的画作。这八个艺术家在文艺界可以说是很权威的，甚至百姓也总知道几个，再加上宣传等商业模式的推进，这期创刊号的发表似是一场暴风骤雨。谢润清那天随手把画寄去的时候，也什么都没想，她连试一试的希望也不抱有。

但是那个雨天注定是一个奇特的开端，当墨染、陈钱塘与徐关雎三位大师敲响谢家的大门时，谢润清便明白了大概。于是心跳得“扑通扑通”的。

墨染说：“小谢，你的作品真的让我惊讶，我希望能用我与徐老的拙笔为你写一版对你画作的分析。”谢润清似是在意料之外，却又在意料之中，毕竟三个前辈都一同前来，一定有大事。于是她说：“啊，求之不得，墨老，我总感觉我的画……”墨染刚要开口陈钱塘打断了他：“谢小姐，我是老一辈的艺术者了，你也许想问为什么给你这么好的待遇——我们正打算放上封面呢，把你的画！自然有原因的啊，徐老比较擅长做这方面的剖析。”他扫了关雎一眼。徐关雎张口道：“你也许没有意识到你的作品的价值，虽然笔法尚生涩，可你的表意是独一无二的，我理解你的作品是一种情感与理性的糅合，无比自然的糅合，很明显你的结构水平不扎实，但巧妙神奇的分割比与冷热矛盾却和谐的色调，把画作推上了巅峰呐！……”

于是便轰动了。

《画者低吟》尤其受到人们的关注，刚出版发行便销售一空，而谢润清的名字也随着杂志飞入寻常百姓家。成功的道路往往是走得很快的，而谢润清把此话发挥到了极致！

仅仅半年，谢润清就成为知名画家。她常一个人躲着哭泣，当然是为实现了梦想而快乐。可也有那短暂的空虚与不知所措，但也理所当然被喜悦所消化了。首次的作品《寂寞沙洲冷》的精印本大卖特卖，成为时尚的象征。之后的画作《影》《紫鸢》《玛其垛》《红色鸟的羽毛》与《天之彼岸》结成的精装画册更是风靡无比。这都是谢润清在半年时间完成的壮举，神奇。

这么旺盛的创作力，这么短的时间，这么空的背景，这么多的盈利，这么好的机遇和运气，而且这时买卖印刷画行业的门几乎没有特地为她打开一道缝。

呐，这真的是可能发生的事儿吗?

要我说，我不信，可不信也没办法。

十七

村主任陈海洋在陈家庄当政许久了。他爷爷陈刚强、父亲陈石克也是村主任，所以村主任这个位置在这家人家已经延了三代了。想当初陈海洋初上任村主任时，人们总是说那算是皇帝世袭了。当然也只是调侃几句。

对于陈家庄的人，村主任换也好连任也好，都不会对生活产生特别大的影响。况且陈石克对陈家庄也做了不少实事，陈海洋也不是平庸无能之辈。自然也就没有人去反对了。不过不管如何说，这一风光的家族在陈家庄也马上把巅峰走到头了——陈海洋的儿子陈舒曼现在十岁，他可不愿在这农村待下去了。村民们对村主任的尊敬是发自内心的，他们完全不会想到去抗拒村主任或是质疑他。但平心而论，陈海洋算不得是一个好官，只能算是一个有心机的官员，但业绩又不出色。大部分心思都花在经营自己小家上了。

正月十六，是一个不尴不尬的日子。

年的喜悦早已缩水，只剩下偶尔的欢笑声仍宣告年的存在。村头村尾的垃圾、烟灰、纸屑，随风飘舞，高者挂在长树梢，低者飘转沉塘坳。年的轻松愉快也消磨殆尽了，可人们又没有完全进入工作状态，所以村里便透露出了一种寂静、冷清的气息。虽然不恰当，但似是一片战后的残垣狼藉。

中午的时候，陈若缺正窝在屋中读《战争与和平》，突然便见到陈海洋走进来，还叫他晚上去喝茶聊天。村主任的亲自邀请搞得陈若缺心生奇怪——这怎么回事呀？不过既然是他来亲自邀请的，陈若缺就去了。

村主任亲自找我，有大事呀！嗨，可真奇怪，确实如此，啧，我也百思不得其解了，高高在上的村主任竟亲自找我，我又是谁呢，又有什么特别呢？嘶，咱也不清楚。话说老段的官大概比村主任要高不知几级，不过也不能这么说，强龙不压地头蛇嘛。小国的王可比大国的侯更加豪气。

晚上去了以后陈若缺被村主任家的阔绰惊呆了，尽管没有老段家好。

“阿缺，尔也是伢村方里为数不多的读书人，我么，虽然是村主任，可是也没像你读噶许多书。”陈海洋说。

陈若缺听了，觉得是要给自己什么任务。他说：“啊，读是读了蛮多。”

陈海洋脸上微微露出笑容：“你写文章顺手哇？”

“会的，可是好不好我也不好评价自己，是吧？”陈若缺回应。

“嗯。”陈海洋看了看陈若缺，眼睛便低下去望着木头桌子，手也不停地敲着桌面——没发出什么声音，“我是想请你帮我一下，就我家那个儿子舒曼，他们有个省里的作文比赛，主题是‘春节’，我请你帮忙写一写，二月初给我。”

“啊，好的，好的。”陈若缺回复，但他不相信自己只是为这个事才被叫来的。

“春节，春节。”他口中默默嘀咕着。

仍是想笑，仍是奇怪，就这么个小事吗？

十八

务农生活仍然在继续着。不过油菜还没有开花——大概得等到三四月里的样子。年的怠惰让杂草有了可乘之机，不得不佩服在寒冷中仍顽强生长的野草。

菜地里种的萝卜，许多已经在一天天的消耗下变成了土坑。所以这正是百废待兴的时候。陈若缺只能依依不舍地合上精彩绝伦的《战争与和平》，投入到农作中去。

劳动是写作的源泉。在疲累后沉淀下的是泉涌的文思。于是新的文章便源源不断产生。村主任给他的任务他想缓一缓，毕竟他不喜欢写这种东西，这也不符合参赛原则——可答应了也没办法。但他为什么会答应？可能陈若缺自己都不清楚了。

老蛤蟆从安徽马鞍山回来后，便在村里头天天闲逛。左量量，右量量，前摸摸，后摸摸，行为挺奇怪。

陈若缺去菜地里时，正瞧见老蛤蟆在他的边上看着，看得仔细。“蛤蟆伯，你不要打我田地的心思啊！”陈若缺半开玩笑地说，只见老蛤蟆摇了摇头，就走开了。不过总有种不好的预感，没有凭据的不好的预感。陈若缺感觉老蛤蟆在蓄谋干一件大事，很大的事。老蛤蟆在生意场上横冲直撞，20 年下来，他的经济头脑是非常不一般的，他总能从不经意中发现商机。陈若缺的菜地旁是一大片的石砾地，种东西不好，一直空着。这片地再过去就是太湖了。其实老蛤蟆关注的就是这块土地。你能瞧出他的脑子里在酝酿什么大计划吗？只有时间能瞧出来。

村里人之后总能见到老蛤蟆城里乡里地跑，一会儿带条烟给陈海洋，一会儿又买几条大黑鱼回去，不知道要干什么。陈若缺自从在旁边的石地上发现石灰的标记后，就不见蛤蟆常来了。从潘阿亭与邹晓兰两人坐在桥头石阶上的交谈可以听出：柳亚平常在外说蛤蟆常常去外头买各种黑鱼苗，还买缸，家里放满了，不知道发什么病。然后过几天后再问柳亚平，她却说自己乱说的，神色比较紧张，很是奇怪。

说是有陈若缺的包裹送到，这让他挺吃惊，在农村这可不是件平常普通的事。包裹上写的送件人是“段敬明”，陈若缺第一个想到的人是老段。果然。

包裹中是一封老段的信和十本书。整整十本书！陈若缺对老段不知道怎样感谢，而且也为老段能从不知什么地方找到自己的住址而感动。多好的人呐！几本书是一套“‘小众大家’世界文学名著”精装系列，封面有烫金书名与皮革的作者立体像。它们散发着暗红的优雅光泽、把陈若缺的心都勾出来了，老段的信很简短，只有几句话：

> 陈若缺，谢谢你，我们一家都很好，也从悲伤中慢慢走出来了。
>
> 段敬明

（附谢礼十本书《魔山》《达洛维太太》《浮士德》《济慈诗集》《米德尔马契》《白鲸》《愤怒的葡萄》《四个四重奏》《巴黎的忧郁》《一位女士的画像》，知道你喜欢读书，这是我特意选的，市面上不多的好书，以后我也会常寄。）

“真让人不好意思呀。”陈若缺低喃着。

抬头，不远不近处的柜子上的斑驳依稀可见。

十九

把文章写好，花费了陈若缺不少时间。他去陈海洋家的路上，手中抓着书稿。脚漫无目的地踢着石子。陈若缺觉得自己这样白白给村主任做了个写手，挺冤的，不过也只能怨自己，于是冷冷一笑，便不再去想。

“做啥啦？”陈葫芦问。

陈若缺说：“没啥，你妈现在呢？”

“哎呀，伢姆妈那人吧。神奇得很，天天在屋里上下跳得兴奋，一会儿又讲身体不好过，难搞，难搞呀！”陈葫芦摆摆手，说。

陈若缺说：“回屋里去吧，看好你姆妈，也不要让她去搭邻居唐小丽吵架了。”陈葫芦又吐口唾沫：“齉糟死了，这真不好搞嘞！我也奇怪啊，俺阿爸他去城里打工赚钱，我妈也不晓得谢谢，天天吵，天天闹，自己有病在身也不注意，我真倒大霉，蘁糟，蘁糟！”

“你也没办法，就忍着呗，话说你爸在打什么工？”

陈葫芦瞧了瞧陈若缺，说：“我也不清楚，谁想管呢？真也不想待在家了，蘁糟蘁糟死哩！”

“走啦。”陈若缺说完便向前继续走。陈葫芦在后头叫着：“对了，若缺哥，我上次见柳亚平与火珍吵架嘞，你清楚情况嘛？”

“不清楚啦，我听都没听到。”陈若缺转过身子说。

陈葫芦是个16岁的小孩，父亲在城里打零工，母亲有病在身，性格却是恶劣得很。他挺喜欢与陈若缺聊天的，毕竟年龄相仿。陈葫芦挺壮实的，听说六岁便能举起几十斤东西，把他爸都吓了一跳。他爸是对他妈言听计从的。

到了村主任家中，陈海洋的儿子陈舒曼迎出来说爸爸不在家，叫他等等。陈若缺想把文章给陈舒曼看看，他却说：“不要不要，找——找——找——找我阿爸，我——我——我阿爸他会搞的，反正不——不——不是我的事儿，他——他天天要搞——搞这种比赛，我——我也烦死。”陈舒曼有些口吃，陈海洋找医生治来治去也治不好。陈若缺听了他的话也是哭笑不得。陈海洋也是个教子心切的父亲，天天想着比赛比赛什么的。到了中午，陈海洋才来，陈若缺坐得屁股也出汗了，说道：“哎呀，村主任你忙啊，我等你挺久了。”陈海洋笑着说：“嗨，村主任也不是白白做的嘛，文章写完啦？蛮快！”陈若缺把稿子递给陈海洋，他看了看，拍手大笑，说：“不愧读书人，这文章，哈哈，了不得呀，慢慢来，看看这个哥哥写的，学习学习。”陈舒曼一撇嘴跑开了。“格个小八路就不爱学习。”陈海洋无奈却笑着对陈若缺说，“下次有什么要帮忙的找我，我尽量。”

盛情难却，陈若缺留下来吃了午饭。餐桌上，陈海洋的妻子陆鸣说道：“小兄弟，你屋里养蚕不养啊？”

“啊？不养。”陈若缺说。

这时陈海洋插话了，他用餐巾纸揩揩嘴说：“若缺啊，你家情况我多多少少也了解一点。你一个人不容易吧！到年纪的话，婆娘找一个，这个很重要的。还有开春了，你也学着养养蚕，格个来钱快一点，你可以去找找村西口的陈风，他养蚕路子广，我下次也和他打个招呼。还有你邻居陈钢老头伽屋里也有点经验，可以学学看。”

陈若缺说：“谢谢村主任，还是你想得周到。”陈海洋又笑笑：“叫我海洋哥就可以，否要见外。来吃菜，吃菜别客气啊！哈！吃，若缺，多吃点这个猪舌头，哈哈……”

回去的路上，看到大樟树开始在春天掉叶子了。陈若缺捡起一片落叶，落叶在阳光的照射下反射出强烈的光芒，似是全世界的光置于了其中。

“犹如电灯。”他说。

风把落叶吹走了，枯黄无力的叶子在空中七斜八落地打转，就像一片光，随风飘动的亮光。

“犹如星辰。”他说。

叶子落到了水中，仿佛落到了光的涌流中。

“犹如太阳。”他说。

再抬头，正午的太阳大而圆，刺眼无比，于是陈若缺又说：“犹如宇宙。”

第五章：春蚕

热爱那仅仅发生于你的事情，仅仅为你纺的命运之线。因为，有什么比这更适合于你呢？

——马可·奥勒留《沉思录》

一

春渐渐深了。

凉快的风一丝丝地从另一个世界吹来，吹拂过待放的油菜花。油菜长得很高了，翠绿又清新。但并不同于稻子，风一吹，所呈现出的那种姿态是特别的。陈若缺仍深深记得，在风下，金黄的稻穗如同一阵阵泛起浪潮的波涛的样子。如今面对着一片翠色的油菜，陈若缺感觉到了油菜不顺着风的动作，顽强与春风拼搏，想彰显出自己坚强的身躯，却不禁风吹雨打的矛盾样子。

绿色的一片在清晨太阳的温和照射下，也如一片充斥绿藻的大海。蝴蝶，黄色的，但大都还是白色的，在这片绿的世界上遨游，如同一叶叶扁舟，摇渡在波涛起伏的大海中。

陈大伯也站在田埊上，凝视着这片绿色。他又看了一眼陈若缺，对他说："阿缺啊，你也当农民快一年嘞，过得去吧？"陈若缺说："还好的，现在还挺不错。"陈若缺说。一只虫子在地上爬，陈若缺踩死了它，说，"大伯啊，我还是得好好谢谢您呢，一开始也吃力傍天的，现在轻松下来了。"陈大伯没有说话，从口袋中拿出一支"大前门"，点着，放在嘴里，猛吸一口，再张开嘴缓缓吐出烟雾。

又是一阵风，把烟吹得七零八落。他又沉默了一会儿，说："阿缺，你看，多绿啊。泥土，是农民的命脉所在啊，这么一代代的人凭的是格个土地生活呀。格头，哄喽，绿诶青诶，全部是土里生的。"

然后陈大伯又吸了一口烟。

"大伯，我有件事体想问问您？"

陈大伯放下夹着烟头的手，说："怎么了？"

"大伯，我想养养蚕，尔可以教教我吗？"

"哦，养蚕呀，不错的想法，你可以试试看。我教你谈不上，就是和你讲讲。大概一个月后可以开始准备了，格个时间细说。不过到时候可以去问问陈风，他是个牛人。"

"大前门"烟快烫到手了，于是陈大伯把它扔在地上，踩了四五次。烟头上的火星灭了，红而微弱的火星"忽"地消逝。陈大伯又说："阿缺，你不用总给我们家送东西的，伢没有噶大的恩于你。我们也就帮帮你，不图什么。"说着拍拍陈若缺的肩膀。

陈若缺说："我送的也是小东西，再说，您可是最有恩于我了。"

又是沉默，只能听得见风拂过万物的声音。陈大伯忽然一拍手，说：“我忘记了，你家还有一小片桑叶地呢，走，去看看！”说着他便拉着陈若缺走。

“啊，我不晓得诶，那走！”

桑叶地在田的北边，那里的地是高出一大截来的，挺奇怪。“喏，你阿爸那时可能没讲清。哄喽，从这死树干到格头那棵桑树，全是你家的桑树。我也老了，记性否好了！”

树是人种的，也要人的关照，近一年来无人管理的桑林一定不会太好看的。一旁，潘阿亭从桑叶中探出脑袋说：“钢啊，带着小兄弟来了啊，看这桑叶地呦，烂完了。”

陈大伯说：“阿亭，你这人话太多，这桑树不是没死嘛。完啥完哩，上次火珍和你又在吵什么东西！”

潘阿亭一笑，便又隐入了桑树林中。陈若缺惋惜地看着惨败的桑树，又无助地望着陈大伯。陈大伯说：“不要慌啊，你好好照顾照顾的话，很快会好的。潘阿亭她男人家蛮好，你也可以让他帮你一下。”

“怎么了？”崔大伯又从桑树林里出来。

“嚯，你俩都在呀！”陈大伯说，“想让你帮这个小兄弟呢。”

“哦，陈若缺嘛，知道知道。我还以为他把这块地卖了呢！”崔大伯说着，又看看陈若缺，“这桑树要好好拦拦杆子，今年叶子可能出得不会很旺。到时候养蚕不够的话，我给你些。”

陈若缺说：“谢谢你啊。”

“哪噶个谢法？烟也不递一支。”崔大伯玩笑道。

陈若缺窘迫地摸摸自己的口袋。

“你翻遍袋也没用，会嘚变出香烟来啊？”陈大伯拿出一支香烟，扔给崔大伯。崔大伯稳稳接住，点上火，“刺啦”一声猛吸一口。

三人随即大笑，乐趣充斥在空中。

潘阿亭待他们走后，把崔大伯拉到身旁：“你这个人我说你什么，不要随便答应，请神容易送神难嘛！你哪噶知道我们家自己桑叶肯定够的。”

“我清楚，你否要多管。”崔大伯说，“你闲话少说。一啭闲话说了败我崔家名声！好不好，不然日子没法过了！”

“嚯，还崔家呢。你爹老不死的活到现在，要我们钱不干活，抽烟喝酒打麻将，我说你了？还崔家名声？啥乱七八糟！”潘阿亭说。

燕子飞回来了，运气好的能找到去年的旧巢。可爱的燕子穿着花衣，憩在陈若缺的桑树的无叶枝头，叫了一声。

太阳颤抖了几下，不是因为害怕。

二

光秃秃的桑树张牙舞爪。

陈若缺修过之后桑树也就慢慢长好了。桑树是生命力顽强的植物，不几天，绿绿的嫩芽就从斑驳破败的枝干头上探出来。于是乎，生机盎然的景象让陈若缺兴奋不已。

桑树林是连成一片的，但中间掺杂着几棵柏树，几棵杉树。陈若缺家的桑叶地不大，但里头树也有几十棵。无限的生机从土地中荡漾开来，凝成一珠珠水露，附着在树枝上，再缓缓流淌，聚在枝头，固化为绿色的芽。

陈若缺现在心情应该如何去形容？在经历风浪后，他终于把生活这辆火车驶向了正轨。他抬头看，可以清楚地见到生活远大的前景，那是多么广阔的空间！陈若缺完全融入乡村生活之中，感到了快乐与幸福。尽管乡村中，仍有许多人性的丑恶，不过又怎么能与陈若缺心中的高兴相匹敌呢。

桑树之歌 / 陈若缺

一人又是一个人
前脚迈后脚
多少人从我前面走过
目光斜视
空视我的枯黄与虚弱

而我在等待
那个头发花白的老人已不再来
我感受到他将永远离去
丢我在这无边的土地上
于是我笑，于是我哭
我把泪水化作灌溉的水
顽强活着，勉强活着

便这样过了一天又一天
我的力气早已式微
崔大伯与潘阿亭

在我边上嚷嚷不息

我有预感
有预感将有人要来
的确不曾想错
因为我早已看过了人间的沧桑
即使我生来仅数年
即使我站在这儿不动

世界仍在转
太阳仍在东升西落
我也仍在等

终于他来了
我听到他的故事
便又回想起那个老人
白发下与黑发下的脸
又是何等相似

结束了等待，收获的却是什么
一日又一日的等待
为的是这
可是为何我的心毫无波澜
不，不是毫无波澜
却又怎么形容？

怎么形容我心中的情感

我身形变得整齐
发出嫩芽彰显春的足迹
我的身形
如那孩子的未来
整齐而有前景

不知又怎么
呜呼哭了出来
于是这歌也唱完了
又是没有收完尾音的遗憾

（后注：这诗一气呵成，我挺高兴，仍有一些错误与问题，我也会改正。桑林给了我生活的色彩，我又怎能不为它抒写呢？）

三

陈若缺环顾了一下自己的房子。白墙青瓦的房子自然而简单。由大门口走进去是一个厅，或说是一个大的空间。陈建国在这儿搭了饭桌，但由于离厨房远了些，所以陈若缺已经把餐桌移了进去。厅比较宽阔，约有 50 平方米的空间。陈若缺就把蔬菜什么的堆在墙边。大的空间满足了日常的存储需求，但他仍觉得这么大的房间空着可惜。

正巧养蚕这一点子点醒了他。是呀！可以养蚕呀！陈若缺把厅堂用来堆蔬菜是有原因的——房间四周有三扇窗户，又比较干燥，阳光还无法直射，当然这良好的通风光照环境是很适合蚕生长的。陈海洋家的书不少（虽说陈海洋不是一个读书人），包括一些农业学术的书，于是陈若缺去借了一本《养蚕的指导与方法》，书中讲得确实很细，可似乎有点儿空而不实，看来毕竟是实践出真知。

这时候陈风就已经开始准备起来了。

村西的陈风在村里是著名的人物，是与老蛤蟆、陈蒲瓜并称为“三能人”的一位老头。说到这个称呼，也就不得不提一下这三大能人的情况了。要去溯源是没有路的，不过大概率是在村里人的聊天中流传开来的。五年前的时候，这三人在巅峰期。

虽然老蛤蟆家现在是日日高升，远超过别人家，不过那时三人的确同是村里最风光的。他们家家盖起大房子，甚至买得起电视，成为村里敬仰的对象。陈蒲瓜的事业与生活现在虽然没有那么顺利，可仍是有着自己在村中的地位。陈蒲瓜是陈葫芦他爸，中年时便去城里谋生。他脑子聪明，有各种本事，赚得很多。他为人也善良，是备受身边人推崇的。可对他来说，家，是一个苦与忧的聚集地。妻子顾蔓君常年有疾，身子虚弱。陈蒲瓜独自一人在外辛苦，回家还好生对待顾蔓君，可是她却不给陈蒲瓜好脸色看。陈蒲瓜很奇怪，自己盖了这么大房子，买这么好的东西，甚至常陪她关怀她，陈蒲瓜做错了什么呢？再者，儿子陈葫芦在叛逆期，也常闹得不可开交。这或是“三能人”中最苦恼的一位，这哪像一个生活阔绰的家庭呢？

老蛤蟆是风光极了，他的祖辈以经商为生，在他这一代更是发扬光大了。他常说“商机是看不到的”，可是老蛤蟆自己却能看到。他总擅长做各种生意，反正结果是一个——赚大钱，他们两人与陈风并称“三大能人”早已是不争的事实，村里女人有时搞出“三枝花”“三朵金花”“五片金叶”什么的妇女团体，“九匹狼”什么男人的集合，不过都湮灭在了时间中。就算是“三枝花”——牛爱爱、柳亚平、莫斯礼构成的名声传播较远的团体，在“三大能人”这一组合前也黯然失色，这也足见这三人的确配得上这一“能”字。

我们再说说陈风，陈风 60 岁不到，在村里算是一个年长的人了，但精神抖擞，眼眸发亮，丝毫不见老的迹象——也取决于他那一头的黑发。发黑发白是挺神奇的事情，遗传似也起不了大作用，他有三个儿子，而陈天星的头发一半已经发白，和陈风站在一起，甚至陈天星显得更加年迈。陈风最擅长的是两件事——养蚕，卖蚕丝。卖蚕丝也是一种能力？可不是嘛。卖蚕丝可是一项技术活儿，收入多少与卖蚕丝的方法是完全挂钩的。不过怎么个卖法，陈风可不轻易说出去。

陈风家的房子是仅次于陈海洋家的大寓居，由于养蚕的经营方式是固定的，所以房子不以豪华而以实用为目标。他家可以养蚕的面积有 250 平方米。人越能条件越好，条件越好就越能。所以能人终究是能人。不过很多人不是能人，那要成为能人也难的。

陈若缺走到陈风家门前，轻轻叩响房门。

很安静的环境，只有房门的响声、风声、鸟声。随着风声又落下一片叶子。他不认识是什么叶子。可以看见的是，叶子的右侧缺少了两三块，露出了叶脉。

四

门内传来的脚步声慢慢变响。吱扭门开了，陈风把身子探出门外。“阿缺啊？”陈风问。

“是的，陈叔好！”陈若缺说。陈风打量了一眼陈若缺，说：“好，好啊，先进来吧，进来讲。”于是陈若缺跟着陈风走进房中。陈风的腰有些驼，走起路来有些摇摆。他头也不回，说：“陈海洋和我说起过你，你想学养蚕呀？”陈若缺说：“嗯，请多指教。”陈风依旧自顾自往前走，不回头看一眼。他一边蹲着，一边把房间里的盆儿、罐儿塞到床下。陈风看着床底下说：“陈海洋这人就是热心呀，小兄弟，你不要嫌我教不好你。说我牛什么的都是假的，无非运气好。”陈若缺说：“不不不，您的确是厉害的呀！”陈风依旧没回头看他，这让陈若缺有些不自在。

“我运气好就好在抓住了机会，你看我们家养蚕的面积这么大。其实吧，养蚕也不是一个不好弄的事情。你看看也好，村里头挺多人养的。普遍的，没有难度的。”陈风说。陈若缺说：“我没经验，您多指点指点。”陈风说：“我一会儿教你，你先坐。”他拍了拍边上的凳子，又自顾自地理东西，时不时说几句：“养蚕好啊，中国本来是养蚕的。”他又说：“我孙子，他在省城读书成绩不错的。”沉默了一会儿，他接着说：“唉，他读书好，我心里多踏实一点儿。毕竟现在社会也在变，读书也是最好的门路了呀！”

再过会儿，陈风终于理好了。而陈若缺也有点小小的厌烦。陈风一拍陈若缺肩膀，点支烟，坐了下来。“这养蚕的话首先是时间，春天一季，秋天一季是最好的。”香烟的烟气氤氲在房间里。陈若缺轻轻地咳嗽了一声。陈风吐出几个烟圈，接着说：“蚕架要搭好，我可以借一个给你。上面每一层放一个匾箬，蚕养在上面。然后是桑叶的事体了。要打药，不过一定要扣牢时间，不然药效没退，蚕也要被药死的。”说到这儿，陈风突然不说了，他用手指捏了下烟屁股，脸上似笑非笑。然后陈风站起来，又拍了两三下陈若缺的肩膀，在他耳边说：“你当我徒弟吧，我把所有秘诀传授你。”陈风说完后背朝陈若缺站着，猛吸一口烟，脸上充满了期待与势在必得的神色。

“当然好啊，我求之不得呀，师父。”陈若缺难掩激动。

听到陈若缺叫师父，陈风大笑起来，上气不接下气说：“我……我呀，听到你的事体，就，就知道能……能人，是个。今天再看到……你样儿，就肯定了，咳咳咳……”

“陈叔，哦，不，师父，您太抬举我了。”被能人夸自己是个能人，陈若缺有点儿不好意思。

陈风缓了口气说：“我一直有个当别人师父的强烈想法。我觉得如果要教一个人那必须是他师父。这比较死板了——你可能这么想，不过我就这么个人。就叫声‘师父’‘徒弟’，也不要什么其他东西，我就觉得我们的关系密切了。我儿子他不聪明，但这也不是主要原因，我从你身上看到了你的将来与成功，所以我想把一切都传给你！”

陈若缺连声说“谢谢师父”。

“唉，不用，不用，你好我好两全其美的事情。”陈风摆摆手。陈风的态度比先前要激动得多。陈若缺想着这可真是个有个性的人！

陈风说：“你也许仍不理解为什么我突然想当你师父，这与我个人的经历有关。当年我那个师父……不讲了，还是不讲了。”他的表情有些许黯然。于是陈风把陈若缺带到蚕房之中。温暖，这是陈若缺对它的第一个印象。陈风也感觉到了陈若缺的发现，说：“暖和吧，养蚕必须提前控制温度，在25℃左右。一般用土灶取暖，我这儿灶比较多，毕竟面积大，我嘛先把土灶点起来了。你的话就等十多天再养，懂了没？”

陈若缺说：“这养蚕还得盖土灶？”

“可不是嘛。”陈风说，“我明天去你家看看情况，毕竟是你在家养蚕，我去看看房子的样子，顺便提点建议。”“谢谢师父。”陈若缺脸上带着笑，喊着说。

敲门声响了起来，陈风说：“我去看看谁。”他便去开门，进来的是一个60多岁的女人，她解下围巾，挂在手臂上。陈风说：“唉，你看我记性忘了，你莫老今天来聊蚕丝的事儿了。”莫斯礼说：“我打被子什么的都得看你呀，哈哈哈。”陈风指着陈若缺说：“呶，我徒弟若缺。若缺，来来来，这是莫师傅。”陈若缺和莫斯礼打过招呼后，心想，在同一个村，竟没有正面和这位大名鼎鼎的莫老接触过。

“你先回去吧，明天再来找你哈！”陈风说着扬了扬手，莫斯礼找了位置坐了下来。

陈若缺听到陈风说："莫老，您这手艺是让我佩服的……"由于走出去远了，其他的陈若缺没有听到。

他盯着路边的一块石块看了一会儿，然后露出了笑容。

五

"这房间不错呢，比我养第一批蚕的那时候好多了。"陈风看着陈若缺家的大厅说。

陈若缺说："唉，我爸把这房子建得结构古怪。"陈风四处走走看看，敲敲墙壁，摸摸地板。仔细地瞧了一阵，陈风说："这环境不错，大概是个利保暖的，也利通风，挺好呀。"他又招呼一下陈若缺，对他说，"喏喏喏，来看这儿，挖个土灶。一个够了。"陈若缺说："这怎么弄？师父？"陈风思索一会儿，说："哎，这样，你去镇里找那个唐天虎吧。好不？他做这个好。他人也老实，手艺也好。"陈若缺说："我不能自己挖吗？"陈风说："你这么个年轻人搞不好的，万一弄不好的话屋子会倒的，危险的。而且四周要砌泥墙，你给个30块钱大概行的。""泥墙什么的怎么弄呢？"陈若缺问。陈风说："泥墙围小半个房，这就够了。你和天虎说半间房，北边角开烟囱和土灶，他知道的。要赶紧了，今天打药你不要忘记了。"

等到陈风走后，陈若缺估算着也快10点了，就急忙调农药去除虫子。陈大伯教他的调药方法挺灵，他记在心里。于是陈若缺小跑着去桑林，找定自己家的桑树地后，就开始喷药。药的刺激性味道已经引不起陈若缺多大的反应了。"呲呲呲"，陈若缺仔细地喷着每片叶子，但是他也小心翼翼——既不能喷到别人家的桑叶上，也不能喷太多。人家喷药是人家的事，各家时间也有区别，喷别人家的桑树是一种恶劣的报复行为，会造成蚕死人悲的惨剧。当年茹天乐家就是这样的情况。

桑树除虫的讲究很大。时间点都是卡得很准的，很准很准，一天两天的时间都至关重要。药效的散失不快不慢，也算是一个技术活了。陈若缺摸了摸嫩绿的桑叶，摸了又摸。打好药后，陈若缺还细心地拿出抹布揩净叶子上过多的药，终究像个秀才。

“若缺，你干吗呢?”潘阿亭问。“噢，有些叶子喷多了，擦点儿去。”陈若缺回答道。

潘阿亭说：“不用这样的，太细心了，浪费时间啦，喷的时候注意点就行，没这么严重。时间最重要，算好就行了。”

“谢谢姨。”陈若缺说。

潘阿亭说：“唉，客气啥呀。”

啊，终于把桑树虫除了。现在时间紧得很，的确。不过养蚕跟风叔学的话一定有不错的收入的。小心驶得万年船，养蚕时千万不要出什么乱子啊。上天保佑，确实，一个字，急！对，太急了。不过决心都下了，事情也得做好。人是不断学习的动物。去年种田也累了，今年田要种蚕也要养，吃力傍天，吃力傍天啊！啧，唐天虎，好像这个名字听到过，不知道我爸认不认识，反正我不认识，哈，我怎么会认识呢，不过话说回来这泥十几天干得了干不了呀?蚕种也要订了吧！那别想了，快快快，啧。

陈若缺于是跑了回来，到了家中，他气喘吁吁。突然他在抹汗时想到了什么，一下来了兴致，把谢润清的红色大衣掸了掸灰尘，又把汗透的衬衫换了干净的，再把大衣披上。

往门口的河里一照，整个人的样子挺明朗地反射出来了。又是那个红色的大风天的记忆。陈若缺再瞟一眼河水，转过头去，不再回头。

六

唐天虎住在镇里。

若缺走了许久，问到了天虎家门口时，他正好骑自行车回来。陈若缺上前："您是天虎叔吧，能帮我家修个蚕房不?"唐天虎说："行啊，我就做这个的，先进屋说说。"陈若缺见唐天虎推着的自行车是崭新的，挺不错，便帮忙扶一把："叔，这车不错呀!" "嗨，刚刚去买来的。看看，不错吧，这车新出的，样式也好，骑着也舒服。"唐天虎自豪地说："130 块钱。"

陈若缺有些羡慕，但想想自己努力努力也能买上一辆，便就释然了。唐天虎问："是这么个情况嗷，你房子里养蚕的面积有多大?"陈若缺说："50 平方米的样子，房子靠北墙角砌个灶。"

"哈哈，陈风给你看过啦?"天虎说。

陈若缺说："你怎么知道?"唐天虎说："这种蚕房围法也只有他想得出来。"唐天虎从桌子上拿了一个苹果，啃了一口，又放下了那只缺了口的苹果，默默地说道："啧，不好吃。"

"先去我家看看?"陈若缺问。"行行，我下午 3 点多去，你等等我就行。"唐天虎答道。

陈若缺左脚刚迈出了大门，一个声音便响起："这不是若缺嘛!"他转过头去，发现是一个女人。"你老婆?"陈若缺问唐天虎。"不认识我啦，你小时候我天天抱着你逗你呢，不记得了?"那个女人说。陈若缺迟疑地摇了摇头。"你是天虎妹子，唐天妹。"那个女人说，"真的回忆不起我啦?"

"不记得了。"

"我和你姆妈丁小兰可是手帕姐妹呢，她走了，我也是没有人陪了。"

"我妈?"陈若缺问。

"是啊，"唐天妹说，"你姆妈走得早，你也不太记得了吧?"陈若缺说："嗯，是不太记得了。"唐天妹说："这没关系，时间久了嘛，而且你一个人现在也挺难的。"然后她对天虎说，"哥，给这小兄弟便宜点，他也不容易!"

下午唐天虎如约到了陈家庄，他见到陈若缺，说："挺远，我蹬车也蹬了很久。"他走进屋，指指北墙角说："这儿是吧?" "对的。"陈若缺回答道。

唐天虎从包中摸出支粉笔，在墙上画了几条线，用直尺量了又量。"行，我今天就给你造。"陈若缺说："这么快，感谢你了，叔，我本来着急呢。"

"我这人讲究效率，而且养蚕期近了，再不修来不及。"唐天虎的两个眼珠子上下转了转，"大概 40 块钱，不过给你便宜点，20 !"

"便宜一半? 这不好，我们也不太认识。可不能这么亏了你!"陈若缺惊讶地说。唐天虎说："不是因为你，因为我妹。我妹不是和你妈以前是姐妹嘛，可不得关照一下。"

于是陈若缺去拿钱。

"不用!"唐天虎叫住他，说做好再付，"我这人讲究这点，做不好不要钱。"

两天土灶就造好了，虽然只是砖泥灶，却也不粗糙，横平竖直，清爽利落。师父说得没错，唐天虎是个好把式。

"高啊!"陈若缺赞叹道。

挖烟囱比土灶膛慢一点，不过唐天虎从早到晚一直在干，干得大汗淋漓，所以也就在短时间内竣工了。

"看吧，小兄弟，这土灶不说 10 年，20 年也不会软一分，再看着烟囱烟气直接往外排，不会有问题，只要在烧东西就行了，有问题的话再找我!"

陈若缺见唐天虎的技术如此高超，不禁佩服："你是个大师傅呀!"

"什么大师傅，就一个手艺养活一家人而已，没什么了不起。"唐天虎摆摆手说道。

陈若缺给了钱再送唐天虎走，又摸了摸土灶。蚕房已经成型了，未来也在正前方招手了。

七

陈家庄开进了几辆挖掘机，不太新，略显锈迹的挖掘机排成一队，张牙舞爪向太湖边进发。

挖掘机碾过的地都翻起泥来，杂草的根茎也全都暴露无遗了。村里人跑去看，把村里交通弄得混乱不堪。村主任陈海洋站在挖掘机边大声喊叫，驱散着村民，但在人们的嘈杂声中，他的声音马上被淹没了。老蛤蟆，站在最前头，手指指点点，带着路。

陈若缺往供销社订了蚕种后回来，路上便见人们拥挤在一起，嚷嚷的。他好奇地凑近看，不过由于怀中抱了蚕种，怕散了，就先回去了。

挖掘机停在了陈若缺的菜地旁。这消息是陈葫芦带给他的。陈若缺听后想着：果然要干什么事。同时他又怕自己菜地出意外，于是跑去。黄色的挖掘机开始大挖特挖，老蛤蟆站在边上指挥着。陈若缺对老蛤蟆说："我的地不会有影响吧?"老蛤蟆说："不会。"但陈若缺不太放心，说："这是干吗?"

"挖鱼塘，养黑鱼。"老蛤蟆望着天空说。陈若缺一旁的地属于村集体用地，石块很多，不太适合种庄稼，所以当初没有分到户上。地的面积很大。空地想走一周的话，得花不少工夫的。

鱼塘。陈家庄只有一个鱼塘，养的鱼也很少，是半废弃的状态。人们不看好老蛤蟆，人们大多说是他风火了一辈子，该摔跟头了。一是以前那鱼塘也亏钱，二是这地方离太湖近，用得着养鱼嘛?

可是老蛤蟆的脸上充满自信。于是村里头人又开始纳闷老蛤蟆有什么神奇的法子。

挖掘机挖着，把土装在运土皮卡里。在之后将近一个月内，陈家庄都被轰轰的声音环绕。人们有意见，毕竟影响生活了。不过蛤蟆细心，挨家的递烟送米。

不愧是能人，不愧是商人的翘楚。

不过柳亚平却总是睡不着觉。她总是半夜惊醒，拍拍老蛤蟆，问：“我心总是在跳，蛤蟆，你真有把握吗?”老蛤蟆累了一天，不搭理她。

陈若缺想着到了春天，该买菜种了。便又去搞了一袋青菜种与包菜种。去地里撒种时，陈若缺见到坑已经挖得挺深了。老蛤蟆站在坑北边，自豪又高兴地看着挖掘机挖土。他点上一支烟，却不吸，直接扔在坑中。火光很快就灭了。老蛤蟆好像是往鱼塘里扔了枚幸运硬币。之后，又会是新的开始的象征。

不过陈若缺每天仍是来菜地看一眼，他总是不放心。

八

陈大伯听说陈若缺拜陈风为师父后，对他讲了拜师要送礼什么的规矩。于是陈若缺买了两条烟给陈风送去了。

“师父，这您拿着，不多，一点儿心意。毕竟拜师是很隆重的事。可我现在钱不多，没有办法。”陈若缺说着脸有点儿红。

陈风说：“没事，没事，下次不用送了，这没必要，真的。”他给了陈若缺蚕架与蚕匾，还拉了十几米的尼龙布，一起去陈若缺家。树木的绿色呈现出自然的生机，在陈若缺眼中染出几笔淡青色。“东西我拿，师父。”陈若缺说。“我气力大的，不用。”陈风说道。

到了陈若缺家，陈风摸了摸土灶，问：“试过没?”“试过了，挺好的。”陈若缺回答说。陈风又赞扬了一下唐天虎的技术，然后就叫陈若缺把尼龙布围好，把蚕架立在尼龙布围起来的地方。陈风给陈若缺细心讲解了如何消毒，招呼陈若缺拿蚕种来，又看了看，说：“这种还好的。”他把蚕种平铺撒在消毒过的棉白纸上，用鹅毛轻轻掸整齐，四边折起，小心盖上，置于匾中央。

“有问题问我，反正不远。”陈风拍拍陈若缺的肩膀，亲切又和蔼，“我现在也忙了，没法总来，你一定要问，这很重要的，不可失误了！”

桑叶渐渐地绿了，小芽也伸展开来，桑林变成了一片绿色的海洋，在风中参差摇曳，起伏翻飞。

蚕卵很多破开了。

看着繁多的、密密集集的赤褐色小虫。陈若缺感慨万分。这小虫儿会变成白胖子，再变成蛾蝶。

上学时，科学老师常说生命的奇妙。不过陈若缺没有从生物学中的概念里感受出。其实所有美妙都是从生活实际中产生的。

看着褐色的小蚕在啃食他切成细条的桑叶，陈若缺文思泉涌。他迫不及待地拿起笔，在“沙沙”声，一片绿色与一片褐色中，抒写起来。他的眼中猛地放出光芒来。

我的太湖“第四白”/陈若缺

前言

“太湖三白”是全国闻名的，包括银鱼、白鱼、白虾。蚕也是白色的。我住在太湖边，养着蚕，也看别人养着蚕。尽管蚕不算是太湖周围的一个名片，但是对人生活的影响不亚于三白，在我心中的位置也不亚于三白。“第四白”，我愿给蚕这个名号，不过我没有自信，所以便加一个“我的”。是啊，独属于我的，太湖第四白，蚕。

第一辑

蚕卵撒在蚕匾上，安静无比。

房里孕育的成百上千的生命，在此刻寂静的没有一点儿声音，只能听到灶里火烧木柴时木柴的各种哭闹。也如乡村的夜晚，悄然。

灶里日日夜夜烧着火，我也便常守着灶。我在灶前，火光映在脸上，热气腾腾，便蒸出不少汗来。用手揩揩，又想着柴不够了，就出门去把准备的木柴抬几根进来继续烧。

蚕还挺怕冷的吧，我可是热得不行了。

坐在木质的粗凳上，又仿佛有沙漏的“沙沙”声响起了。起初没有在意，只是仍沉醉在幽风随着阵阵温热所漾开的奇妙世界里。不过等那声音更清晰的时候，我便悟了过来——大概是蚕孵出了吧。

起初没什么感觉，看着几只小小的褐色虫子在桑叶条里，扭来扭去，并不太激动。但后来却越想越激动，越想越高兴。（感觉像一个迟缓的机器一样。）我慈祥或者是有爱地盯着那些我所培养的生命，第一次真切感到了生命的无限美好。

生命是神奇的，是伟大的，而当它化为一股灵魂注入蚕的卵中时，漾出的是可爱与激动的happiness。我越看它们心跳便越快，好像要从嗓子眼中跳出来一般。宠物与蚕的区别是什么？我养它们如同养了宠物，因为我是这么爱，这么喜欢它们。

但又是不同的，宠物是陪人很久的动物，但蚕最后却是为了卖钱的。但我却不反感卖蚕茧赚钱，也不可怜它们。我多喜爱它们呀，可是为什么会这样？为什么会心甘情愿甚至乐此不疲地牺牲蚕来提升我的生活？我怎会下得去手？

人真是奇特。

不过我看着如今大多孵出的蚕，心里也是充满喜悦，因为还小，它们啃食桑叶条的声音很轻，很轻。

我盼望着它们变成白白胖胖的蚕儿，那样子一定会更加讨喜。

无题

白与黑，
对立，平衡。
同存，唯一。
正面，反面。
无限变化。
无从得知。

打油诗

青绿一片翠幽幽，沁人心脾，苍苍入眼，采撷来一片细细抚摸。

黑褐蚕儿爬出壳，生机勃勃，春光大好，日盼黑褐色转成白。

春江花月夜

春湖艳波连天尽，湖上明月徐徐升。
艳艳随波千万里，何处湖畔无明月？
月映天边皆似月，叶映湖上皆似叶。
繁繁田间桑叶好，皎皎空中孤叶妙。
湖畔农夫初见月，湖月无眠不照人。
渔家今夜扁舟子，拖沓渔烟如丝线。
可怜船中月徘徊，照尽人间还复来。
昨夜闲潭梦春蚕，夜尽渔人皆家还。
乘月人人皆已归，落叶摇情满湖晖。

注：改自张若虚《春江花月夜》

（后注：本文都以散文与诗的形式展开，是诗集，是文集，不过是蚕成长的艺术记录罢了。但是不会有比蚕儿更艺术的艺术。）

九

《我的太湖“第四白”》让陈若缺写得心潮澎湃。他再读读写出的第一辑，又看看蚕儿，顿感欣喜万分。

而老蛤蟆的鱼塘开掘，也取得了决定性的进展。

由于整日地挖掘，鱼塘已经挖开了。大概大半人深的塘很宽很广，就如同地图上的盆地一样。老蛤蟆吸着好烟，踱步在鱼塘中。鱼塘还没有引进水，所以是干的。老蛤蟆在塘底留下了一串又一串的脚印。

看鱼塘挖掘工作基本到位之后，老蛤蟆便去引水了。

陈若缺在看蚕时，突然想到老蛤蟆在挖鱼塘，就想着去看看怎么样。他首先把写了一辑的《我的太湖“第四白”》塞在床垫下头，再出门去。陈若缺去看的那一天，正好老蛤蟆引完水。

走到菜地边，就能望见不远处的鱼塘。灌满水的鱼塘水略有些土的浊色，但不影响反射太阳的光芒。于是陈若缺便看着水塘如一面镜子，在正午的阳光下熠熠生辉，仿佛太阳一样亮，让他几乎要睁不开眼睛。

老蛤蟆正站在菜地旁看着，脸上的自豪与满足，远远比塘刚挖开的时候强得多。不过陈若缺一转头，发现菜地上有些土堆子。

“蛤蟆叔，这土可不能放我这儿呀，我这菜地又不大的。”陈若缺说着心里有些烦躁。他皱起眉头来。

老蛤蟆一看，发现果然是，不过他出乎意料地好说话，使陈若缺有些惊讶。“哎呀，小兄弟，忘记这里堆了土了。对不住了，我没嘱咐他们清楚。是不是压坏菜了呀？来，赔你赔你……”

虽然陈若缺知道老蛤蟆为人也挺厚道，在村里口碑不错。不过他这热情诚恳的态度可真是让陈若缺难以相信了。

果然是人高兴了，对别人也好嘛。陈若缺默默想。下午，老蛤蟆叫人移去了这些土，而且土下也没有种菜，真是运气不错。

不过，矛盾却总是避免不了的。

十

老蛤蟆的鱼塘引了水之后并没有很快去养鱼，而陈若缺则是更专注地投入养蚕了。

不过油菜花也是要偶尔照顾一下的。按陈大伯的说法，等到蚕“上山”的时候，油菜便开花结籽了。陈若缺能够切身地体会到种油菜要比种稻子轻松很多，加上蚕还不大，桑叶的需求量也不大，所以不用整天去采桑叶。这样一来，阅读与写作的时间对于他来说更加充足了。

由于在蚕房中长时间坐着，他的阅读量变大了很多。现在老段给他寄了那么多书后，他心里很踏实，不再怕没书看。有一点害处，就是在较暗的房间中看书作文，让他视力有些下降，看东西似乎有些模糊了。

看完《战争与和平》后，他被故事深深感染了。他喜爱皮埃尔。接下来陈若缺就开始读起《济慈诗集》来。陈若缺读诗并不多，但是他却常常诗兴大发而写上几首。不过回头再看看，他又有些沮丧，觉得他的诗有些粗拙。他想着借鉴与学习济慈的诗来自我提升。

陈若缺是为什么而写作？

他认为写作能给他带来成就感与喜悦，这就够了。不过，他仍是在默默渴望有朝一日能够发表与出版。但他没有多想，也没有付诸行动，只是当作一种美好的愿望留在心中。

之前就提到过陈若缺能控制自己的思想，对一些事情不会再让自己想下去。这是奇妙的一点，有好处也有坏处。这自然能让他更加乐观向上，不过这能力并不强大——一个人的想法有时是强烈的，无可阻挡的。任何的事物自然都有它的两面性，所以坏处也很明显：他很多时候会逃避，会选择不接受现实。不过可以相信陈若缺是一个较理智的人，他一般不会在大事上选择去逃避。

读了济慈的诗后，陈若缺开始思考起来。他一直认为一个作家的风格是确定且一致的，不过济慈的诗却有很多种的风格，给人完全不同的感受。《夜莺颂》中的亦实亦幻与《秋颂》的喜悦色彩完全如两个派别的诗人所写。

陈若缺得到了许多启发，觉得他要有更大的创新精神与勇气，进行更多的尝试。在《我的太湖“第四白”》第一辑中，《春江花月夜》是陈若缺最喜爱的。他认为这首诗体现了一种欢乐与自然，虽然声韵与用词仍不够好。陈若缺的诗歌理念是特别的，而读了济慈的诗后，他又有了更高的目标。

他认为作为中华文化的传承者，必须看到祖先在诗歌内容上的辉煌成就。西方的现代诗是西方文化所衍生的，我们可以学习。但他却觉得必须在中华文化的基础上发展诗歌，才能独树一帜。“中学为体，西学为用”是他的座右铭，对此，他的解释是：“以中国的文化为根基，以中国的特别的汉字音韵与字数组合为主要支构，用西方现代诗的哲学化思维进行赋能与展现。”

我们大可期待陈若缺的进步。

十一

眼睛不舒服到一定程度后就转成了微痛，这足以引起陈若缺的重视，配眼镜是不大便宜的。

于是陈若缺就四处转转，看看。

江南地带的太湖流域，自古是一块宝地。由于太湖较为安静，加之人又比较淳朴，所以乡风是很自然的。若是要说这里没有勾心斗角的，那是不可能的。不过总的说，太湖的人们都像是遵循“中庸之道”一样，不怎么闹事，生活平平无奇。

不过人性的恶却是在的，只不过有明显不明显之分罢了。这自然有成因，以往自耕自田或是合作社时期，人与人之间的差距不明显，自然不会产生嫉妒。但现在是不同了，在农村中，或许嫉妒才是恶的源泉。但可以相信太湖旁的父老乡亲，他们的本质是善的，他们的心不会因为嫉妒而完全失去控制。

陈若缺走到邹晓兰家门口时，正瞧见邹晓兰在同她男人陈柏青大笑着。陈若缺说：“怎么这么高兴呀?”陈柏青仍笑着，邹晓兰马上拉住陈若缺，说道：“我家伍婷考试呀，考了班里第一名呢！这是她进初中的最好的成绩啦！以前我很担心，现在心也放下了!”陈若缺听了为她高兴，不过心里竟有些不是滋味，就走开了。

村头的包子铺里，老陈九正吆喝着生意，似乎没有注意到店铺里有人在吵架。陈若缺见分外嘈杂，就探头进去一看，老陈九却马上拦着说：“要点啥？包子便宜!”陈若缺不搭理他，走近看发现是陈土根的女人唐小丽与牛爱爱在吵架，两个四五十岁的女人。这年龄正是她们最有力最泼辣的时候，声音自然响。唐小丽与牛爱爱是挺好的姐妹，今天不知怎么了，陈若缺默默想着。

突然唐小丽打翻了一张凳子，再用手猛拍桌子。这时老陈九终于去了，他急切又大声地说："姑妈妈哦，你们吵吵的话，我也不讲，这东西坏了，是要赔的。"

牛爱爱先起身了，她瞪了唐小丽一眼就走开了。刚走到门口，一只灰蛾突然扑在她脸上，于是又是一阵骚动。陈葫芦在陈若缺边上站着，神秘地说："牛爱爱这女人好坏的。"

陈若缺没有搭理，他对这种吵闹也没有兴趣。无论吵闹的原因还是经过，他只是好奇才看了一眼。马上，一只蜘蛛又在牛爱爱的脚旁乱爬，被踩死了，她说："晦气呀！"

那时，老金家的鸡正好产下了第一枚鸡蛋。陈金娣这个疯子一手拿着鸡蛋乱跑。人们说："疯子金娣，小心鸡蛋，小心点！"陈金娣却只是跑着、笑着，也许是春天的缘故罢。

老金家借了不少钱，想着靠养鸡来赚一把。见鸡生蛋，尽管金娣精神不正常，却也高兴。老金长舒了一口气，心里很踏实，很安定。

休息了几天后，陈若缺眼睛舒服了。春天是一个热闹无比的季节，充斥并浸泡着欢乐、希望与燥热。人们的话如长江大河起浪花，喋喋不休，永无止境。而各种的好事坏事也频频发生，整个乡村都活跃起来了，热闹了起来。

陈若缺关上房门，意外发现房里是那么的安静，他又想着乡村人物的矛盾与经历，或许也比名著都精彩。

他对乡村又更加喜爱了。他自然知道乡村中的人的肤浅与无知。不过村里人的矛盾、冲突却不乏真切、和善。这一切构成的乡土文化是如此的朴实率真，让人能听到大地的心跳。

“扑哧，腾腾。”

这又是老蛤蟆的黑鱼苗在水中扑通跳的声音。

他立志要为它们书写一曲高昂的赞歌。

十二

牛爱爱同唐小丽吵架自然是事出有因的。

陈蒲瓜家与唐小丽家也相邻，门前有一大片的空地，自然也不是任何一家人家的。虽然唐小丽和陈蒲瓜老婆顾蔓君常常吵闹，但至少达成了一点共识：那块地两家各占一半。

这样两家人虽然吵闹不断，矛盾不断，但是在这块地上也种上青菜，种上土豆，种上冬瓜……算着也十五六年了。

牛爱爱作为乡里的工作人员，又是怎么与唐小丽产生了矛盾？

说这是小事吧，的确不算大，陈蒲瓜便对此没什么意见。但是这种事，不论是谁，总会觉得不爽和生气的吧？牛爱爱想出一回风头，便催促着说要在陈家庄设垃圾桶。村里人倒是没意见，不过人们却觉得奇怪，这乡下要垃圾桶干吗？还麻烦呢。

牛爱爱心里清楚，有了垃圾桶村民也不会去用，但她只是想听到上头的表扬话，能说“这同志为保护太湖生态积极想办法”就行。

而这垃圾桶的摆放位置，却是问题所在。牛爱爱在陈家庄走走，发现这块地正好是人来人往的方便地方。其实柳亚平家门口才最方便，不过柳亚平，牛爱爱可不想得罪。于是她把垃圾桶放在了唐小丽家地旁边，还拿喇叭在村里喊了一圈，号召大家去把垃圾丢在垃圾桶里头。

起初，大家挺积极，来扔垃圾的很多。而多，就是一个问题。臭气在空气中四处发散。而唐小丽与顾蔓君家是最受祸害的。人多了，两家人的地也有点儿被踏坏了。

顾蔓君脾气暴，想去找牛爱爱，却由于生气心肝痛。这天，两个女人走在同一条路上，唐小丽也很生气，就单刀匹马去找牛爱爱说理了。

牛爱爱理亏，在包子铺里吵了一架后，也悻悻地把垃圾桶拆走了。她想获优秀干部的梦也落空了。唐小丽赢了也不高兴，毕竟地被踩坏了那么多，而且她最生气的还是牛爱爱不尊重她。唐小丽自卑，总觉得牛爱爱看不起她，而这次牛爱爱把垃圾桶放在她家门口好像是一种侮辱。

陈若缺听陈葫芦拉扯这事情，也若有所思。

回家后，他坐着听蚕啃桑叶的“沙沙”声，清脆而快乐。又要去摘叶子了吧？他想。

十三

蚕生长得很快。

我的太湖“第四白” / 陈若缺

第二辑

说蚕是生长迅速的自然没有问题。然而养它的过程对我来说似乎是慢的。掐着日子算，也大概半月多了，对于一个人来说，似乎这点时间不值得一提，但它带给我的，是永远的记忆。

仿佛是水一滴滴落在石头上，滴滴有声，我记得蚕房里的几乎每一秒钟。师父也和我说过，大抵是不必守着蚕之类的话。但守着我心安。徜徉在黑暗却又光明的蚕房里，耳畔边响着“沙沙”声。在春日转暖的温度下，好像世界天地的一切都是虚幻的。像蓬莱楼阁一样可望而不可及，缥缈在无边无际中。只有蚕是真实的，只有“沙沙”的进食声是真实的，是伸手可及的。

灶已经不用，大蚕的耐受能力也强，不像小褐虫那样的弱不禁风了。虽然蚕房里黑，但是仍然能够清楚地看到蚕儿们。雪白的蚕儿肥肥的，憨态着实让人心酥。

我从未看到过什么能够如蚕一般，长得如此快。本来这么小，几乎不占地方，现在却爬满了一地。

真是可爱的蚕！

桑叶的需求量日益增长，导致我明显忙起来。油菜也长得越来越好了，这是我心中的绿色。远远望去，碧绿的油菜田所泛出的翠色如同玉一般的灵动而幽深。油菜花快开了，我很期待。

我期待碧绿的海洋上泛出黄色的花状的泡沫，不断地翻滚要把绿色完全地笼罩住的情景。

我期待白色的蚕儿爬上架子，细细地吐丝而空中安静的只有微小拉丝声的情景。

可爱的蚕儿现在爬满了地上，准确地说或者是“躺”或者是“卧”，因为几乎不移动，只是懒懒的趴在桑叶上和桑叶下，啃出一个又一个的洞。桑叶很快就被吃得只剩下筋骨了。

于是想到一个词——“蚕食”。我们常常用来表达逐步侵占，逐步消失的状况。养了蚕，我终于真切地体会到了“蚕食”的意义。蚕食是一种极形象的表达。蚕吃桑叶时，发出沙沙声，一点一点，从边上，从中间的任何一个点食用起，咬出小洞，才一点一点往外头咬。只是一只蚕，就可以把一片本来大而绿的叶子吃尽。

蚕食，多么形象。进食的样子，又多有趣。

真是可爱的蚕！

春蚕颂

（一）

在春天无尽的生机中
仿佛空气氤氲着活跃的气息
细嗅
是生命的味道
千万株植物的嫩芽抽出
翠绿的色彩上点缀着栖息的蝶

无边无际的嫩绿色　近看却稀疏
草色遥看却近无
春天的色彩撒满了大地
谁说夏天才是生命的蓬勃

（二）
春蚕到死丝方尽
可是却不想去看如此的诗句
白色的蚕儿
是如此的可爱
悲欢离合，一切的一切
都不比蚕儿实在
蚕，是真切的生命
是生命有节律的跳动
是美妙的一片雪白梨花

（三）
你能否听见我的笔在沙沙作响
如同你吃叶子一样在响
你是否知道我如此喜爱你
就如同你喜爱一动不动地趴着
你是否听到
桑叶的心跳、大地的心跳，我的心跳
在隆隆隆隆地作响呐

（四）

梅妻鹤子的林逋
蚕儿啊
你一定是我上辈子的孩子

（五）

桑叶结成片了
碧绿的色彩透人心脾
我知道你喜爱这绿色
所以不如
有空去看看那茂盛的桑林吧
我欢迎你来
你也一定会高兴来的
一只百只千万只白色的蚕儿
成群结队爬
又是如何的景象
而我竟想象出长江后浪推前浪

（六）

较为黑暗的蚕房中你们安然
土灶也早已停火不用
知道你们小时候什么样吗
我来告诉你
褐色的小蚕儿很小很小
知道你们长得多快吗

我张开手掌
喏，这么快
我张开手掌
对，这么快
白白胖胖的蚕儿啊
我喜爱你们哟

陈若缺写完第二辑后又重读一遍，惊奇地发现自己的进步。还挺有味儿，他默默地说着，就自己笑了。

十四

村主任陈海洋打算搞一件大胆的事，也就是开“蚕丝博览会”。这是非常大胆的想法，而且他也马上行动了起来，这更加需要勇气。

照陈海洋的话，这是陈家庄乃至全浙江都没有的。陈海洋年龄不小了，他不安现状。虽然“中饱私囊”的事是常发生的，但他仍想着做一番大业绩，以在人们心中留下一抹光辉来。

首先是钱，要大笔的钱，不过陈海洋有信心上面批下钱来。

这么大的事情，陈海洋自然要和村委讨论。陈金根与金天是提出反对意见的。原因也明显：这么虚而空的会举办有什么用？

陈海洋所想象的蓝图非常美好：等到村里的蚕丝收了，就叫每家人家去拿部分蚕丝来摊上卖，每户一摊。到那时候再请商人与领导来，就能一反普通的模式。而销量与知名度会大幅提高。

金天说："海洋，你今天斗志这么大了？"陈海洋也只是拨拨念珠，不多说话。在村委里，妇女主任柳天茹是坚决反对的，她说："海洋，我说几句话，商人与领导来，为什么一定能卖得多？村里人一定会同意这么搞吗？而且光蚕丝，吸引力又是啥？"

"这个叫莫斯礼来帮忙打被子卖，卖得更好。"陈海洋微微一想说道。金天说："海洋呀，我爸不养蚕，所以一些事情我不懂。但是你说博览会在出蚕丝后马上开，但打被子也需要时间。"

陈金根说："海洋，我觉得这想法太儿戏，没有必要，这完全是不现实的东西！"

陈海洋刚想说是现实的，但又像鱼刺卡在喉咙里头说不出来。一会儿后，他才慢慢地说："浪费大家时间了……"随即他站起来要走。

一见他要走，大家也急了。柳天茹说："急啥呀？再讨论呗。这蓝图是挺诱人的呐。"陈海洋抬头望望天，无奈地说："抱歉，的确是我有点儿孩子气。我再想想发现全部行不通的，大家散了吧。这样的事在苏州都不一定有成效，何况是我们无名小地方陈家庄呢。"

的确是孩子气的想法。细看，这想法是漏洞百出，无法修复的。

“蚕丝博览会”这种柏拉图式的想法被否决后，陈海洋几天都郁郁不欢。

牛爱爱从上次吵架后，心情也不好。陈阿扁总说：“看看你花头这么大，得罪了别人，自己也难受，事儿也没办成，你图啥你?”爱爱是乡里的干部，虽然住在陈家庄，却不是村委，所以也没有听到博览会的消息。如果她知道，说不定要兴致勃勃地大干一场。

金天与陈金根几个人都没有把这件事传出去。

十五

陈海洋大病了一场，一连几天没进什么饭食，他女人陆鸣挺担心，常常哭红了眼睛。他病得很严重，说话都支支吾吾，所以陆鸣这么表现也的确不夸张的。

陈若缺买点水果送了去，看望村主任，顺便感谢一下他提出的养蚕的建议。他还去了陈风家。

陈风家的景象十分壮观。蚕马上要上山了，吃叶子也渐渐少了。按陈风的话说，早几天来看的话，真是“声如千骑疾，气卷万山来”了。能想象一房子的蚕吃食的情景吗？那是很惊人的。

现在却是静穆，空气中氤氲着慵懒的气息。然而也壮观：白色的蚕静静躺在地上，头接头，尾接尾，或头接尾，都是一望无际的。陈风的蚕房如同养殖场，很大，很广，所以蚕卧着便如一地的雪，且难以望到头。陈若缺惊讶极了，他张着嘴，呆呆地站着，凝视着一片洁白。白，雪色布满了每一个角落，每一处都沾上了。

反观来却不觉自己的蚕房简陋，只感到陈大伯与崔大伯家蚕房的不堪了。陈芹也回来帮忙，闲时织点丝织品卖了，也进点儿收入。

几天以后，陈海洋的病痊愈了。这病来得快，去得也快，更多的也许还是心病。不过病好后的陈海洋倒是很亢奋，与病中形成了鲜明的对比。他走出门去，在太阳下伸了个懒腰。油菜已经开花了，蚕也上山了，村里人忙碌了。

金门在金阿祥地里摘油菜花，于是陈海洋问他说："干吗呢？摘自己家的油菜。"金门笑了笑，说："唉，我这个民办教师不是好不容易转正了嘛，这也靠您帮的忙。我想搞点花给孩子上节生物课，立个好口碑！"

陈海洋走上去，轻轻拧了拧金门的耳朵，说："不用多说啦，别人也别说！你妈和鸣儿是表姐妹，但是吧……"

"我清楚的。"金门忙说。这时天上突然掉下一只麻雀来。最先落在陈海洋脚边。陈海洋看了看，说："死了的，吃不得，没用。"又将其踢远了。他又拍拍金门的肩，"事业心强，好事！那金安司机工作怎么样了？"

"就那样吧，不差。工作是累了点，不过工资不错。"金门说。

陈金娣与金阿祥生的三个儿子中，要属金门最引人自豪，招人喜欢。喜欢他的小姑娘挺多，大都是不错的人家。像他同学盛欣怡，闫玲等。不过金门却不急不慢，仿佛在宽阔无边的大海中航行，波澜不惊。

与之而言，老二金安就逊色几分，但名声挺好。他在城里做卡车司机，回家不多，一个农民学会开卡车也是件新奇事，加上他常获劳模奖，所以名字挺亮。老大金天是村支委，能干。虽然陈金娣是疯子，但是却疯得“不深不浅”。

金阿祥回首往事，想想把金娣逼疯的那件“田案”，又看看三个各有出息的孩子，不禁感慨万千。

十六

油菜是一种艺术，油菜是一幅油画，是一幅水彩画，总之是一种艺术。

真的万物皆美呀，陈若缺捻着一朵油菜花，默默想着。大概再过一个月，就能丰收了，不过现在才是胜景。

一望无际的油菜田上，金黄的是紧凑的花儿。微小的花绽出黄色，同兄弟姐妹一起，摇晃在风中。绿色此时已经完全被吞噬了，只能在角角落落见到星星点点的浓绿。这又让陈若缺联想到了白白的蚕。

同稻穗不同的，油菜有别具一格的色彩。黄色，亮眼的纯黄色比起金色固然不够惊心动魄，却也给人安定、舒服、畅快的感觉。蝶儿乱乱地飞舞在油菜田上，如融进油菜花之中，成了一朵花。

呼吸着含着花香的空气，陈若缺自失起来，似乎也融进了油菜田中，成了一朵花。日光柔和，令人陶醉。

蚕，上山了，怡然不动，如优雅的贵妇人一样。

我的太湖“第四白”/陈若缺

第三辑

蚕上山了呢。

时间真的很快，很快就上山了，很快就要结茧了。爷爷以前养过蚕，是在我没出生时，所以这一次，是我与蚕的第一次会面，第一次陪伴它成长。

既然已经上了簇架，那就只剩一个星期的工夫了。一期蚕，也要结束了。心中的情感虽然不曾消散，却也不想多作表露，因为蚕本身就已经是最好的体现了。它们胜过我一切的赞美，胜过我一切的情感。不过最可爱的，仍是大蚕。

白色的大蚕啃食叶子，轻轻地挪动其身姿，“沙沙”作响声仍回响在耳畔。现在的安静也令我安心。那么多白胖的蚕匍匐在簇架上，不动地举着头。翘首昂视，像古希腊的占星学家。不仔细看，是绝不会发现它在上下起伏的。蚕的身子细微地上下浮动着，是一块张弛的海绵。

日子清闲了许多，桑叶也不再要采。乡村的生活无规律地延续，充满了偶然与未知，但也充满了乐趣。

不过我是不会忘记回头看看你的，我的蚕儿。你们安静地休息吧，我期盼你们创造出美丽的穴居！

（后注：此文篇幅短小，字数较少，但不是我怠惰或是对蚕失去了乐趣。安静时的蚕也要安静地表达嘛，我不觉得用大篇幅充斥的文字来叙写是合适的。）

黄灯·白月·青天 / 陈若缺

灯亮得卖力
它想去对抗一立方米的黑暗
它想去媲美庞大的月亮
灯亮，它亮得卖力却只是发光
但我偏爱千万盏的黄灯——
凝起明黄的一片广阔
在风与它的逗乐中
左右翻倒出重重叠叠的光泽啊
啊，鲜艳的黄，耀眼夺目
你也一定知道
那油菜便是绽开的千万黄灯
谁说灯只能点亮黑夜
使白日里的一切变得更美
使人的心变得更明朗的
更是触及灵魂，温暖心灵的
自然无愧是灯！

月亮亮得也卖力
仍总是被黑夜遮住头脑
于是又一片黑
不再闪耀的白色的光
但我清楚地知道
即使是反射太阳光

你一定会拨开云雾洒下
而我也爱白色的，如月的它们
无尽头的白串起深夜的梦
悄然地轻吟起黄昏的歌
静静动着，缓缓行着
爬到高处，也胜寒
这是内心的悸动
是情感凝聚的寄托
将绽出别样的华丽！
你也一定知道
那是蚕，如月皎洁的蚕
也如挂在我心中的一轮月
时时挂念，时时回眸

青天悠悠而憩意
日子拉得慢而长
衬托着日月星云
又被日月星云所衬托
包含、交叉、循环、往复
青幽碧色，映于人心
我同热爱，如青天的青——
无垠的绿色一片连着一片
波浪起伏地吐露生机
每一个动作都在呼吸空气
也在创造别样的罗曼蒂克

更别说铺满于地
壮观也是了然于心
你是桑叶，你是笙歌
你滋养蚕
你衬托蚕
可蚕，也把你抬得更高
终将明白，一切的奉献
也会成为永远的铭记
奉献者，不是衬托品
是另一个主体
如青天撒布的叶子
仍在抽出绿芽来
悠悠，悠悠……

十七

老蛤蟆的黑鱼塘引发了问题。

当然并不是广泛的巨大的问题，只是私人的问题。而受害者，是陈若缺。

老蛤蟆养的黑鱼挺大了，他很自豪，也很坦然，因为他完全有资本把鱼塘作为一盘游戏，即便输了，也不会让他倾家荡产。

黑鱼的问题就是臭。陈若缺知道鱼塘总是会臭的，也做了心理准备，不打算怎么样，可他还是小看了。简直是恶臭！每次陈若缺去菜地都是一场巨大的折磨，且折磨的痛苦程度在一天天加深。凡事总有个度，即使是善良而宽容的陈若缺，也是受不了这种压迫的，况且还会是长年累月的臭，这可怎么办？

陈若缺只能按住鼻子，跑去找正站在鱼塘东边的老蛤蟆。“蛤蟆叔，你这塘太臭了，真的……”

老蛤蟆猛吸一口气说：“嗯？臭？非也，不臭，不信你闻闻，怎么会臭呢？”然后他就要走。陈若缺着急地说：“蛤蟆叔，你不能噶呀，我菜地那儿臭死了，我的菜都没法种，你看怎么办？”老蛤蟆瞪了他一眼，说：“你噶夸张干什么？那要多少钞票？”

“不是钞票不钞票的问题！”陈若缺说，“希望让那水不臭，钞票是没办法的。”他似乎是喊着说的。但老蛤蟆的态度却让他感到失望。为什么他认为我只是要钱？我是这种人吗？陈若缺想着。

然而问题是必须要解决，所以陈若缺去找了陈海洋。陈海洋说：“唉，兄弟，你忍忍吧，互相忍让才好嘛”。陈若缺猜老蛤蟆大概和陈海洋有协定，叫他要帮助解决鱼塘产生的问题。但他不甘愿自己承受这种臭。他说：“海洋叔，去地里看看吧，臭不臭，一个人这点总清楚的。”陈海洋微微有点冒汗，只能告诉他先等几日，自己和蛤蟆说一声。

几天后也不见好，蚕都开始吐丝了，陈若缺很生气，想他们都是狼狈为奸的一伙人。他只能去找了陈大伯，陈大伯说：“唉，你找村主任没用，我也帮不了你，再找找蛤蟆吧，这才有用。”

没办法，只能找老蛤蟆。可他又一摆手，说：“没有办法，养黑鱼就这么臭。或者我给你50块，够不够？”陈若缺没拿钱，很失望。仿佛一切的景物都是垂着脑袋的，无精打采。而风吹来，也只是轻轻软软的，无力的。

他的心久久不能平息，一直在狂躁地跳动着。他回家去把鞋子扒拉下来扔走，空中溅起星点的干草与湿泥土来。

十八

鱼塘的臭，究其原因是鱼粮。老蛤蟆从城里的冻库低价拖来接近腐臭的小杂鱼作为饲料，而部分的饲料堆在岸上。冰冻着的饲料开始不留味儿，可烈日照射下，透着血丝的冰慢慢化开，顺着不堪的鱼堆流下，如蜿蜒的蛇。它们马上从地上溜走，滑向远处去，直到成为日光炙烧下的第一位献祭者。冰鱼丝丝吐着水，又包容着如沫的血泡，渐渐软了下去，“喀啦”，终将又成为一大摊水，在夜里的明月下，透出惊人的红黑色。

然后就发出恶臭来。分子在不断做无规则运动，当然是看不见的。无数的血沫凝成不知名的粒子，和着腐烂的鱼空洞的眼睛中透出的惶恐，调制出无限惊人的刺鼻味，像是在河岸立了一块无形的墓碑。祭奠那死去的鱼。

抛去水中。一大丛的鱼扑向水中，如同放生的情景。但是空气中的血与黑色的稠物分解成凝固的一块块物体，向下，向前，向后飞动，却揭示了凝聚着夜光与日色的余晖的悲惨。

陈若缺的忍耐完全到达了极限。

对于先前陈海洋与老蛤蟆的态度，他耿耿于怀。虽然那时已经臭得不得了，但若是实在是没办法，陈若缺也只能皱眉头忍忍。

但现在真的不行了。

他拾起一块石头，砸向鱼塘去。平静无波的浊水微微起了浪，又马上被吞噬掉了。只是一摊的血色斑驳与鱼的残骸蒸腾着恶臭，如同一只黑暗而变幻的大手，伸入他的胸腹，抚摸了几次心肝脾肾，又余下股股漆黑的黏液，拉出黏丝的潮湿与不适，包裹着陈若缺的五脏六腑，随着心跳与各脏器的活动，溅射开来。

恶臭与恶心最后才到达到鼻腔，散发出生命尽头下死神的体香来。又如同一股硫酸，浇下来腐蚀掉人的一切美好的心情。而这就像是溶解的冰激凌，一层一层的稠液如剥衣一样流下。

但陈若缺实在一点儿办法也没有。陈风路过时，也和他说：“嗯，太臭了！这可叫人怎么待呀？几十米外也臭！”

只能凑合着过日子，大不了菜地少去吧。

欢乐的来源——蚕，已经快要完成筑房的壮举了。这也给了陈若缺兴奋与欣喜，它们如天使般清洗着陈若缺的心灵。

又是两个极端。为什么说蚕是天使呢？因为黑鱼是恶魔呀。于是陈若缺拾起一片桑叶，悄悄地低吟说：“天使的憩床。如果都有饲养天使的能力，又为何要在臭而暗的鱼塘中捞金呢，为什么呢？”

于是他翻来覆去，眼睛盯着窗外摇曳的树枝，伸出手去，想握住月亮，眼睛里充盈着渴望与向往。

So we beat on,boats against the current,borne back ceaselessly into the past.

他想起了中学图书馆的那本《了不起的盖茨比》英文原著的结尾，那段深深震撼到他的文字浮现在脑海中，回映着。

Gatsby believed in the green light, the orgastic future that year by year recedes before us. It eluded us then, but that’s no matter-- tomorrow we will run faster, stretch out our arms farther...

陈若缺觉得自己如黛西家绿色的盖茨比一般，紧紧追寻着生命的目标。但他认为自己将成功，将披荆斩棘，终究走到未来，拥抱未来。他不再想那鱼塘的恶臭。

十九

过了一天，陈若缺突然有一种欲望，再去菜地看看。这种欲望似乎无因无果，没有逻辑，甚至不知道它是如何产生的，能够让他在夜里爬起来，顶着清冷的月光，去菜地里。也许他抱有希望，幻想着可能今天不臭了。那为什么要大半夜去呢，和做贼一样？

人的欲望，人的冲动，也只是纠缠自己的不明物，很多时候，也许就是荒诞不经的。

陈若缺走在漆黑的暗路上。四周没有灯，月亮也很暗，只有一旁的小河悄然反射出粼粼微光。缓缓而小心地走着，月光又一遍一遍地从他身上浇下来。

远远的，他望见有两个窣窣的人影，在偷摸干什么事。陈若缺一惊，想着大概有人偷菜，就飞奔过去。怎么总有这种人，偏来偷自己家的呢？黑夜中充斥了紧张不安。陈若缺急急地吁气，飞速跑着。但倏地，他改变了主意。反正那人一时半会儿也不会走，不如悄悄过去，抓个现行。

陈若缺如猫一样弓着身子轻悄悄地走动，近一点却发现原来自己错了。菜地里并没有人，而鱼塘的臭气仍熏得他恶心。鱼塘旁蹲着两个人，正在捞鱼。有人偷鱼！陈若缺明白了。

为什么陈家庄小偷这么多，不是偷鱼就是偷菜呢？陈若缺叹了口气，又定睛看那两个人是谁。天色昏暗，但能看到是一男一女。他再揉揉眼睛，原来是陈小丽与陈土根。

“唉！干吗呢？”陈若缺虚张声势的一喊，只见到两个人惊得扔下鱼与渔具，飞快跑了。

陈若缺打算告诉老蛤蟆，他是不能容忍这种偷盗行为的。他没有多想，比如老蛤蟆不帮他解决鱼塘臭的问题。他更不会有幸灾乐祸的心情。因为陈若缺就是陈若缺，他永远秉持着心中那一杆秤。

而这早已成为了不知不觉的潜意识。

说回陈土根夫妻俩这么闲得慌偷鱼？不过也是，他们儿女都没有，日子过得也不是很好。可也不至于挨饿呀。像上次柳亚平她又是为什么。乡里乡亲的，各种信任都是比较虚幻的，唉，确实。

陈若缺想着，明天一大早再说，就又回去了。路途中，他见到午夜时分的月光，静静打在稀稀落落的油菜花间。

也快了呢。油菜花都要落了。

二十

第二天一早，陈若缺去老蛤蟆家。铁门在敲击下灵敏而轻快地发出笑声。同时，一只栖息在铁门镂花空隙之间的喜鹊噗的一声腾空而去，又如一颗黑点般，匿入蓝天白云中了。

柳亚平来开门，她正在给阿莉织衣服，手上拿着线团，线奋拉着，承接着长针杆巨大的压力。喝了一杯豆茶后，陈若缺等到了老蛤蟆。老蛤蟆跨进门口来，摘下了草帽，又用白毛巾拭了几把汗。他看到陈若缺，心里又有了厌恶与烦躁，就用手微微地撑了下墙壁，说："兄弟，又怎么啦?"陈若缺眼光瞥了下豆茶的茶底，就站起来，悄悄在老蛤蟆耳边说："蛤蟆叔，我昨夜看见土根夫妻在偷鱼哩，我赶他们走了，下次你小心点!"

老蛤蟆微微一惊，松开倚着墙的手，于是白花花的墙上有了一个手印，如同雪白的地里落下一株脏乱的枯枝来，显得丑陋。

柳亚平进来了，她拿起大剪刀，刚想进房间，就见墙上如墨迹这么一个大斑，便有些不悦："蛤蟆呀！这墙怎么脏了?不才刚粉过来嘛!"她又看了看陈若缺，想着有外人，就不多说，白了老蛤蟆一眼。

老蛤蟆呆呆站了一会儿，抑或是思索了一下，如花岗岩粗粝而富有纹理的宽额头上卷起了一道道窝来。挺安静的，就听到外面雨淅沥的声音，风也刮了起来。

"哎哟，蛤蟆叔，我得走了!"陈若缺说。他也看见阿莉从外面跑进来，喊着“下雨了，真大”这样的话，像猴一样窜到西面的单间去了。老蛤蟆的眼神焦点回来了，他忙说：“不急不急，雨停了再回去吧。”陈若缺明显察觉到了蛤蟆的语气变缓，对他也更温和了。蛤蟆又扬了一下嘴角，就去厨房给陈若缺拿橘子水喝。

阿莉走进客厅里，如没有人似的，跷脚坐在大椅子上。她穿着白衬衫。陈若缺盯着衬衫看了几眼，上面是一个熟悉的签名。不过盯着看总不礼貌，所以很快，他就转过头来了。他又很快意识到那个名字是谢润清，就问：“咦，你衣服上是谢润清的亲笔签名呐?”阿莉一边磕着茶几上的瓜子，一边说：“嗯，你也知道？我是今天特意去城里叫她签的。她画得好呀，平时初中作业也多，没时间去，今天休息，好不容易有点儿时间。”

陈若缺想着谢润清事业有成，又开心地笑了。老蛤蟆进来，叫阿莉出去，就招呼陈若缺过来坐在大椅子上。蛤蟆的心情写在脸上，如同京剧的大脸谱。他面露愧色，深切地说了声：“对不起。”陈若缺有些惊讶，但老蛤蟆接着说：“我误会你这么久，真的很抱歉。”

“没关系，你也不容易。”陈若缺摆摆手。

老蛤蟆用手去抓了抓脑袋，说：“我今天才知道你是一个好人，以前一直觉得你只是为了钱。如果我是你，一定会让他们多偷点的，这样幸灾乐祸，想想挺激动。不过你居然能维护我的利益……在我给你带来这么多麻烦以后……”老蛤蟆把橘子水推了推，示意陈若缺喝。他又继续说下去：“我知道你是真心善，要不这样，我把我家那块与你家差不多大小的菜地换给你，原来那块地，我也不用，你爱种的话继续种，怎么样?”

陈若缺可高兴了，老蛤蟆居然提了这么好的办法：“可以，可以，蛤蟆叔，我那块地你拿去吧，我也不用了。”

“行！”老蛤蟆回答着。又带他看了自家的地，划了大概相同面积的菜地给他。这地离陈若缺家很近，走路5分钟的工夫。“还有20元，算种子钱。”老蛤蟆说。这陈若缺却没有要。

已经提到过，他并不是一个死要面子或者自视清高的人。他自然明白生活不会整天把好东西推给他的。该拿的时候就拿，不过要适度，这点他比很多五六十岁甚至八九十岁的人还要懂。

雨停了，老蛤蟆于是合上伞。下过雨的土地比原来的更加肥沃、丰裕。“这片地你没种过东西吗？”陈若缺问。

“没来得及，忙！”

一旁的野草长得粗犷而高。茎叶很大很壮。叶尖仍吊着两三滴的雨露，仔细的人可以从中见到彩虹。

二十一

易地很顺利，种着这块新的地，仿佛一切坏心情如果冻一样凝固了，不能向陈若缺靠近丝毫。

他赶忙又重新撒下菜种。踩着浸满雨水的土，就能听到缓慢而低沉的“咕噜”声。于是陈若缺弯下腰去，捧一抔土在手中，土里的水便悄悄而匆忙地从手的纹凹间隐去了。留下的泥紧紧依偎在掌心的每一寸肌肤上，挺暖和，仿佛是刚烤好的红薯。

蚕已经没问题了。它们结完了茧，挂在竹簇上悠悠享受着美好的午间时光。银白色的茧皮在光照下熠熠生辉，又隐约地透出蚕蛹的轮廓来。陈风帮陈若缺来摘茧来了，他们家已经完成了。

见蚕茧要被摘走了，陈若缺有些舍不得，毕竟蚕还活着。可这种事情，对已经不是小孩的陈若缺来说是必须面对的，毕竟是大自然的法则。陈若缺也就明显地忙碌起来，他不再写第四辑的《我的太湖“第四白”》，但只想收个尾，让作品圆满完成。

抽一个傍晚，他喝了口白开水，就提起笔在纸上书写起来。星星在疯狂眨着眼，仿佛像小说中一样，在暗示什么。陈若缺写着，抬起头来，眼里便又装满了将溢出的月光。

我的太湖“第四白” / 陈若缺

跋：圆结的梦

蚕儿已经结下了茧。噘起嘴巴来，慢慢用丝包裹自己，一圈又一圈。于是就能够清楚明白地被银白色的蚕茧惊叹到。的确是非常合规的椭圆形，半透明的如同天上薄而疏的层云。而且光滑，几乎不出现大起大落，即使周围是散乱的丝也不影响。

现在再回忆，蚕呈现褐色样子的“儿时”如同在昨日。“成年”后所表现的白胖更像是前一次的回眸。一切都如同是一瞬。而之间各种琐碎的事也像是虚无的雾，消散了就变得模糊。

养蚕的第一周期是完美结束了。

我真的得到了很多。它们已经占据了我脑海中最主要的那片天地，使我永生难忘。我也体会到了一种善意，一种爱开花结果所获得的成功。

我刚刚成就了一个圆结的梦。

于是陈若缺掷下笔，悠闲地依在椅子背上，双手盘着托举着头，仰望一闪一灭的繁杂星空。

陈风对徒弟的确算是尽心尽力。

经过一天，陈风已经帮忙把蚕茧摘好放好了。“谢谢师父！”陈若缺显得很高兴。他捧着蚕茧，贴贴脸颊，闭上了眼睛。

油菜花已经完全落了，望去不再能看到一点的金黄，而浓郁的深绿又令人惊心动魄。

二十二

蚕茧堆在房的角落，陈若缺就去问下一步该怎么做。陈风是能人，他首先挑出双蛹茧与品质不好的，堆起一小堆。陈风乌密的脑袋上反射着日光，显得明亮。纤毫的头发都被照亮了，末端模糊在空中，若隐若现，连接成一股股。

“这些用碱水煮一下拉成棉兜，就可以找莫斯礼打床蚕丝被。因为卖得贱，不如打床被子实惠。”陈风说道，用手抚摸了几下蚕茧。

陈若缺知道能有一条蚕丝被，脸上绽放出了同屋外太阳一样闪亮的笑容，与阳光共鸣着。嘴角蕴含了如风铃一样清脆的笑声，却只藏在里头而不出来。能有一件“纪念品”了呢。实用的“纪念品”呀。

他接着问："师父，那怎么卖呀?"陈风睁大眼睛张望了一周，又仔细往墙角看看，盯得墙角的幽灵蛛都害怕得随大而松的蛛网匿去了。等到确定没人了，他才悄悄地对陈若缺说："我有线，就是这么一个门路。这才是我'能'的最大原因。我今天全告诉你，你也能和我一样，甚至比我更厉害。"

陈若缺很是感激，就请师父继续讲下去。

原来这其中，有极大的学问的。蚕茧，一般要直接卖给本乡的收购站，可收益无法让人满意。而想要赚到大钱，就有一种"点丝为金"的办法——偷卖。直接到苏州，用上一晚上，再卖蚕茧给那边联络好的个体丝商，这样价格卖得可就不止多一倍了。

然而有很多人想过，可是除了陈风外，无一人成功。要知道取得卓越的成效的关键，是采用灵活的方法，而不是一味地猛冲。这就让陈风打开了口子来，在夜里1点的样子，在太湖边登船，借着月光，避开所有人的耳目。

陈若缺心中无比的兴奋，心跳得猛烈。他想象的情景是极为有意思而刺激的。陈若缺的脑海中凝成了一幅画面，中心的那轮月亮大而圆。他再去看看墙角边堆着的茧，盯了一会儿，白色的边缘轮廓又模糊了，融进墙上，又勾出了幽灵蛛。蜘蛛伸出大长脚，妩媚地弯曲了一下，也仿佛要融在一起了。像是颜料涂抹在一起，搅和成一抹特殊的色彩，阴云密布，又把"天"遮蔽住。物件的影子拉长，直到阴影完全把房间笼罩。

随着一声春雷，雨沥沥地落下，如千万的鼓点般有力而健壮，真是个多雨的天气，他想着。看到雨从屋顶上滑落，像一面光滑透亮的水晶帘。

二十三

陈风先带陈若缺卖了一小部分茧给收购站，好掩人耳目。

夜里，天没有下雨，地上近几日积的水正轻柔柔地蒸发着。陈若缺还在床头，欲睡却睡不着，他盯着钟表，生怕错过时间。

窗外的鸟也不鸣，偶尔轻啼几声，给黑夜披上一层雅致的外衣，从窗外望去，人家的灯火完全灭了，只剩下金阿祥家门口的路灯还亮着，飞蛾在下头扑转着，好似将起一场黑色的龙卷风。

打牌、打麻将的人已经散场，大多都输了钱回去，只有陈金根收了头钱在做美梦。很安静，连大地都沉睡下去了。陈若缺轻舒了一口气，看来这次会比较顺利。

12 点 30 分了，陈若缺把茧轻轻塞进两个大麻袋里，挑着出去了。如水的月光比起以往更加柔和。但他不放松警惕，小心翼翼找着偏路与暗处，微微弯曲着腰背，时慢时快地行进。突然，后头有人拍了一下他，轻轻地说："干吗?"陈若缺回头，看见是陈葫芦，暗暗放了点心。"不要问，记得千万千万不能说啊。"陈若缺说着，在嘴角做了个拉拉链的手势。不过他的确是吓了一大跳，心一直颤抖着。

陈葫芦说："若缺哥，你放心，我谁都不会说的，今天正好和我姆妈吵翻，就出来了。"和陈葫芦分开后，走到太湖边，陈若缺看到一个黑影在挥手，一定是陈风。于是就加快步伐跑过去。听到“咻”一声，他又是一惊，倒吸大口凉气。只是蟾蜍罢了。夜里空气很冷，如粗粝的尖刀。

陈若缺坐到小船上后与陈风靠在一起，边上站着的是陈天日与陈天星。机动船的噪声太响了，只能靠天日、天星两兄弟手摇橹，他俩一个为主一个为辅，累了再轮班。装满蚕茧的黄麻袋用尼龙绳紧紧地扎在船上，坚固而无法撼动。

黑夜的湖水透着凉气，陈若缺划出一道水痕，把水花溅起了几点。陈若缺说一切顺利，并不说陈葫芦的事，而陈风也开始讲起了他的故事。陈天星厌烦地说：“爸，听烂了啦，不要讲了！”

摇了才半个小时，陈家庄就完全消失在太湖的肚子里。知道没问题了，人就轻松了些。陈天日还学唱了段越剧，笨拙的技术引得船上下微颠。

陈若缺并没有想象中那么紧张。他坐着有点冷，就主动换下陈天日，学着摇橹。开始不太好控制，船的方向都变了几次，但毕竟不是难活，只是累了些。陈若缺很快热起来了。陈风也换下了陈天星的位置，他摇橹更加熟练，还能靠一只手点烟。烟雾消失在黑夜中，陈风的脸庞就更加清晰明白了。陈若缺问：“师父，您对顾蔓君这个女人家了解多少？”

“不太了解，她是从福建来的。当时婚礼挺隆重，后来不知道怎么整个人病重，好转后脾气却暴躁了，还落下终身的病来。”陈风掐灭了烟回答说。

陈天日淡淡地说道：“村里人时好时坏，也不简单呐！”

天上浮出几抹鱼肚白，丝丝的微光从太湖的边缘迸发出来，随波浪传到远处，使万物蒙上一层清亮。

太阳升了上来，露得越来越大。天上挂着几片絮云，在阳光下完全被穿透。苏州在太湖北岸，也越来越近了。

天呈血红色，飞过的鸟都是黑色的，像芝麻粒般又消失在远方，仿佛苏州的亭台水榭、拙政园的景致，丝绸拉成的彩虹都在眼前了。

大概是四五点钟的样子，船最终靠岸在一个码头上。苏州果然更加热闹，而回望过去的水路，却不清晰了。

这也是陈风的“私人水道”发挥的作用。

虽然不是到处都像拙政园般气派，苏州也着实让陈若缺见世面了。陈风与天日去卖茧，天星与陈若缺在码头上看船，坐了一上午。

陈天星在路旁给陈若缺买了两包苏州豆腐干吃，陈若缺与他一边吃一边聊天。从陈天星口中，陈若缺也知道了陈家庄更多的信息与故事。一个村庄就是一部鸿篇巨制。不要小看，无数的故事编织出的是一个乡村最真实的模样，不只是淳朴，朴素，平淡的。

等到中午，陈风与陈天星拿着两大捆扎好的空麻袋回来了。陈风面露喜色，招呼大家上船。他跳上夹板，轻盈地像个小年轻。从内衣口袋，他掏出一大沓钱直接递给陈若缺：“呶，你数数多少？”陈若缺数完“啧啧”了两声，又想递还回去，陈风摆摆手，“这些是你两麻袋茧的钞票，伢的我放在天星口袋，比你的多很多呢。”居然卖了这么多，陈若缺大吃一惊，眼里似乎在放光。

他们四人在苏州码头附近吃了一顿简单的午饭。陈若缺买了点小纪念品，就一同回去了。

他们又走另一条水道，在远离陈家庄的地方下船，再分批走回去。毕竟是白天，不好引人注意。陈若缺口袋里揣着钞票，心中自豪无比。他也十分感恩蚕儿们。

回头再看看太湖，漂着几朵不是什么品种的残花的水面熠熠生辉，很快夕阳便会落山。而那时，就能听到金天在太湖边那块大石头上吹笛子的声音。

远处湖上的渔人也一定会听到那悠扬的笛声。

捞上一碗的白鱼白虾，再抬头仰望太阳，眼睛眯成一道缝。

第六章：村居

海客谈瀛洲，烟涛微茫信难求。

——《梦游天姥吟留别》李白

一

一个村庄，由数十、数百的家组成。

若是从高处瞭望整片陈家庄，便能看到白墙黑瓦的房屋错落有致，沿着迂曲的河流分散着。

“陈”姓，应该起源于一个家族。但彼此的血缘，都已经在千年万古的跌宕中被打得支离破碎。

但他们都姓陈啊，一个个熟悉或陌生的面孔间，有着一层特别的联系。人们把村庄分割成几部分。家与家，便划开来，却也有着千丝万缕的关联。

从初中起，陈若缺就过着住校的生活，只有放长假才回来。所以他记得最清楚的，往往是夏日里聒噪的蝉声与热风，冬日里浮着冰片的水面。

对陈家庄的记忆，是他辍学后才真正生成的。以往短暂的时间无法在他脑海中留下印记。而现在，他已经融入了陈家庄，但对于村中的人情世故和家庭之间的关系，他却几乎一无所知。

二

唐天妹从乡里回来时，惊了陈若缺一下。

“你不是在乡里的吗？”陈若缺问道。

“什么呀？我家就在陈家庄呀。”唐天妹笑着，说，“我去我阿哥家住了几日而已。”

陈若缺的脸倏地红了，自己连一个住在陈家庄多年的人都不知道！看来他对陈家庄的了解的确还不够。

木匠陈力是唐天妹的丈夫，他人很老实，干活也卖力，但是有一个缺点，好赌。一开始其实不过分，至少亏不了什么钱，不会让家里受什么影响。这点很容易可以看出来，毕竟家里五个孩子他们都能照顾得很好。造成夫妻巨大矛盾的，是前一个星期的事。

唐天妹怎么也想不到，平日里好赌却也心里有数、有度的男人，会去变卖她的玉镯子赌钱！那个下午，雨下得很大。唐天妹回到家，见陈力看她的眼神有些畏惧，就觉得奇怪。她走进房间随意瞟了一眼，就发现自己的东西被翻过了。

她藏在柜子后首饰盒中的一对绿玉镯子少了一只！这镯子可是宝贝呀，唐天妹呆了，脑子里一片空白。

当陈力唯唯诺诺承认自己拿镯子换了钱赌博时，唐天妹蹲在地上哭了。陈力看着她哭，手足无措。次日唐天妹背上包，带上三个孩子（这几个孩子在放假），把剩下的两个留给陈力，就去乡里和她哥一起住了。

“你什么时候回来？”陈力战战兢兢，“我保证再也不赌了！我一定管好我的手！”

“等我心情好了。”说罢，唐天妹头也不回地走了。几天后她气消了，又想到家里剩下的两个小孩也要照顾，所以就又回到了陈家庄。

她对陈力说：“下次再赌的话，有你好果子吃！”

大女儿陈梅君对小女儿陈竹君说：“看，姆妈发火了。都是阿爸不好。”

三

当唐天妹仍在挂念那玉镯时，镯子已经几经辗转，到了陈柏青的手中。

陈力紧急用钱，所以把镯子卖给陈金根时没有仔细琢磨，只开了300元的价。那镯子可是值钱货，怎么可能就值这么点儿？陈柏青有一次去买烟，便瞧见陈金根桌上还没来得及放好的玉镯子，问道：“嚯，这货好呀，金根，怎么说？”

陈金根说：“要吗？要的话卖你。绝对假不了，我金根的名声算是好的吧。这样，600。”陈柏青刚刚收了工钱，于是仔细瞧了瞧镯子，就爽快买下了。他想以后用来当自己女儿陈许诺的陪嫁嫁妆。金根是个讲诚信的人，所以陈柏青并不去想镯子有假。

其实，600元也是便宜了陈柏青的，但最后悔莫及的一定是陈金根。唐天妹的祖上是官僚，大到什么程度也没人能说出来。唯一的佐证，就是家里曾有一桶“开元通宝”与“乾隆通宝”之类的古钱，但她傻傻地把钱按斤卖给了一个河南来的人。那两个玉镯子是唐家代代相传的宝贝，值两三千绝对不为过。

两三千够夫妻俩快活好一阵了，但谁会去卖传家宝呢？

邹晓兰看见陈柏青买镯子，就数落了他一顿，说他乱花钱，也不告诉自己。陈若缺那时正坐在他们家边上的石阶上，拨弄着绿油油的狗尾巴草，就听见陈柏青夫妻的交谈。

邹晓兰看了一阵，发现这镯子确实不错，就问：“这是600块钱买的吧？不会假吧？如果是真玉，也算便宜的。”

“是真的吧？金根大概也不会骗人，说是唐家留下来的老货，这么个料子，600元的确算便宜了。”

听到这里，陈若缺想到不应该听人家的私事，就走开去了。

油菜不消几天就是丰收的季节，于是陈若缺找陈大伯借了个桶来，好装油菜籽油。陈若缺想着好久不与陈大伯交谈了，就欲找个话题聊聊。陈大伯却先开口了，他跷着腿坐在板凳上，眼睛勾着天边刚刚织起的薄云，说：“我最近心情不错呀！”

“怎么了，有什么好事？”陈若缺说，“我也心情挺好，大伯。”

陈大伯笑了笑，原来陈芹现与乡村教师金门关系不错。“我想着芹儿嫁给金门挺好啊，铁饭碗的公办教师，听别人家讲金门又要去乡里教书了，而且我看芹儿与金门这对能成。”陈大伯说。陈若缺能够理解陈大伯，不过他担心的是金娣疯子的病如果以后重起来，陈大伯又会怎么选择。但这又轮不到他来担心。

老段第二次寄来了包裹，这次又是装帧精美的十本书，陈若缺高兴极了，他的心跳“突突”加快。再看看养蚕赚的钱，简直想大声呼号，高歌一曲。

十本书分别是海涅的《德国，一个冬天的童话》，莫应丰的《将军吟》，李国文的《冬天里的春天》，但丁的《神曲》，还有郭沫若的《女神》，薄伽丘的《十日谈》，弗吉尼亚·伍尔夫的《海浪》，再是海明威的《丧钟为谁而鸣》，丁玲的《太阳照在桑干河上》和鲁迅的《故事新编》。

陈若缺怎么也想不到，他家的书能像如今一样叠得这么高。

四

陈若缺认真地回了封感谢信给老段，并告诉他以后不必再寄。

养完蚕后，蚕架之类的也都收起来了。除了寂寞的土灶在一旁悄然伫立外，没有别的与蚕相关的东西在厅房中。宽阔的厅房再次空了出来，阳光能洒满每一个角落。

在路过菜地时，陈若缺见到金门与陈芹一同在路上追逐。他笑了笑就继续照顾菜苗。陈阿扁家的女儿陈果、唐天妹的儿子陈亮亮和别的几个孩子一起在油菜田里捉蝴蝶。他们回头见到老师金门和一个姑娘在嬉戏，便放开了捉住的蝴蝶跑来把他们围成一圈，大声说："金老师有好姑娘伴啦，大家认师母！"孩子们边笑边拍手。

金门脸红得像一片火烧云，好像是要训斥他们，但也一起笑了。蝴蝶从空中缓缓飞下来，扑闪扑闪黄色的翅膀，捎起地上的几颗尘埃。孩子们纷纷上前，而动作敏捷的陈果最先抓住了蝴蝶。尘埃落定。

孩子很高兴，因为那蝴蝶的颜色是他们从未见过的。于是陈果放开手，让蝴蝶自由远去，只见它又盘旋了几圈，最后彻底消失在无边的蓝天里，化为一缕烟，也许是一丝云。

陈若缺见蛤蟆走来，就问他说："蛤蟆叔，鱼塘怎么样？"

"不错呢！"老蛤蟆答道，又脱下了草帽摆了摆。陈金娣也不知从哪儿跑出来，边喊边叫："下雨啦，要下雨啦！"陈若缺摇摇头，昨天的担忧也加深了几分。

金门跑来，说："妈，怎么出来了？回家去哦！"他就扶着她回去。

陈若缺坐在田垄上，看着老蛤蟆的身形消失在土路的转弯处。太阳的光芒骤减，大片的云遮住了天空。

突然雨倾盆般地下了起来。

五

连日的阴雨让河水浑浊起来。河上流离着黄褐色的土质，与两岸稠状的泥相互呼应着。

好不容易有了晴天，地上坑坑洼洼中蓄起的水都在露面的太阳下慢慢被蒸干了。

陈若缺在油菜地里时，听到唐天妹与邹晓兰正在就绿镯子说些什么。唐天妹虽然不生陈力的气了，但她这些天一直在想办法买回玉镯子。传家宝对于唐天妹来说至关重要。

从陈金根口中得知他把镯子卖给了陈柏青后，唐天妹就去找他。但陈柏青这些天去城里送女儿陈许诺上学，所以就没有找到。正巧的，今天天晴，清新的空气把每一个人都往房子外拽，唐天妹就在油菜田边碰到了邹晓兰。

唐天妹问她说："晓兰姐，你家柏青大哥是不是买回了一个镯子来?"邹晓兰就伸出手臂来给她看："这个，喏!"唐天妹于是解释了一遍陈力的事儿。

邹晓兰戴了几天玉镯子，越想越心疼这600块钱，想着乘机退给人家正好，便说道："行，我600元买来的，你600元给我，我把镯子还给你，乡里乡亲嘛，总不能占你的便宜。"

但唐天妹从陈力口中了解到的是卖了300元，她想陈力是不敢再骗她的，就想一定是邹晓兰想借机赚黑心钞票了。

两个人突然开始吵架，空气在一瞬间被点燃，生出红色的火焰。似乎又迸发烟雾，呛得陈若缺喘不过气。陈若缺记得上次听到陈柏青说就是600元买来的，就明白肯定是陈金根在从中作祟。他想去劝架，但不知道什么力量将他挡住了。

在之后的日子里，每每想起这事，他心里总是无比的惭愧。

周围一片深幽的绿，即使是清新的空气，却仍携着大量的水汽，空气中还沉淀着潮湿的气息，好像人要长出痱子来。

邹晓兰与唐天妹开始扭打起来，而玉镯子"叮"的一声从邹晓兰手腕上飞了出去，落入了油菜田中。

唐天妹白了一眼邹晓兰，就下去找。苍翠的油菜茂盛密集，枝叶繁多，使人眼花缭乱。唐天妹找了大半天也找不到玉镯子。紧张而火爆的气氛让陈若缺心惊胆战，他就悄悄溜了。

陈若缺拿起《创业史》看，却一个字都读不进去。仿佛纸上全是奇怪的符号。

其实这件事，各退一步，是容易解决的。

油菜在一天后就收获了，黄褐色的土地又光秃秃地显露出来，一望无际，一览无余。

唐天妹的玉镯子仍然找不到，广袤的田地上没有一点点它的踪迹。玉镯子到底去哪里了？没有人知道。而邹晓兰的600元损失又由谁来承担？

六

油菜丰收后，少见的太阳却不似既往，一连挂在苍穹上几个白昼。太阳似乎有灵性，能听到人们的期盼与愿望。

陈若缺家的油菜收好后就放在地上晒，阳光，慢慢烘烤着成熟的茎叶果实，直到发出“喀拉”的响声。

几天后，油菜籽已经全部榨成了油。家里的大瓦缸中，金黄色的菜籽油上浮着如白蚂蚁一样的泡沫。油香很特别，一嗅就仿佛是阅尽了人间烟火。氤氲在空中，爬满每一处角落的菜籽油的香，使陈若缺总是陶醉不已。

他想投稿，是那天下午的事，独自一人坐在门口，重读《我的太湖“第四白”》。拿起笔改掉一些错误后，他就想去投稿。

正巧陈葫芦屁颠屁颠跑来，脑袋朝四面转转看看，就问："若缺哥，你干吗呢？"

陈若缺疑惑地问他："你不上学吗？怎么在这儿呢？"陈葫芦的脸一阵黑一阵白，却又摆摆手说："唉，不说这个。""怎么能不说？你可是读书的年龄，怎么说不读书就不读了呢？"陈若缺说道。

陈葫芦坐在地上，嘴噘了起来，一五一十告诉了陈若缺。原来，他父亲不想让他上学，想让他去打工赚钱。"这怎么行？"陈若缺下意识地攥紧拳头："你家又不穷，凭啥不让你上学？你爸这人也是，轻重都不分！"虽然这么说对陈蒲瓜不尊重，但陈若缺的确很生气。

他很奇怪，世界上怎么有这么糊涂的人呢？真是搞不懂。

"对了，你在干什么呀？和我说说呗！"陈葫芦问道。

陈若缺说："我写了点文章，想投稿呢。"陈葫芦听了一拍手，说："你算找对人了，我爸正好认识一个文学杂志的编辑，要不请他帮帮忙？"

"行啊。"陈若缺说，"不过我问你，你想上学吗？"

"想的。"陈葫芦回答说。

陈若缺去了陈蒲瓜家。路上见到陆鸣，就打招呼说："姨，海洋他现在工作顺利不？"

"唉，别提了。"陆鸣摆摆手，"他现在一个人在家里生闷气呢，说是有人举报他贪钱，徇私枉法。"

"啊？那怎么办？他也没有得罪什么人呀。"

"能怎么办呢。幸好村主任职务没被撤掉，通报批评了。他现在呀，饭都不想吃几口！"

陈若缺客套地安慰了一下陆鸣后，就去找蒲瓜。他说明来意后，陈蒲瓜说："行，我问问他投稿怎么个弄法，你到时候等我消息吧！"窗外的太阳在云的反复遮掩下，忽明忽暗，使得桌面上的一盘蜜饯一会儿亮，一会儿暗。陈蒲瓜指了指果盘，说："要不要来点？"陈若缺不接话，说："蒲瓜叔，你想让葫芦辍学吗？直接跟着你打工吗？"

"我现在找到个好工作，让他去打这份工，可不比学习有效？"陈蒲瓜说。

陈若缺说："蒲瓜叔，你这可不对了。首先，你们家不这么差钱吧。总之你为葫芦好吧，对吧？今天葫芦和我说了，他想上学。我总觉得你干的是糊涂事。我有体会，我由于没钱才辍学回来的，生活也很辛苦。我认为学习不只是为了上大学，而是为了教给孩子为人处世的方法与基本技能。你们家是有条件供他读书的，读个中专，大专，直接有工作，城市户口。怎么能叫他不读了呢？"

陈蒲瓜犹豫了一下，若缺接着说："蒲瓜叔，我打包票，葫芦一定会有出息的。你要让他继续读书。我从没和人做过什么保证，可是我知道，陈葫芦是个聪明的人。"

七

那个举报陈海洋的人就是牛爱爱。

事情必须从前一个星期说起，上周五，上头发文件下来了，关于农村计划生育推进办法的文件。牛爱爱被任命为计划生育加强区域负责人。陈海洋知道这是要动真格的了。

不过他心里却存侥幸，想着牛爱爱也是陈家庄人，不至于干出什么过头的事。但是他错了。

陈海洋在接到文件后，就去找牛爱爱。牛爱爱高兴，连走路姿势都变得更加花哨了。“爱爱，恭喜你被任命了呀！”陈海洋说，“那我们讨论一下工作吧！”牛爱爱瞟了一眼陈海洋，说：“其实没啥可讨论的，文件里不是明明白白、仔仔细细写了，照做便可以了。”

“爱爱，大家都是乡亲，要不我们先缓缓，做些劝导就行了，那种强制措施算了……”

牛爱爱马上打断他说：“你这叫懒政。计划生育是基本国策，听说柳天茹怀了孩子，等会儿我要马上去调查！”

陈海洋的脸一阵火热，说：“牛爱爱不要过分了，柳天茹家也不容易，你偏要捅窟窿干什么呢？”

“基本国策！”牛爱爱说着，拍了下桌子以示强调，“我真不懂你唉。阿扁也是的，为什么就不明白呢？”

陈海洋冷笑一声，说：“明白什么？我明白啊，我明白你想升官，连父老乡亲的人情都不顾了！”

牛爱爱恼羞成怒，她的确是想利用这次机会升官，可是被村主任这样说出来，她仍然无法接受。要明白牛爱爱的为人，她可以为了自己不顾一切人的感受。

争吵了一番后，两人不欢而散。而牛爱爱心中的愤懑却无法发泄出去。她于是收集证据往纪委那里发了举报信，说陈海洋贪污。

牛爱爱不能接受任何一个人阻止她往上爬。

八

对陈蒲瓜的劝说并没有取得有效成果。

当然陈若缺也没有抱太大的希望。毕竟蒲瓜也是再三考虑过的。要三言两语就改变他的主意，显然不太现实。陈葫芦来和陈若缺聊了聊天后就去他爸爸安排的工地干活。

陈若缺对他说："葫芦，加把油吧！不上学就不上吧，但自己要有志气，有想法！"陈葫芦笑了笑，说："啧，你这话说得像是老头子一样。放心吧，我不去想有的没了的，我爸也是为我好嘛。"中午，陈若缺从菜地里干活回来，就看到陈蒲瓜坐在他家的凳子上。

"蒲瓜叔，消息来嘞?"陈若缺说道，就把镰刀、扁担、水桶放在墙角落里。"对，喏，这个地址。"陈蒲瓜从淡蓝色的衣服兜里掏出一张白白方方的纸片。

纸片上用油墨印着这家文学杂志的征稿启事。杂志叫《太湖之声》，是文学家徐家书办的。陈若缺记得上学时见同学看过，就想着这家杂志社应该不错。

谢过了陈蒲瓜，陈若缺就把《小记石阶》《小记青杉》《小记落雪》用纸再誊抄一遍，往杂志社寄去。他并没有先投《我的太湖"第四白"》，他自有他的想法。

上次找莫斯礼打的一床被子已经完成了。陈若缺拿了工费，就抱着一条又厚又暖的被子回房间去。莫斯礼是手工打被子的好手，乡里都出名。莫斯礼有个儿子叫管天音，这次也和他妈一同来了。小伙子三十出头，还没结婚。

莫斯礼其实是一个很神奇的女人，她是不同于这个时代的女人，可以说是“独立女性”。她 18 岁去苏州学苏绣，还读过高中，在大师手下学习打被子，得到了师傅真传。但对她的婚姻状况，她总是缄默不言。莫斯礼是带着几个月大的孩子从苏州回来的。没有人知道她丈夫是谁，也没有人能有机会了解到她的爱情纠葛。

一手好的手艺让她赚了不少钱，几乎每户养蚕人家都请她打过被子。莫斯礼的母亲在她从苏州回来两年后就生病去世，家中只剩下莫斯礼与管天音。她就是这样把管天音养大，自己却能精心打扮，学唱戏，学写书法、穿旗袍。要把自己变成上海小姐，或是女艺术家。

去年在过年时，莫斯礼唱了一段越剧，引起了广泛的反响。于是她成了所有妇女的偶像。在生活与矛盾中磨平女性棱角、失去女性柔美的她们，怎么能不崇敬她呢？

陈若缺拿到了被芯，而被套要他自己去买。但他不着急，陈若缺摸着质地柔软的被子，十分高兴。

九

油菜收割后，陈若缺就去整地了。

他把地粗粗翻了一遍。浸润着雨水的土地被向外翻出，“呼哧呼哧”地呼吸着，黄黑色的土壤在吐露水珠，土中镶嵌的小石砾也在静悄悄地享受阳光。陈若缺抹了把汗，想去买条鱼改善伙食。到了太湖边，踩着铺满落叶枯枝的河滩走去，就是渔船停泊的地方。

陈若缺走进一艘船去，发现朱寒露坐在里面，原来是老吴的船。

“老吴！买鱼！”陈若缺大喊一声，但朱寒露马上说：“我爸不在，等他一会儿吧，快来了。”于是陈若缺找地方坐下。陈若缺瞄了一眼朱寒露，又闭了一会儿眼睛。然后他站起来在船上走着。船便开始抖动起来。

“喂！”朱寒露喊他说，“抖得慌，没事不要乱转吧，你以为你在自己家里呢？”朱寒露虽然这么说，却不怎么生气。她早已经不是原来那个疯狂的朱寒露了。陈若缺也知道朱寒露的变化，就客气地问：“阿姐，你现在在读什么书？”于是两个人竟然聊了起来。

朱寒露把自己的故事稍微和陈若缺讲了，陈若缺挺震撼：“没想到你也有这么个故事啊！”

“上次你不理我的那次，我还记得的。不过我也不介意的。”朱寒露说。陈若缺想起之前误会朱寒露的事情，连连道歉。朱寒露莞尔，“何必呢。我想开了。生活就是一地鸡毛，不过态度决定一切。”

老吴回来了，他摘下草帽喊道：“有客人？”陈若缺便跑过去说：“老吴啊，买鱼呢。”老吴把网兜熟练地捞起来，蹲下去仔细看看，就说：“鱼不是很好，弯转挺不错，来一点弯转？”

“行！”

回去的路上，他碰见陈海洋走过。陈海洋看起来精神好多了，脸上似乎挂着笑。

柳天茹怀孕的消息传到了牛爱爱的耳朵里之后，牛爱爱就马上去了解情况。其实柳天茹怀孕已经九个多月了，离生孩子不远了。柳天茹的男人陈莫兰对牛爱爱说：“我们就快生了，就不要管那么严了嘛。”牛爱爱说：“不行，必须打掉孩子。”

陈莫兰早就听说过妇女打胎母子双亡的惨剧，何况柳天茹都快生了呢，肯定要出事的，就去找陈海洋。陈海洋那时正喝茶，听到后一口啐在地上：“呸，这个牛爱爱。岂有此理……牛爱爱她没有常识吗？放心，这个村我才是村主任。她牛爱爱算是个东西？我们家在村里也算德高望重，一路走来也不容易，兄弟我帮你。”

陈海洋一番话说得是震撼人心，把自己消沉的心也振奋起来，他要夺回村主任的尊严，要让村民不受损，要让牛爱爱灰头灰脸地失败！

牛爱爱联系好了计划生育队伍，就在一天夜里去抓柳天茹，却发现只有陈莫兰与他儿子在。原来计划生育队伍里的王医生早已向陈海洋汇报了行踪。牛爱爱是想不到自己的队伍里有“内奸”的，就挨家挨户地找，特别是到了柳亚平家，牛爱爱把柜子里都翻了个遍。

柳亚平气得不轻，血都涨满了脸。她结结实实给了牛爱爱一个头颈拳。牛爱爱碍于自己是公家身份，也不想把事情闹大，只得白了她一眼，悻悻地走了。柳亚平放声大笑。夜晚，月亮已经亮得疲惫了，只有牛爱爱一伙人还在制造喧嚣。

忙碌了一天的人们多少有些窝火，牛爱爱是最急的。一伙人从村前跑到村后，却不见有柳天茹的身影。

在太湖上，漂着一只渔船。它离岸远，所以人们是看不到的。雾气白花花的，把湖上渲染成一片仙境，仿佛仙女下一秒就会从迷蒙的雾中出来。老吴手持着煤油灯，灯光很暗，映在朱寒露与柳天茹沉睡的脸颊上。

月光把她们环抱住了。一叶孤舟静静地浮在如镜的太湖上。

又有谁能发现呢？生命在孕育中……

十

从牛爱爱手里跑掉以后，柳天茹在老吴家的船上住了几天。陈若缺去买鱼，柳天茹正藏在船的后舱里面，而陈海洋也正好要去探望。这是他与牛爱爱的第一场战争。

牛爱爱的女儿陈果在学校里也被同学挤兑。陈亮亮叫她“坏巫婆的孩子”。把牛爱爱叫成巫婆挺形象，毕竟孩子们刚学过白雪公主的故事，对比了牛爱爱与女巫的插画，发现长得很相似。金门听到陈果的哭声，就忙着去问情况，当她支支吾吾地说出那个绰号时，同学们又是一阵笑。

于是金门严肃地批评了孩子们，他语重心长地对陈亮亮说：“亮亮，这样对人伤害很大的，假如别人这么叫你，你怎么想？”

陈亮亮笑了，两排白皙的牙齿熠熠生辉，他挠了挠头，说：“老师，我才不生气呢，我妈妈就算是巫婆，我也是我妈妈的孩子，没什么毛病，我也不会生气呀！”小鸟的叫声传入窗子里，把教室点缀了一番。金门有些想笑，他不知不觉被孩子的天真所感染。但他仍然保持严肃，指挥似的说：“不管怎么样，果果不爱听，也就不应该讲。下次听到我告诉你妈妈。”

“知道了。”陈亮亮说着，跑出了教室。一会儿他又跑了回来，不过手里多了一束玉兰花，他悄悄对金门说：“老师这花你送给你女伴。”然后笑眯眯地递过玉兰花。金门打了他脑袋一下，笑而不语。

陈海洋在家里坐着发呆，就见陈舒曼回家来。他把一张红彤彤的纸往陈海洋面前一拍，就扔下书包跑进房间。陈海洋定睛一瞧，只见是“春节主题创作大赛奖状”！

陈海洋欣喜若狂，他抚摸着“一等奖”三个金色的大字，仿佛要跳起来。他对舒曼说：“行啊，让爸爸抱一个吔！”陈舒曼头也不回，背对着他躺在床上，上下踢了一下腿，说：“要谢去谢若缺哥，又不是我写的。”陈海洋把这个消息告诉了他的父亲陈石克。这位曾经的村主任躺在床上，一手支着弓起腰来，说：“后浪推前浪啊——”

陈石克年纪挺大的，大部分时间都在床上休息，在村里头抛头露面的时候越来越少了。陈海洋向他请教如何同牛爱爱抗衡时，陈石克笑而不语。陈海洋不理解，为什么这个曾经领导陈家庄前行的老村主任，如今却不指点他一二，何况他是石克的儿子！陈石克用手指了指头顶。陈海洋抬头看去，是那幅书法家徐关雎赠予的“冷眼观世”。陈石克慢慢开口道：“起初我也不理解，关雎老头送我这幅字是什么意思。当我年纪大了，我却越明白了……累了大半辈子了，事情我也不插手了。海洋，放手去做你认为对的事吧。世态炎凉……时间才是推动一切的东西。人做的，不过是一片浮云，再壮烈的情怀也经不起时间的消磨。”陈海洋看着父亲，仿佛迷茫的人见到一个智者，不知所措，不明所以。他拿出一盒“利群”牌的烟，点上一支。

他关上父亲的门，在外头猛吸一口，吐出烟圈来。时间又移到了现在。陈海洋把奖状给陈石克看后，欣喜地去找陈若缺。

陈若缺正在菜地里。

陈海洋路过时，见陈若缺在老蛤蟆的地里，就问："若缺兄弟，帮老蛤蟆干活儿？怎么啦？"陈若缺告诉了陈海洋关于换地的事，陈海洋说："难得见他这么豁达啊……"他想到了正事儿，就对陈若缺说："谢谢你呀，上次的作文，获得了省一等奖啊！"陈若缺一惊："真的哇？哦，那太好了！"

中午的太阳照在陈海洋的脸上，仿佛照出了他内心深处的快乐与欣喜。陈若缺其实不理解为什么一个小奖状值得他这么高兴，但他自己心里也是美滋滋的。

陈海洋给了他丰厚的回报。这回报并不是物质上的，而是一种永久的偏袒与关照，在他的奋斗历程中，陈海洋帮了他一次又一次。

不过更令陈若缺高兴的，是文章的被认可。

十一

陈海洋打算给陈舒曼摆十六岁酒。按照当地习俗，满十六虚岁的人须办酒。这是每户人家都必须举办的活动，即使再穷，也要摆上一两桌。筵席的豪华程度完全取决于家庭的富裕情况。在相对贫困的地方是不会有这样的习俗的，这与当地的风土人情都有大关系。在太湖南岸，这个水草鲜美、水网密布的肥沃土地上，人们一般不愁生计。这样，大家就更有了庆祝生活的欲望。

在陈家庄里，阿莉的16岁酒是十分豪华的。基本全村人都清楚记得那天张灯结彩的情景。垂珠联珑、烟火炮仗的豪华超过了大部分人家的婚礼。陈若缺也深深记得他16岁酒。父亲破天荒摆了3桌酒，在份子钱几乎没有的情况下，这花了陈建国不少钱。但他不介意，也不心疼，这是人生一件大事，是从孩子走向大人的象征，又怎么能够不好好整一顿呢？

陈若缺去秧地播种。晴天已经持续了一个多星期，炽热的太阳光烤着土地，土地变得微微硬起来。人们也忘记了大雨滂沱的初春和空气中弥散的水汽。没有了降雨，播种反而变得艰难。费了不少时间与汗水，终于也完成了工作。

老蛤蟆的黑鱼长得越来越大，大概到夏天就能卖了。鱼塘的臭气也好了许多，大概是蛤蟆也不常买死鱼做饲料了。

包子铺的老陈九去世的消息传出，是陈若缺播种两个礼拜后。

老陈九的包子铺开在村头，至今也三四十年了。他儿子陈阿扁并没有子承父业，而是去外地打工了。所以老陈九死后包子铺便关门大吉。

老陈九的死因是心梗。他是在与村里人闲话时突然断了呼吸的。当时一同聊天的是陈风与崔开明。崔大伯对陈若缺是这么说的："我们就看到他两眼发白，突然人僵硬了，就往后倒去。"老陈九也80多岁了，作为高龄的老人，他的去世本不应该引起热议，但这次又不同了，因为他是牛爱爱的公公。

关于老陈九临死前和崔开明与陈风说了什么，已经不可考。两个当事人也记不清楚了。但流言的传播速度却远大于真相。有的说他们正聊牛爱爱的事，讲她如何卑鄙，结果老陈九生气了，一下子血压上来，就出了问题。这种说法自然是有信服力的。陈阿扁与牛爱爱为老陈九办了葬礼。村里人都来看他们哭，似乎有些幸灾乐祸。但陈若缺没有去。

陈若缺有同情心，他认为牛爱爱虽然可憎，但老人却是无辜的。

陈大伯与金阿祥已经相处了起来。两位老人已经开始商讨两个孩子的事儿了。他们都主张，只要孩子愿意就办婚事。金天几天都没有在太湖边上吹笛子了，他的笛子弄丢在乡里了。金天是金家的长子，已 28 岁了。他一直没有结婚，而金阿祥也不着急。

金门同父亲委婉地表达出了自己的结婚意愿后，金阿祥就笑着说："好呀，好呀，我求之不得呢……"金门与陈芹是在秧田旁约定好去同父母说。当然陈大伯也同意了。火珍明显地高兴了起来，走路时摇摇摆摆，脸上挂着明朗的笑。抽出新芽的树木在风的吹拂下卿卿我我，热闹非凡。

婚礼定在两个月后举行。

十二

转眼便进入了夏季。

天晴了几天后，却又翻了脸孔。明明只是初夏。还没有进入黄梅天，雨就下个不停。

乌蒙蒙的天上见不到太阳，光线也很微弱。陈若缺坐在房间里，能听到雨声淅淅沥沥地击打着地面。雨水使人闷热，积攒在屋檐瓦片间的水永远也蒸不干、流不尽，慢慢渗下来。水杉叶小，积不起水来，水就挣扎着攀在细叶的间隙中，费力地托举继续而来的雨水。水滴涨大，变沉，一泻而下，再一次积攒……循环往复。干燥发白的树皮变得沉稳，纤毫的木丝一根根从树木的脱起处整齐地挂下来。不知何日结出的树脂、树露粘在树皮脱落下来后光秃的内壁上，也慢慢在潮湿水汽的蒸腾下软化。太湖的水涨了起来，金天常站在上面吹笛子的大石头也已经在水中享受鱼的依靠了。河里的水位线也涨上来了，把台阶淹没得只剩一层。

陈若缺放下手中的《将军吟》，望着窗外让人无法出门的雨，内心感到一阵厌恶，他把书重重地扔在床上。

鲜红色封面的《将军吟》沉重地发出了“咚”的响声。沉重而内敛，又淹没在了雨声中。陈若缺听到声响后突然一惊，用双手用力地撑了一下桌子，就站了起来。回头看那本书的情况，《将军吟》砸在了被子上，没有破损，只是折了个角。

他呼出一口长气，然后后悔自责起来。他怎么能这样对待他的书呢？他怎么能这样无法控制情绪呢？

因为是夏天，是雨天，整个陈家庄笼罩在不安与烦躁中，自然无一人能例外。

牛爱爱想趁着雨天突然“捉拿”柳天茹，自己却淋成了落汤鸡，她的头发完全浸满了水，她把包重重地砸在地上。“这个女人死哪儿去了？耽误我的好事！”牛爱爱大喊道。陈阿扁也心里烦，大叫道：“爸刚去世，你喊嘛喊吔？”

十三

柳天茹在船上躲了整整八天后，就要生产了。老吴把船靠在岸边，请来了提前约好的接生婆接生。那时雨停了，风吹过树木，激起一层一层的水沫来。接生婆卢慧英小心翼翼地，把工具藏在衣服里。为了不引起人们的注意，她拄了拐杖慢慢地走着。等到走到安静点的地方，她四处看看，确认没人了，才跑去渔船里。

老吴的渔船中生着火炉，温暖而明亮。因为知道生孩子会有动静，所以停得很偏僻，一般人是不会发现的。在太湖上生产不保险，万一出事故也只能听天由命了。

柳天茹在床上呻吟着。她微微摆动身体，却害怕孩子受到压迫而不敢大幅度动。朱寒露关心地站在边上，不停地说："坚持一下，马上来了。"柳天茹说："有点晕，船上下在抖。"然后呼吸更加急促了。朱寒露手足无措，心跳也"突突"加快起来，她这么一个没结婚的女人，面对这种情况不知所措也是很正常的。

正紧张时，卢慧英就摇摇晃晃跑进了渔船。老吴说："卢姨啊，快生了！"卢慧英赶忙把外衣脱了，拿出发黄的剪子等工具，跑去船的后舱里。她一边跑一边说："放心吧，我来了一定没问题！"同样焦急等待的陈莫兰也松了一口气，但仍有些紧张。

胎儿分娩的过程是如何的，朱寒露也记不清楚了。她就站在边上看卢慧英娴熟操作，只回忆得起顺产时血渗下船舱的情景。她目瞪口呆。

躺在床上的柳天茹在不停地叫，即使嘴中咬着布，也能把痛苦的感觉传染给每一个人。特别是对此一无所知的朱寒露。

孩子生出来了，沾满鲜血的娇嫩皮肤像是半透明的果冻。在火光耀眼的炉火边，荡漾着各种光泽。

柳天茹生下孩子后终于放心了，陈莫兰背着她回家，朱寒露帮忙抱着孩子。生产很顺利，母子都很健康。

陈海洋见对牛爱爱的第一战基本成功了，整个人都高兴起来了。他默默想："我果然比那牛爱爱强多了。"他工作也更起劲儿，几天里劝了好几家人让孩子上学，听说上头打算给他颁发奖状来表彰他推进义务教育。

听到柳天茹顺利生产后，牛爱爱气得脸都歪了，但她不死心。她明白这是陈海洋向她宣战，所以她必须取得胜利。陈阿扁见她的样子，就问："你还想怎么样？孩子都生下来了！"

牛爱爱翻了一下白眼，嘴角邪恶地上扬，攥着拳头狠狠地说："我要……"

十四

陈若缺对这反常的天气反而感兴趣起来。起起伏伏的水位线总是给人岌岌可危的感受，太阳的露面也毫无规律。

对于播下去的种子来说，雨水多自然是好事。陈若缺也一改以往的烦躁，开始欣赏雨天。家中的书籍支撑着他思考，也给予他写作灵感。于是在幽冷的房间里，陈若缺拿出本子，开始写起来。他写得很慢。

琉璃瓦 / 陈若缺

我是琉璃瓦。

琉璃，厚重的晶莹感。能理解吗？或是想象清澈灵动的火流进尘埃沙石积满的黄河。我自然不同于玻璃的闪耀，但我是内敛的华丽。在光滑的表面上抹着龙腾般豪华的金黄。

时代跌宕，我已经埋落在太湖底的瓦砾里，虽然说想捞起我非难事，但没有人会去找我。

公白鱼："咦，这石头蛮好看的吆。"

雌白鱼："不是石头哦，你看，发黄的。"

【湖水的水流突然急了起来，远远的有汽笛的声音】

公白鱼："吔！藏起来，小心点。"

雌白鱼："这'石头'下边倒有地儿，挤挤进得去哦。"

【白鱼挤在琉璃瓦的下面】

琉璃瓦："我要被你们挤走了，真是的。"

公白鱼："外地人？不是讲本地话的嘛？"

琉璃瓦："咦。说来话长。我本是沈员外家屋顶的琉璃瓦。想想那天天被人仰望的日子，真是绝了！"

雌白鱼："几百年了哦。"

公白鱼："大清国亡了，你就被扔进太湖啦？"

雌白鱼："懂挺多的嘛。"

琉璃瓦："我是被人揭下来的。具体我记不清了。大概是强盗吧。"

公白鱼："还是值钱的。"

琉璃瓦："哎，倒不是。我又不是什么好东西。你们快走吧。"

陈若缺放下了笔。他这次不知道自己写的是什么，他只是想到哪儿，写到哪儿。虽然说这文章比较奇怪，但他看了仍不止地大笑。

这篇文章多有趣呀，他想。陈若缺打算过几天再写一点构成一组诙谐的小品。面对《琉璃瓦》，他又思考起来：究竟什么才是文学创作？他也疑惑：灵感是来自大雨。那大雨体现在哪儿呢？

窗外雷声大作。天上闪过一道白花花的裂纹来。

十五

如果仔细一点，会听到夹杂在雷声中的尖叫与喧哗。当杂声愈来愈响时，陈若缺也听见了。他赶紧出门去，发现陈金娣站在河边，呆呆地，似乎僵硬成石块。但陈若缺却从中嗅到了一阵恐怖的气息。虽然下着雨，河边仍站了一些人，其中就有面色发青的陈海洋与陈莫兰。

事情必须回溯。

牛爱爱在打探了消息后，确认了柳天茹与刚出生的男婴都在家中。这次她小心翼翼，招了两个外乡人，一同去柳天茹家。听到了风声后，柳天茹有些害怕，但陈莫兰说："媳妇不要怕，孩子都生出来了，他们能怎么样呢？"

柳天茹望着窗外的乌云，仿佛吹了寒风，颤抖起来："我还是担心……"毕竟她刚生产不久，为了安抚她的情绪，陈莫兰说："好吧，我把孩子带到陈风叔家去藏会儿吧。"陈风与陈莫兰是叔侄关系，柳天茹坚持要跟着去，陈莫兰也只能答应。

外面下着不大不小的雨，柳天茹坚持自己抱着孩子，陈莫兰在边上给他们打伞，自己在雨里淋着。柳天茹仰头看，仿佛见天上出现一缕阳光，正顺着河岸弥漫过来，包裹住雨水与乌云，往边上稍微推了推。

雨的确是停了一小阵。

没走到陈风家门口，就迎面碰上了牛爱爱与两个中年男人。柳天茹一惊，忙后退几步往回跑。路上的泥末子全融成了浆水，让她滑了一跤，与怀中的婴儿向一边倒去。柳天茹护着孩子，自己背着了地，疼痛万分。很遗憾，母亲的本能无法再在这受了伤的女人身上谱写壮烈一章了，她只能躺在地上，紧紧抱着婴儿，腰却一时动弹不了。陈莫兰不知道该顾着婴儿还是天茹，急得扔下了手中的伞。

牛爱爱用尖锐的嗓音喊了一声，喊得边上陈金根家枇杷树上的积水都抖落下来。天又倾盆地下起雨来，击打在瓦片上的水滴如千军万马下到人间。两个汉子跑上前去，一个夺过柳天茹手中的孩子，一个与陈莫兰胶着。与陈莫兰相互牵制的中年人更加强壮，看面相不像江南人，也不知道是哪里找过来的。牛爱爱在那个人抢过孩子后，就示意他把孩子往水里浸。伴随着雷声、雨声和孩子的哭声，柳天茹在地上尖叫了一声后就晕了过去。她的担心是有道理的，牛爱爱怎么会这么轻易认输？

牛爱爱站在后方，翻动着嘴皮子，动手比画着，她从始至终没有亲自“战斗”，这自然是她的狡猾之处，因为这样，即使出了问题，也有两只替罪的“羔羊”呢。

壮汉把孩子浸到水中的一刻，陈莫兰大吼一声就扑出去，

但他抵不过挡住的那个汉子，头上被扎出一个血口子来。血慢慢地流过陈莫兰的眼睛与左脸颊，像一条红蛇。

牛爱爱微微一笑，得意极了。

孩子在水中扑腾，危险万分。但陈金娣突然从河岸跑了过来，猛抽了牛爱爱一巴掌，就去救孩子。金娣是疯子，疯狂的力量自然很强，她咬住把孩子浸在水中的汉子的手臂，再猛地推他。汉子一个没站稳，居然掉进了河里。金娣于是趁机抢过了孩子。

牛爱爱一捂脸，说：“没用的东西!”就上前去追金娣。

可是她又怎么追得上？只能看金娣抱着孩子，马上不见了踪影。

巨大的声响惊动了关紧门窗在家中休息喝茶的父老乡亲们。而牛爱爱呆呆站着，也不打算再进行这场“比赛”了。

柳天茹缓缓醒来，望见四周是砖瓦墙，陈莫兰焦心地在她身边徘徊着。

“孩子呢?”柳天茹以极细的声音问。

“被金娣姐救下来了，现在藏在村主任家里呢，我看牛爱爱是不会再妄动了。”

窗外的雨仍在下着，河边上留下的血在水的消释下慢慢化作了网格状。有人说这是陈家庄这个水网密布的村庄的地图……

十六

过了几天后，牛爱爱家门口晾的衣服，连同衣架一起消失了，她的田里也出现了许多被人严重践踏的痕迹，还有蔬菜，瓜果，不是被人采走，就是被踩烂了。

看似粗糙的报复并不来自陈莫兰家或是陈金娣家，而是村主任在其中捣鬼。

陈海洋见自己完全败下阵来后，气得直跺脚。没有办法，他只能先去买一些水果向柳天茹表示慰问。这是他发自内心的关心与同情。陈海洋想，既然在做事上赢不了牛爱爱，就可以把矛头指向她个人。但是他费了几天工夫都找不出什么黑料。于是陈海洋打算去干点“亏德”事。他在夜里偷偷出去，在没有人时把牛爱爱家没有来得及收的衣服偷走，扔掉，把田地弄乱。陆鸣也支持陈海洋，毕竟陈金娣是他的表妹。

在这场报复出现后，没有人觉得是陈海洋干的。因为这种报复方式的伤害度太低了，效果也很微小，但这恰恰是陈海洋的高明之处，给她点儿颜色看看就够了，还能怎么样？陈海洋这么想着。

陈金娣的疯病在那次事情以后愈发严重。她胡乱跑闹的时候也越来越多。这天正好是阴天，可是水位线却仍然不低，灰色的云朵一层与一层连在一起，把人世间裹进一个灰色的蛋壳之中。太湖水浪很急，岸边常会水花四溅。雪白的水点如珍珠一样撒下，发出的声音中蕴含自然之力。

陈若缺去拜访陈风。师父陈风见陈若缺来了，很高兴，就招呼他坐下，说：“好久不来看我了呀？”陈若缺不好意思地低了低头，然后拿出准备的礼品，说：“师父，我上次去买东西，刚好顺便给你拿来了。”陈风从椅子上站了起来，把窗帘拉开一个小口子。看到外头仍不出太阳，就失望地丢开窗帘的一角。

陈风思索了一会儿，开口道：“徒弟，你今年20多了？”陈若缺说自己快到了，陈风说：“我打算把小女儿木兰给你，你觉得怎么样？”陈若缺一惊，说：“师父，还早呢……”陈风说：“是早，所以先给你时间考虑考虑。到法律规定的年龄还有好几年呢。对了，你不想也没有关系哈！”

陈若缺在谈话结束后便回家了。一路上他思绪万千。结婚对于他的确还早，但是也可先认识一下，了解一下。在农村，哪有这么多选择？其实陈若缺心里是感激陈风的，他早已听说木兰是一个有才华又勤劳的好女孩。路很滑，青苔与地衣在地上肆意生长着，为大地点染一点脏乱的绿。

突然他听到水里有声音，起初他并没有在意，但是当持续了一段时间后，他意识到了不对。他转头一看，发现陈金娣站在河里，河水有她齐肩高，她却不太害怕，自顾自在水里捞什么东西似的。陈若缺一惊，就跑去拉起陈金娣。一个疯子会干什么事可是无法想象的，所以陈若缺很是担心。

陈金娣的衣服全部都湿了。衣服上的牡丹图案浸泡后颜色不再那么显眼。她在陈若缺拉她时没有反抗，很听话，似乎是一个犯错的小孩子。见到这种变化，陈若缺只觉得一阵可怕。一个人的精神健康是多么重要啊……

把陈金娣送回金阿祥家后，金天给陈若缺泡了一杯茶。金天说："唉，我妈现在这样子，我很担心。今天多亏了你哦。上次的刺激真是太大了……"

陈大伯也有些担心，为了金家的事，总与陈芹争吵。

十七

陈若缺望向窗外，心中有些担心。夏日的阴雨已经把一切都泡软了，仿佛一碰便会塌去。今年的雨尤其多，这是陈家庄所有人都心知肚明的。但是谁也没有想到雨水是几乎不会停下来了……农民们看着地里的菜被水所淹没，也没有任何办法。水稻倒是不用担心。可真是不必担心吗？

太湖已经不安定了……

陈若缺在这一天恰好碰到了陈风的女儿陈木兰，他便打了声招呼。陈木兰回过头来，朝他笑了笑。她正坐在屋檐下休息，呆呆看着雨水"哗啦啦"地打在泥地上。

陈木兰对陈若缺招手，示意他到自己身旁坐下。路中间正好有道凹陷，在雨的填充下如同一道水沟。陈若缺跳着过去，仍不免溅起几朵水花，把远处被雨打得倾斜的绿树倒影渲染得更加浪漫。"我爸说的事——你，是怎么想的哇？"木兰轻轻地说，有些害羞。陈若缺稍微放松了一点，农村生活已经把他少年的天真与拘谨全都打碎了。他说道："先相互了解嘛，不急，反正我们还很年轻呢。"陈若缺随手从地上扒拉了一株小白花。没有阳光沐浴的花朵显得很孱弱，花瓣已经所剩无几，陈若缺两只手指捏着茎儿，轻轻地转动着。

陈木兰是识字的，重男轻女的风俗在陈家庄早已消退，陈风家有钱，自然更重视教育。陈风把木兰送去的是城里的好学校，她在那儿读了 8 年书，一直读到了 19 岁。陈木兰不仅识字，也会数学、地理、生物。陈若缺与她坐在一起聊着上学的故事，竟发现在一部分事情上，陈木兰的见识比他还广，不觉得他的脸颊红了，就开始后悔起来。他自责为什么自己当初不认真上学学东西，只是沉迷于看课外书呢？这并不是说他多么痴迷书，只是心智不成熟，不分轻重罢了。但过去的日子已过去了，又有什么自责的必要呢？

陈木兰谈吐比较文雅，而且是一个能干的女孩。她指着身上的衬衫说："看，这是我做的。"陈若缺看了眼她的穿着，注意到了那件精致的衬衫。"是你缝纫的？"他问。"不难呢，学校里的教学内容很广的呐。"陈木兰笑着回答。

两人的第一次谈话就这样结束了。雨越下越大，陈若缺赶紧回家去。稻子还没有抽穗，根茎已经很粗壮了。它们顽强地与大雨做着斗争，在风中坚强地挺着腰杆。

还能不能丰收呢？陈若缺想。他不能肯定了，他有预感，这场大雨，是不会以平静的结局收尾的。

不知从什么时候开始，陈若缺总喜欢在父亲的房间里读书。今天他很高兴，脸上闪耀着光泽。他又体会到了那种感觉，与谢润清在一起的那种感觉。谢润清离他远去，可陈木兰来了，而且她给陈若缺的感受要比谢润清更真实、更令人舒心。

陈若缺望着窗外灰蒙蒙的天，他的心中有一个声音一直在作响，就是她了，就是她了。

第七章：太湖咏调

苏格拉底：我亲爱的阿狄曼图思啊，即使是在很小的事情上，人的能力也有限。

——柏拉图《理想国》

一

陈钢打算取消与金家的婚约。

离原定的婚礼时间，只剩下了几周。

二

陈金娣的病情愈加重了。自“田案”以来十多年，她都一直是半疯半醒的，也没出什么事。金阿祥很担心，他既为金娣发愁，也为儿子金门与陈家的婚事发愁。见到陈金娣的现状后，陈钢陷入了纠结：教师的铁饭碗也好，门当户对也好，但他怎么能把女儿送入这样一个家庭呢？他不是不相信金娣的本性，可谁知道疯子会干出什么事啊？结婚可是一辈子的事呢……

陈芹也不高兴，几次与父亲吵下来，她心里也变得纠结。

她是那样爱金门，金门也是那样爱她，但她也不得不承认父亲说的话有理。可是，怎么能放弃呢？这也是不现实的。

雨接续不断地下着。太湖广大的胸怀却也战战兢兢。你听太湖发出“咕嚷”的声音传得很远，其实它在歌唱着。陈家庄每个人都听得到这太湖咏调，但谁也无法读出这旋律中挟带的内容。

不过引起这一切的根由是那桩“田案”。不然金娣又怎么会疯呢？其实“田案”也和陈家庄的大小琐事一样可笑，一样不可思议，只是它更加血淋淋……

三

金阿祥记得很清楚，到今天，那时的情景仍了然地在他的脑海中展现出来。可是他不会轻易去回忆“田案”了，因为每当回忆起事件的始末，他眼前就又会出现陈淑瑶那一张苍白如纸的脸。

真是可怕啊，于是金阿祥的心就会猛地跳动起来。

阳光很是猛烈，土地上的庄稼耐着高温，顽强地挺立着。早晨的露水慢慢变成水汽，糅合了四周的蝉鸣，在空中不断起伏。夏日，刚刚过了繁忙的双抢季，人们获得了短暂的休息时间。然而太阳仍是很勤奋，正像在太阳下劳动的陈金娣般。

老木桩是几年前埋下的，标志着她家与陈淑瑶家田地的边界，红丝绳也不知系了多久了，在微风下轻轻摇晃，展现它脏乱不堪的妩媚。陈金娣看着手中剩下的一把红薯苗，有些不知如何是好。她舍不得扔掉，可是也没地儿可以挤着种了。

陈金娣看看四周，想出一个办法来，她想偷偷把自家的地往陈淑瑶家那儿扩一扩。开始她有些慌，不过她又给自己壮胆：不是什么大事体，又不放火不抢劫，怕什么？陈淑瑶与他男人陈水根在家里休息呢，村里人也都不在附近。于是金娣马上动起手来了。老木桩给陈金娣提供了条件，毕竟是干枝死根，移移位也不会有什么破绽。不像有些活植物，根系伸得深，又纠缠在一起，可是移不动的。把老木桩移了半尺后，陈金娣仍不满足，就再往前移了半尺。

还是太贪心了。

陈金娣挺高兴，她确信做得天衣无缝。但金阿祥好像并不为此高兴，他说："你这样总会被发现的！到时候我也惹麻烦！"没想到，还真的就被他说中了。

陈淑瑶发现田界被移动，就是三天后的那个夜晚。7点，月亮才刚刚升起，太阳的余热还未完全被月光洗净，村庄也还没安静下来。人们大都聚集在村口或是村尾，陈水根待在家里正剥瓜子吃。

他刚和陈淑瑶吵过架，而陈淑瑶也正是因为这个才出来走走、散散心。陈淑瑶常常感到不满与厌恶，对陈水根。她不明白，一个男人怎么会是这样的。在家里无所事事，赌钱抽烟，虽然不打陈淑瑶却也足以使她厌烦。陈淑瑶也想过要离开这个男人，可这种想法只在她脑海中闪现了一下，就消失了。她想：女人怎么能离开男人独自生活呢？这成了一把枷锁，把陈淑瑶锁住了。

现在，她在自家菜地里走走，看前几天播下的菜籽发芽了没有，她不想找村里的姐妹们聊天诉苦，原本和老吴家的朱寒露还能交交心，但是几天前因为和村里一群女人聊天时，被朱寒露抢白了一顿，也就不想自找没趣了。这时候，她只想安安静静地待会儿。月光轻轻洒在禾田上，干硬的土地也仿佛浸着水。陈淑瑶走到田头，把手扶在老木桩上，转身望向不远处亮着灯的家，怎么都感觉是个空壳，一点儿温暖也没有，一点儿盼头也没有。突然，她发现木桩子松动了，随着她的倚靠，左右微微摇晃了几下。陈淑瑶奇怪，便蹲下来仔细瞧，这一瞧就发现了不对！

她想了又想，只有一种可能。陈金娣家把田界私自移动了！于是陈淑瑶猛地一跺脚，很是生气。

陈金娣还是没有做到天衣无缝啊……

四

陈淑瑶生气地敲金娣家的门，却发现她家人不在。原来金阿祥正与陈金娣在村主任家吃饭，陈金娣是海洋老婆陆鸣的表妹，所以两家也算是亲戚。

陈淑瑶气不过，这件事给她带来的气愤是无法言述的。她怎么也想不到平时和和气气的陈金娣家会做出这种事。就是觉得她傻呗？就是不把她当回事儿呗？家里男人这副模样，邻里也这副模样，叫她可活个什么劲？

不过陈淑瑶先回家了，即使陈水根的行为仍让她心烦。天上的星星不安定地闪着，黑漆漆的夜晚也在不停颤抖。“陈水根，我们家田界被移了，你说怎么办吧？”陈淑瑶说，“你是一家之主，这事啊可归你管！”

陈水根把瓜子皮扔在地上，笑了笑，说：“你不是嫌我没用吗？我就这样了，这事儿我还真的不管了！”陈淑瑶的脸青一阵红一阵，她抢过陈水根手里的半包瓜子，“哗”地撒向陈水根的脸。“我真作孽了！”她喊了声就跑进房间把门锁上。陈水根在厅房里梗着脖子，阴阳怪气：“今天又要躺外头睡啦！”陈水根从不打陈淑瑶，可是这番模样的男人又比打女人的好得了多少呢？

还是得陈淑瑶自己去解决。

一大早，陈淑瑶起床了。她打开锁，出了房门，朝仍在沉睡的陈水根瞪了一眼，就出门了。陈金娣在菜田里浇水，不知一场风暴马上就要到来。

天色很好，万里无云，风烟俱净。远处的太湖波光粼粼，让人眼花缭乱。从渔船上买鱼的陈建国刚刚走过，漏下的水形成了一条漫长而圆滑的曲线，在阳光下如同金色的彩缎，延向远方，愈来愈细，直到渐渐迷蒙。屋顶的黑瓦上，青苔分布得很广。一阵风忽然吹来，松动的瓦片微微摇晃。

“金娣！”陈淑瑶喊了她一声。陈金娣转过身来，当看到陈淑瑶那板着的脸时，心里就“咯噔”一下。但她仍强作欢笑，提高声音来掩饰心虚：“呦，淑瑶呀，有什么事吗？”

“你少装出来，自己做了什么不清楚？”陈淑瑶说。

陈金娣作不解的样子：“什么呀？妹子，我是真的不清楚呀。”

“你移我们田界干什么？”

“哎哟，我怎么会干这种事呢？你弄错了吧。”

“我们拿尺子量好不好？我去请村主任来看看。”

陈金娣明知理亏却不愿退缩，她一副义正词严的样子：“妹子，你这么冤枉人不好的，乡里乡亲这么多年了，你这样血口喷人让人怎么活呀？”

“什么，我血口喷人，我冤枉你……让你不能活……到底是谁不让谁活了啊？”陈淑瑶感觉胸膛里好像有一股血要喷涌出去，化成了眼泪，“哗”一下爆发了出来。

“到底是谁不让谁活了啊……”脑子里一直回荡着这句话。陈淑瑶哭着跑回了家中，看到躺在前屋呼呼大睡的陈水根，从头凉到了脚。突然，她看到了门角落处的农药。

拿起农药瓶，陈淑瑶又飞快地冲了出去。她对着陈金娣哭喊：“我陈淑瑶没冤枉过一个人，今天，我用我的命来证明。”陈金娣面色铁青，她的所有自信与骄傲都荡然无存。太阳光很猛烈，陈金娣眼前一阵发白，心也猛烈地跳动。她来不及拔腿，身子前倾，伸出双手来。“妹子，你别冲动，咱有话好好说，妹子你别想不开呀！”然后她又回头朝陈淑瑶家的方向喊，“水根快来呀，快来呀！水根……”水根翻了一个身，继续睡觉。

陈淑瑶听到她喊水根后，心情愈加烦厌。她“呲”地打开农药瓶，就连喝了三口。苦而刺鼻的药味在口中不断翻腾，陈淑瑶觉得这药仿佛是水根，是金娣，是一切的不美好与灰暗。她将它们喝下去，完全消解。哪怕见不到光明，她也要与邪恶一刀两断，不要再来了……

可是，她后悔了。

五

陈淑瑶静静地躺在卫生院里，她刚刚洗好了胃，她的眼里仍堆积着泪花，眼睑泛红微肿，由于反光，眼珠子一闪一闪，十分明亮。陈水根站在一旁，单脚撑着墙，冷冷地说："你事儿真多。"陈淑瑶想和他吵一架，但她还是压住了火气。她望向窗外，正是午饭时间，家家户户的烟囱里都冒出一朵一朵烟来。何必呢？她想，干吗气自己呢？

金娣主动去窗口交了医疗费用后，又匆匆忙忙赶来病房。她噙着泪说："妹子啊，好点没？都赖我呀。"陈水根本想插话，但看见淑瑶给他的眼色后，就悻悻走开了。陈淑瑶经过这么一些事情后，怒气发泄出了许多，又听到金娣态度这么好，也就释怀了："没事，没事。哎，我那时也是一时冲动。"

"妹子，还是我的错。"陈金娣说，"下次我一定不会干这种缺德的事了，我真的后悔呀，咱们老金也说我做得不对，我也没听他的。"

陈淑瑶微微一笑，说："我再挂几瓶盐水就好了，你放心吧！"她闲着无聊，便与陈金娣聊了聊男人陈水根。陈金娣告诉陈淑瑶的话，让她有了些决心。陈金娣说："你就看看莫斯礼，一个女人上养老母下养儿子，不也生活得好好的嘛！我们羡慕也来不及呢！女人需要男人是因为两个人相互帮衬，他只拖累你，不帮忙，那是一点儿用也没有呀！"

陈淑瑶说："那我和他离了吧？"

"看你呀。"陈金娣说，"你要有自己的想法，离了也好不离也好，一个人也好改嫁也好，自己要多想想自己。”一旁站着的护士不太耐烦，她冷漠地对金娣说：“好了好了，别聊不完了，还有两瓶盐水就好了。”于是推开陈金娣，把空盐水包换下来，再挂上一袋新的。

滴答，滴答，盐水一滴滴地，淌入陈淑瑶的手臂，血管，心脏。她很平静，一动不动地想着。病房里也很安静，可以听得到风声。

陈淑瑶终于下定了决心，她睁开双眼，感觉一切格外的明亮。离婚吧，离开他吧！陈淑瑶觉得自己整个人都放松了，她脱开了生活观念，脱开了一切给她套上的沉重枷锁！

好呀，真好呀，终于真正解脱了，我想要的生活终于来临了。为什么液还没有输完呢？快一点吧，快一点吧。

陈金娣在家中的凳子上坐着，心里也很安逸，她已经把田界移回了原位。

陈淑瑶眼前的最后一个画面，是几个穿白大褂的医生、护士。他们嚷嚷着，朝她身体里注射各种东西。风扇轰隆轰隆作响，发出了摩擦产生的尖锐铁片声。然后是白色的墙壁，墙角的魔鬼蛛。她呼吸越来越急促，眼里透露出迷茫与绝望——那是她望向世界的最后一眼。

那名护士在一旁瞪大了眼睛，她紧张又害怕。她身子在激烈抖动着，牙齿发出响声也可以被听到。“不关我的事，不关我的事啊！”她一边喊着，一边抱头蹲在墙角，人缩成一团，越来越小，好像要融进墙壁里。她或许是希望自己融进墙壁里吧。

“戴冬梅！”主任大叫了一声，“你给病人输错液了，导致其过敏死亡。”他接着说，一个个字吐得很清楚。戴冬梅不知所措，脸色惨白。

陈水根看着陈淑瑶，也轻轻叹息了一声：“你们说怎么解决?”水根冷冷地说着，最后撩了一下陈淑瑶的头发。

“我们会承担责任的。”主任坚定地说着。

陈水根冷冷地笑着，他心中又有一个大计谋。他把陈淑瑶扛了回去，横在金家门前。陈淑瑶的眼睛还没有闭上，眼珠子却早已灰蒙蒙的。一切喜悦与期望都一扫而空，最后却是这番结果。黑白相间的鸟儿盘旋在空中，田鸡也更努力地叫着。它们是不会说话的，但它们有眼睛。它们唱的是挽歌啊……但又有谁听得出来呢?

陈金娣与金阿祥看到陈淑瑶的尸体吓了一大跳，他们不知所措。水根不冷不热地说了缘由后就找他们家要钱。老村主任陈石克出面了，却也无法平息。水根与金家吵了起来，甚至已经与金阿祥打斗在一起。院子里很不安分，鸡鸭鹅都从棚里跳了出来，四处乱跑。鸡毛鸭毛鹅毛在空中飘散开去。

“要死了!”陈金娣大喊一声，也晕了过去。这场闹剧终究在水根拿到钱以后结束了。陈水根草草埋了陈淑瑶。金阿祥记忆深刻的是陈淑瑶那张苍白的脸，那张充满绝望与不解的脸。她仿佛在问：“为什么呀? 为什么呀? 为什么呀?”

陈金娣慢慢醒来，于是乎开始大笑，她的精神已经不正常了。

院子里一地鸡鸭鹅毛。

六

陈若缺收到了一份包裹。冒着雨去取包裹费了他一番周折。不会是老段又寄书了吧？他掂了一下，发现包裹不重，就排除了这种可能。

到底是谁呢？在拆开包裹前，陈若缺都没有想到。

“原来是这个呀！”陈若缺跳了起来，大声惊呼着。脸上漾着极致快乐的笑容，仿佛一挤便能挤出一桶的开心来。

他刚刚拆开了包裹，是一本装订精美的《太湖之声》。原来是投稿被刊登了呀！陈若缺一拍脑袋，惊叹着自己忘了投稿这回事儿，其实只是不抱有什么期望罢了。

随刊还有 20 元钱与一封短信。

尊敬的桑石同志：

您的作品《小记青杉》《小记落雪》《小记石阶》被我刊编辑部编入《太湖之声》102 期第 62、63 页的“文学百花园”中。稿酬为 20 元。您的作品令人感动，字里行间透露出了对农村生活的思考，为人们拉开了一张乡土的牧歌式图画。

现向您征稿一篇，有乡土特点的文/诗。希望您踊跃来稿。

（附：有问题可以直接与我写信联系，地址，湖州市天华社区 26 号，邵子英收）

《太湖之声》编辑部 邵子英

陈若缺看了信心潮澎湃，觉得一阵热流在弥漫他的全身。他翻到了62、63页，看到他的文章被工工整整、字迹清晰地印在了上面，甚至有社长陈家书的亲自点评："桑石的文字是典雅有力的，却也给人缥缈与浪漫的感受。他拾起落在地上的粗粝石子，并将其打磨成珍珠。"

"桑石"是陈若缺给自己起的笔名。受到这般待遇后，陈若缺反而有些紧张，他受宠若惊了，把信保存了起来，因为他想与邵子英联系或许在未来是必要的。

陈若缺知道自己不会像谢润清一样一举成名，可这样已经使他足够高兴了。他感受到了自己的人生价值。

于是他把《桑树之歌》经过一些修改后又寄了出去，他对这首诗也有足够的信心。他仍是没有投稿《我的太湖"第四白"》，他有自己的想法。

陈若缺拿着20元钱，虽然不多但也沉甸甸的，陈若缺已经通过自己的打拼，攒下不少钱了。

真是值得高兴啊。

七

这是一个好日子。说它好自是有原因。日期好，是个吉日，这是一方面。另一方面，陈家庄迎来了晴天，这是放晴的第二日。太湖的水面下降了一些，水位却仍是很高。水里浑浊的泥沙也更多了，河水大致是赭石色，也像脏了的胭脂。上头漂浮着各种七零八落的杂物，有鸡毛，有枯枝败叶，有碎木片。它们大都是从上游漂下来的，但不排除中途落入河中的可能。

村里格外热闹，人们都出来呼吸新鲜的空气，享受阔别已久的太阳。当然人们不能闲着，由于下雨而积下来的农活必须马上提上日程，而且雨还造成了许多堵塞与淤积，不在双抢前处理好是不行的。陈若缺赶忙去地里拔草，所幸草长得也不欢，所以拔草并未费太多的时间。稻子显得比较颓废，呈现出生机不足的样子，它们软趴趴的没有力量，好像是一个骨头酥化的人。陈若缺有些不知所措。陈大伯在一旁做活，看到陈若缺的表情也就明白了。"阿缺啊，稻子是不是都耷头耷脑，长不好啊？"

陈若缺听到这个亲切的声音后有些感动，他想起因为下雨，总是闷在家里读书，很久没有同陈大伯交谈了。想起之前陈大伯给予他的帮助，陈若缺感到心里温热。他说："哎，大伯呀，这个情况太阳晒晒是不是就行了？"陈若缺猜测了一番。陈大伯一拍手，显得高兴："你格个都晓得呀？格么我放心喽。阿缺呀，你真的成为一个好农民了！"

陈若缺有些惊讶。不过他想想也是，能猜中也得有生活经验啊！看到陈大伯的笑脸后，陈若缺真正注意到了他的神情。陈若缺发现陈大伯的皱纹更加多了，脸上也仿佛笼罩了淡淡的忧伤，他的眼睛也不如之前那么明亮，显得黯淡无光。鬓角的白发也多了许多，像爬山虎一样从鬓角爬向上方。陈大伯老了。是啊，到底是怎么回事呢？

陈芹在知道陈大伯要退婚时大哭了一阵子，但陈钢依旧坚持自己的想法。金阿祥不置可否，只是希望给些时间，他说："婚期可以延后嘛，这都不急。咱慢慢来。"火珍去找陈芹吃饭，却找不到她人，就担心她想不开。陈钢听到陈芹失踪的消息后也倒吸了一口凉气，以致心脏病发作，差点送医院。

外面下着大雨，火珍在村里喊了几遍，乡亲们也一起找了一番，都没有发现陈芹的踪影。火珍是一个特别的女人，她不会坐在家里大哭的，她就算走遍天下也要找到陈芹！

晚上一个女孩来找她，火珍也奇怪，好像在哪儿见到过似的，竟然有些眼熟。那个女生说："阿姨啊，我是陈芹同学，隔壁廖家门的。她在我屋里呢。本来以为她来我屋里玩的，可她说要过夜，我就放心不下，先来说一声。"

哦，原来是陈芹同学啊，好像一起来家里吃过饭的。

火珍长舒一口气，陈大伯从房里正走出来。火珍说了陈芹的事后，陈大伯也长舒一口气，两人如同皮球泄气一般，看上去有些好笑。陈大伯发过心脏病后脸色惨白，慢慢地说："让她住吧，她什么时候想回来就回来。这位同学，给你添麻烦了，谢谢你啊。"

陈大伯虽然看着平静，却思绪万千。两天后陈芹回家了，她哭着拥抱了他与火珍，他却淡淡地问了声好，就上楼去。不是他冷漠啊，是他不知道如何面对女儿，如何同女儿谈心了。

陈大伯的白发变多也是在那个时候。

前面说过这一天是吉日，这样的好日子被陈海洋看定也是自然而然的。这天正好也是给舒曼办 16 岁酒的日子。陈海洋是很看重的，所以场面也自然隆重。陈海洋不是老蛤蟆般的大商人，所以儿子的 16 岁酒也比不上阿莉生日时的阵仗。可村主任追求的不只是“富态”，还有“乐态”，他打算让这场16岁酒宴变得特别，让村民们永远记住，也让儿子引以为傲。

陈若缺收到请柬还是一个星期前的事了。陈海洋亲自打伞送了请柬来，还与他寒暄了几句。陈若缺想，陈海洋怎么知道今天放晴，在看到村主任家角落里躺着的大雨棚后，就知道他有两手准备——不愧是村主任。来吃饭的除了金家三人与陈风家六人以外，基本上都是陈若缺不认识的。一桌是舒曼与和他年龄相仿的人，料想是同学朋友，角落一桌是戏班歌班的人，还有厨师，料想是要演出。海洋儿子陈舒曼的16岁酒办15桌，还请了个“主持”，海洋啊海洋，也真够新潮的，也真够“西洋”的。虽然没人说和阿莉办16岁酒时那样像婚礼，但人们都赞叹不已。

吃完饭是表演，演了出越剧与七首民歌，一直到下午三点钟才结束。村里挺热闹的，临时搭的戏台前挤满了人，又让陈若缺想起了蚕儿熙熙攘攘的模样。戏唱的什么陈若缺记不清楚了，只记得收场后主持疲累地坐在台阶上，抹去了粉才发现相貌迥异。“妆画得这么浓？”陈若缺问。“唉，村主任一定要这样，我也没办法。”

金天与金娣在家没来，金阿祥不敢把她一个人留在家里。金天说：“姆妈呀姆妈诶，你病起来可是苦了伢呀！”金娣只是笑，仿佛没有听见一样。牛爱爱没有出现，他们一家搬离了陈家庄，有传言说她被上调还是下调了，不过具体原因并没有人清楚。

村里人都赞叹陈海洋，听潘阿亭与邹小兰说，那几个戏班子老板是村主任的老朋友，一块钱都没收，就当助兴了。陈海洋也是精明的人，去做生意也许也是一块料。

太阳的出现让村民的担心慢慢消失了，16 岁酒也像是村主任的动员大会，使人们投入到了农业生产之中。却不料一阵“风暴”正悄然逼近。而之前的大雨都只是这场风暴的一个引子罢了……

八

“水漫上来了！”

“发水了！”

村民一声声的喊叫震动了本就喧嚣的夜。空气中弥漫着紧张与不安，人们手足无措，有的在不知目的地徘徊、奔跑。雨如同冰柱一样根根从天上密密地坠下来，甚至打在地上发出刺耳的声响。从未见过如此大的雨，用“倾盆”来形容不为过，只要人一出门，就会在瞬间全部湿透。

黑夜已经没有安静与黑暗了，打着手电筒的人在大雨下奔来奔去观察情况，有几个孩子在哭泣。钟表的指针指向三点，也说明离天亮不远了。但看得见太阳吗？

上次晴天后就马上开始下雨，连着下了三天后在这一夜下到了最大。水从河里漫上来，一层层往外铺开，已经上涨了几厘米了。风也很大，呼呼地让人走路也难。陈金根家门前的白炽灯被吹得摇摇晃晃，一闪一闪，忽明忽暗。树枝七零八落飞下来，打在窗户上，“嗒嗒”作响。雷声轰轰隆隆，亮白亮白的光刺人眼睛。

老吴的船仿佛随时要被冲走，绑在岸上木桩上的铁链子也不停地抖动，发出尖锐的声音，仿佛婴儿哭泣。让靠近太湖的人家心惊胆战的是湖的情况。它好像积攒不住大雨了，湖水翻滚，向前后左右拼命地涌，在岸头形成一个个大水浪，好像是钱塘江的回头潮，还激起水花来。

黎明，雨转小了，雷电吼了一晚上也歇息了。在外头看情况的人都揿灭手电回家去了，他们早就淋成了落汤鸡。止住阀门的天空微微转白，人们暂时松了一口气，纷纷与家人讨论再次发水的可能性。

人们都觉得可能性不大了，松了口气。

陈若缺继续躺在床上看书，他的心理素质不错，不像一些人已经惊慌失措了。他早就把钱和必需品打好包，真的发水了也可以直接跑。他觉得自己没必要做什么去对付大雨大水。陈建国的房子质量出奇的好，不漏一滴水。真的发水就跑桑树地里去，那儿高，水淹不上来。

伴随着急促的敲门声，老蛤蟆进来说："兄弟，去黑鱼塘帮我捞鱼吧！捞到了都给你！"然后他又急忙去下一家敲门。因为陈若缺家有几个台阶，所以水丝毫没有漫上来。他不禁感叹父亲的智慧。

陈若缺披上雨衣，提上桶抓起网兜就去鱼塘帮忙，雨虽然变小了但仍猛烈，尽管穿着雨衣，但很快湿透了。到了黑鱼塘，发现已有好几个人在了。在这种情况下，乡亲们仍有说有笑，昨晚的担忧已经消融在老蛤蟆的鱼塘中了。

鱼都在乱蹦乱跳着，于是陈若缺脑海里又浮现出了那段记忆。但那阵恶臭已经在脑中消解，被忘却了。鱼塘的水也漫出来了，几条鱼都顺着水逃走了，有些或许在水退了后会被晒干，部分幸运的就获得了自由，进入太湖。陈若缺一下兜了十六七条鱼，由于鱼在乱蹦，所以抓鱼相对容易。来的乡亲越来越多，他们也很快抓到了一桶又一桶。

天呐，到底养了多少黑鱼？柳亚平顾不得抓鱼，在鱼塘边默默呆立着。再过两周，老蛤蟆已经和镇上的贩子说好来收鱼了啊。现在叫他们来抓，是什么意思？雨不是已经变小了吗？柳亚平看着自家的鱼被别人抓走，也不是滋味。

老蛤蟆叫了唐小丽夫妇后，却见他们不好意思去，大概是上次偷鱼心里惭愧吧。但老蛤蟆不在意往事，笑着说："为什么不去呀？我塘里鱼多着呢！人越多越好！"唐小丽与陈土根呆呆坐着，老蛤蟆又招了招手，说，"去吧去吧，否则都逃太湖里去了。"于是两人咧开了嘴，拿上脸盆、网兜跑了出去。

抓鱼的人越来越多。这一天，老蛤蟆的鱼塘，成了村里欢乐的海洋。中午，家家户户的饭桌上，出现了水煮黑鱼、油爆黑鱼片……只有柳亚平没有心思做饭。陈海洋看着老蛤蟆驼着背在鱼塘边转悠，拉他去自己家里抽烟，哎，眼不见为净。他们都认定还会发水的。

而欢乐并没有持续多久，下午5点，在水闸边巡查的陈海洋发现了异常。雨虽然小了，时下时停，但水位还在不断上涨。太湖要撑不住了。

陈海洋当机立断，拿着大喇叭大声喊道："乡亲们，太湖要发大水了，快收拾东西上桑林高处去避避吧！快！快！不然来不及啦！"人们都慌了神，拿着网兜和鱼飞一般向家里跑去，以最快的速度收拾值钱的东西。陈若缺拿上整理好的东西，披上雨衣匆匆忙忙就跑到桑树林去了。高地的人已经有很多了，还有络绎不绝的人不停上来。人们手里拿着、肩上扛着各种自认为宝贵的东西，有的还不忘提上一桶老蛤蟆家的黑鱼。陈海洋还在下面挨家挨户地检查是否都去避险了。等到他跑上桑林后，水位线突然猛地升上来，一个又一个的波浪从太湖上泛起来，如千军万马俯冲而来。葱葱茂茂的稻子全部被水淹没了，老吴的渔船也飘到远方去了。

浪潮一个接着一个，似乎永远不停息。普通人家的房子淹了一小半。妇女们在哭啼，孩子在大叫，男人们有的抽着烟，面容忧伤。

平静的太湖第一次向人们露出狰狞的面目。雨已经停息了，可太阳却仍不露面。乌黑的云遮蔽了天空。

太湖已经发泄完了。女人们有的在请求观世音菩萨保佑。孩子们却早已经玩开了，他们的欢声笑语让人们的心里舒服多了。陈海洋与陆鸣支起了一架不知哪里弄来的大锅，把不知哪里来的菜，同黑鱼一起煮着。一缕缕烟飘向远方，天上的乌云也慢慢消散。太阳终于出来了。

红红火火的太阳发散出千万的光芒，也在慢慢地消解着人们的恐慌与紧张。“一切都会好的，太阳都出来了。”陈若缺一边听着村民们的相互安慰，一边看着被水淹了的村庄。在阳光下，平静的水面熠熠生辉，折射出五彩的光芒。

九

太湖水啊 / 陈若缺

【暴风雨啊】

谁也没有想到会是这样，这场暴风雨来也匆匆去也匆匆，给村庄留下裂纹。人们都认为雨季已经过去，晴天将要永驻，谁会想到呢？也许日前的雨是这场暴风雨的注脚，也许日前的雨是一种警示。反而我内心隐隐的担心真的发生了。

下吧，下吧，下完了就好了！当雨停了之后，你看，太阳终究是会出来的。

【迷蒙夜啊】

那夜不安宁，出现了几日的太阳在下午隐去了。一大朵一大朵的乌云，好像是一座天空之城，缓缓移动着，把天笼罩得灰暗，人们心中没有底了，又开始担忧。即使陈海洋说不会担心，但又有什么用。

夜里我睡不着，想着明天没事不用早起，就点起灯来读书。我读的是古华的《芙蓉镇》，书中的内容使我思绪万千，有些压抑不安。原本觉得很快心里就会舒服的，可接二连三的事情纷至沓来。

突然开始下雨，暴风雨。风呼啦啦地乱刮着窗户，声响像是隆隆火车的汽笛。雨实在太大了，扰得人不安生。外头一片漆黑，让人不知所以，措手不及。偏偏是这个时候，人们相互照应也不方便，另一方面，黑乎乎的环境也加深了人们的迷茫。但我仍读着书，不去管外头的喧嚣与各家手电筒发出的亮闪闪的光。

【桑树地啊】

陈家庄是一片地势平坦的村庄，毗邻太湖的它水网密布，白墙青瓦的房屋重重叠叠，顺着时清时浊的河，静静伫立着。地理学家也会因为这片桑树地而感到惊叹，不会有人理解平坦的土地上怎么会出现这么一片高地。有人说是崔大伯的太爷爷当年做工程时堆的，可这似乎不太像人为。

坡度不陡，但高度的确是很高，仿佛一座小山丘被截掉了尖端，只剩下一片平坦的高地。由于过了春天，桑树没有那般苍翠与生机了，第一茬叶子被摘下养蚕后，新的桑叶还没茂盛起来。桑林面积挺大，容纳一个小村庄恰好。在桑林地上迎接破晓的黎明，看着乡亲们在关键时候的团结与干部的尽职尽责，雨带来的无奈、惊慌慢慢被消解了，要说最天真的还是孩子，他们活在最真实最有趣的世界里。

又不禁想起童年时光。

桑树地啊，你也必将惊叹太湖的发狂。

【浪涛啊】

雨下得大起来的时候仿佛全世界在颤抖。太湖似乎也在无助地喘息。盈满水的太湖似乎是一座马上要爆发的火山，气势汹涌。

黑鱼塘的水已经漫出来了，与太湖也渐渐融为一体。不只是鱼塘，太湖水面上也有大鱼小鱼在跳动翻滚着。不过哪有渔夫敢去抓鱼呢？跑到桑林上后看得就更加直观。太湖如同海洋，翻起一个又一个的大浪来。浪头击打着水面与湖岸，又打出千万的白色泡沫，往远处弥散了。水位线猛地增长，谁家的自行车被一个浪头拽向水中，不知所往。天角已经露出了一丝丝的微光，但太湖仍是黑暗的。涌动的水浪一次又一次仿佛永不停息地拍击而来，一些临时的棚架也被冲走了。我看到陈海洋家的那个大棚布在水面上，凭着几束光，又看见了上面红蓝颜色的条纹。浪声如同千军万马的脚步击地，也如狮子大吼，使人的心也慌张。但人们也终于习惯，就坐在地上。雨已经停了，但地还积着水。他们并不在意。这么多人汇聚在这片桑树地上，又显现出盎然的生机。宏伟的太湖在人们眼中第一次失态了，与已经冷静下来的人们相比，好像胸怀不如他们宽广了。但水就这么些，浪潮总会停下来的。于是一会儿后，一切又归于寂静。太阳再次露面，没有人去指责它偷懒。

【村里人啊】

陈海洋的行为让我佩服。他敢于冒险，为了村民的安全做到这份儿上。虽然他为官不算很清廉，但也不要求了吧。陈家庄的人所表现出的积极心态让我惊叹。乡里的小船疏散了所有的人。在船上，大家有说有笑，看着被淹的庄稼并不担心。金阿祥却心惊胆战，因为陈金娣不见了。“去哪儿了呢？”他一个人独自嘀咕着，面色苍白。陈金娣消失得无声无息，没有人知道她去哪儿了。说被水冲走也许不确切，因为她是在大水漫上来后失踪的。我们都希望她能够平安回来。

【父亲啊】

父亲，雨天使我又情不自禁想起了你，你的智慧令我心服口服，五体投地。你是一个奇人，活着的时候平凡无比，去世之后我却看出你的睿智。我不禁回忆往昔的时光，却发现与你的记忆在不断减少。我于是恍惚了，但这又使你在我心中更加神秘了。父亲啊父亲，你到底是怎样一个人。我早已明白你的勤勉与刻苦，可好像有很多事我还不知道。我不了解呀。一切都又蒙上了一层纱，不过这场大水又揭开了神秘的一角。你的形象也在日益清晰了，我希望能够知道你的所有。你还是对我有所保留吧，为什么呢？

【命运啊】

一波三折的命运啊。我的生活总是在不断地起起伏伏。

我遇到的困难与我取得的胜利在不断地相互交织着。但我起码一直有乐观的心态。自我辍学一年有余了。这一年的乡村生活也不禁使我感慨。在父老乡亲们的帮助下，我已经不断地成长了。融于乡村生活与农业生产的我已经步入正轨。感谢师父，感谢大伯，感谢提供给我帮助的人们。我的羽翼慢慢丰满了，我的能力也日渐提高，在你们的帮助下，我已经可以帮助你们了。陈家庄的人们呀，如果大水给你们带来了困难，那么就让我来帮大家吧。

【太湖又平静】

那个张扬舞爪的太湖消失了，熟悉的太湖又出现了，重归平静的太湖于是又静静地，淌着波纹。她的宽广的胸怀又包容了一切。可我仍要问，扔一块石头，使水面出现圆圆的涟漪，我就明白你在听了。陈金娣去哪儿了？你又为什么如此暴怒？

太湖无言，只听到风吹拂水面唱起的咏调。

太湖水啊，愿你平静安详地流淌，慷慨地哺育太湖流域千万亩的田地。

十

水慢慢地退去，陈家庄的地面又一点一点地露出脸来。水位线下降的过程好像是房子在上升。在人来人往下，水无比的浑浊，到处积满了泥——地上沾着淤泥，水里漂着碎片状的干泥，水中溶着泥浆。红褐色的水上也游着几朵彩色的花，虽然已经干瘪。太湖水也污浊，不过比起来还算清澈。人们来来往往，大家都穿着雨胶鞋，村民们还在地上放置了一些大小石头来垫脚。村里又恢复了以往的生机，妇女们的聊天声多了起来，唐小丽的尖嗓子也活跃了起来。几个调皮的孩子在村里跳来跳去，给村庄也添了几抹亮丽的色彩。

老蛤蟆沮丧万分，柳亚平在看见黑鱼塘的情况后大骂了老蛤蟆一通。只见死鱼还在白肚皮朝上地漂着。老蛤蟆又何尝不心痛呢？一切都功亏一篑了呀。其实叫村民们抓鱼对他没有任何好处，但让鱼这样逃走不是更加无意义了吗？村民们对此也议论纷纷，不过大家都是很感激老蛤蟆的鱼的。“三大能人”之首的老蛤蟆终究还是遭遇了失败。这个他精心策划、每一处都能拧出他汗水的鱼塘工程，竟这样结束了。他的自信使他现在更加难过。唉，天灾，天灾！不顺心的事总会发生！幸好蛤蟆家有钱，所以这次失败没有使他一败涂地、家徒四壁，不过他投入的钱的确打了水漂，这可不是小数目。

自这次失败后，老蛤蟆在事业上一直平平无奇，没有作为。直到他加入了“绿桑林布业基地”后才又回高峰。不过这是后话。

却说陈柏青家也倒了霉，他们家修的矮房子现在还积着水，根本没办法住。女儿陈许诺在住校，所以夫妻二人就要找家人家借住些天。邹晓兰把被水浸湿的被褥毯子拧净晾干，就扎成一大包。夫妻俩可苦恼了：“这得找谁呢？”这时陈若缺来了，他正把衣服收回家，看到两人就问：“柏青叔，你们怎么了呀？”

陈柏青说：“唉，我们家现在还积着水呢，没法儿住，我们打算找户人家住几天，等水完全退了再回来。”陈若缺想了想，一拍手道：“对了！来我家吧！”邹晓兰听了也高兴，激动万分地问：“不打扰你吧？”

“没事，没事，你们过来吧，我们家一定有地方的！”的确，对于陈若缺来说，他的房子够大了，父亲的房间正好可以给两人用，因为本来也只是堆了些杂物。又做了一些清理与洗涤后，夫妻俩就“入住”了陈若缺家。

陈柏青很是感动，浊浊的声音也有些柔软。他几次三番握陈若缺的手，以表示感谢。邹晓兰把被褥铺好，就去找妇女们聊天。她夸赞了陈若缺。妇女间的聊天是最有传播性的，很快全村都知道了陈若缺的善举。

当然，他也做了更多的事。在水退下些后，老吴的渔船在村头搁浅了，陈若缺便与其他几个村民一起，帮着老吴把船推回了河中，再仔细拴好。他还帮忙排水挖沟，一下子成了大忙人。反正也没什么事要做，不如做点儿好事呢。他想着。

陈柏青与邹晓兰也在谈论一些事情。他们要把房子再扩建一层，面积大约为一楼面积的一半，这样再遇到这种情况总不会太窘迫。其实陈柏青家还算是有些积蓄的，这从花几百元买镯子中也可以看出来。但他们的房子的确是太一般，夫妻俩一直没有改建房子的念头。

关于那个玉镯子，其中也有一段风波。

唐天妹找不到玉镯子后，眼睛都瞪圆了。她不相信镯子会凭空消失，可也没有办法。唐天妹回到家，对陈力又发了一阵火，等到她冷静一点，了解过情况了，就明白了自己的错误，现在的情况是唐天妹没了镯子（可是镯子本来已经不是她的了，因为陈力已经拿到了卖镯子的钱，唐天妹也没赎），邹晓兰亏了600元，那该怎么办呀？唐天妹于是又紧张了起来，原来是自己冤枉了邹晓兰。

唉！自己怎么就那么冲动呢？问题总是要被解决的，而且邹晓兰一方也蓄势待发。还好邹晓兰好说话，陈柏青也安抚了她的情绪。所以事情解决得也相对和平。唐天妹赔偿了陈柏青家500元，另外100元陈柏青也不计较了。

矛盾解决得不够完美，邹晓兰也不够满意。可是在陈柏青的劝说下，她也原谅了唐天妹。

十一

那场大水把陈金娣带走了。没有人知道她去了哪里。说到底，她的失踪也就是那一段时间里的事。随着水位暴涨，太湖水闸蓄不住洪荒的力量。于是陈金娣就消失了，无影无踪。

如果是一个正常人的话，应该不至于在大水中丧命。因为这场大水，说小不小，说大不大。太湖流域的人家，只要是正常人，运用些基本常识都能脱险。但对于陈金娣，谁也没有足够的自信。一个疯子啊，是没有清晰的思考能力的。

金阿祥又想起"田案"前的那个陈金娣，虽然记不清晰了，却能回忆起她的精明能干。他双手抱着头，身体抽搐着，几行泪水从斑白的鬓发旁流淌下来。

当然，陈金娣是死是活都有可能，所以全家人并没有放弃希望。四个男人没日没夜地寻找陈金娣，把村里、乡里和周边乡镇的每个角落都找遍了。村里人也帮忙找，陈海洋还托人打印了几百份的寻人启事贴在各处。大家齐心一条，让全家人十分感动。

寻找的行动持续了 7 天，早出晚归的寻找让每个人都有点儿受不住，但找不到陈金娣一家人都很失落。

一些情感如同糖溶在水里，时间也如同水，水多了也就不甜了。情感就是这样被慢慢隐去的，谁也寻不回它。

一个月后，全家已经放弃了寻找，因为找到的可能性已经太小了。只能等她回来，可这又怎么会发生呢?

金家发生了这样的事情，看到金门面对走丢母亲的悲伤，陈钢有点心软了，他主动提醒陈芹，有空可以帮金家干点家务，也安慰一下金门。

金门因为陈钢的反对与陈芹的刻意回避而沮丧了许多时日，母亲的失踪也是个莫大的打击，他恍恍惚惚地，夜里也睡不着觉。再度见到陈芹，金门激动地抓着陈芹的手，久久不肯松开，眼里全部是泪。金阿祥也挺高兴，因为金门的婚姻在经历了挫折后终于看到了曙光。

晚饭后，金门和金阿祥坐在门前的石条凳上，金阿祥抽着烟，眼神空洞地望着远方，他在想金娣。

“爸，你有没有想过，为什么陈芹他家松口了？”金阿祥如同被电击了一下，呆呆地望着他。“是啊，如果我妈没有失踪，他们还会松口嘛？”金门轻轻叹了一口气。

金阿祥猛一抬手，打了金门一个巴掌。声音响得吓人。“不会的，你不要乱讲！”他几乎是喊着说，“不要乱讲……”但声音却越来越轻。金门被打后却不难过，只是不断地叹气。谁没有意识到呢？是金娣的失踪使金门的婚姻迎来了转机。金门开始有点怨陈钢的淡薄，居然把他母亲的生死看作婚姻是否能成的一杆秤。不过又能怎么说？陈钢何尝不是为了女儿陈芹的幸福呢？

一家人都有些失落与气愤，但心里也有高兴。金门，终于要结婚了！金门与陈芹于是又手牵着手，散步在田野之中。

皆大欢喜。

陈若缺在太湖边坐着休息，他折了一根绿油油的狗尾巴草玩。太阳穿透下来使根根金毛发出耀眼的亮光。在血红色的夕阳下，他看到太湖远去的湖畔上有一个人的剪影，是在看着夕阳。看上去是个女人。转眼间，那个女人的影子又消失得无影无踪。

谁知道那是哪个人呢？又有着看夕阳的情致，会是陈金娣吗？不过陈若缺并没有多想。他起身走了几步，把狗尾巴草用力甩向太湖。一阵风把它吹得七上八下，然后随着夕阳，躲进浓烈的火烧云中。

人们都盼望着陈金娣回家。

对吧？

下篇

第八章：折翼

梧桐更兼细雨，到黄昏，点点滴滴。

——李清照《声声慢》

引子

“怎么样？”

“太好了呀！你怎么能写出这般的作品？”

“你抱得太紧啦，我都喘不过气。”

“我真的好激动，洋洋洒洒十几万言呀……”

“哈，我内心也高兴。”

“可不是？我听见你夜里做梦还在笑呢。”

“啊？有这回事？”

“真的好呀，是个令人叹惋的悲剧故事，但我从中看到许多人的影子，这也是陈家庄的写照吧？”

“你真是我的知音啊。哦，我理想的夫人。”

“一半在理想，一半在现实，或许这才是最好的。”

“是啊，我既体会着乡土的悲情，又体会着纯洁的美梦。这也是美好的事情。”

一

“木兰！”陈若缺喊了一声，就从椅子上站起来，朝门外看去，没有人回答。看来她出去了，大概是在散步吧？

陈若缺坐下来，拿出一沓厚厚的书稿，带上圆框的眼镜，手持一支红笔，从做过折叠的那一页起，逐字逐句向下读。他常常一大段，甚至一大篇地删去，再用手拖着脑袋，慢慢地重写，一个个红色的字从笔尖飞出来，张弛有度，密密集集却有条不紊。他的呼吸有些急促，但在写完一段后也会长舒一口气。堆在一起的眉毛仿佛洗衣妇手中的抹布，在拧到每滴水都滴下后，也就舒展开了。陈木兰常常对着他写作的样子发笑。一到这个时候，他便会梗着脑袋说：“有什么好笑的呀！”但声音中并没有一点儿生气。

一会儿后，听到门口传来脚步声，陈若缺就合上书稿，离开了房间。房间里飞进一只蝴蝶，在那床蚕丝被上停留了一阵，又飞到书稿上。第一页上，是陈若缺用毛笔庄重地写的两个大字：折翼。

陈木兰走进家里，就把一袋虾放在桌子上，她找了块抹布揩揩手，就先坐了下来。陈若缺这才知道木兰是去买虾了。“你昨天不是说想吃虾吗？我给你买了点。”木兰说。陈若缺其实只是随口一说的，所以今天便分外感动。他上前亲昵地扭了扭木兰的脸，露出笑容。陈木兰嘴角微扬：“一起这么久了，你还像刚结婚那样儿。”

陈若缺与陈木兰结婚已经一年多了。但两人之间的热情不减。村里人都认为两个人是很好的一对，也都送来了祝福。祝福很多也是看在陈若缺的面子上的。对，不只是看在能人陈风面子上。自太湖大雨，时间已经过去了四五年。而大雨后，陈若缺在村里人心中的印象也越来越好了。

政府组织修建环湖大堤时，他腾出房子，为二十几个外村的修坝农民提供住宿，大伙一起出工，一起吃住了一两个月。重要的是，他有人格魅力，与人交谈，能使人发自肺腑地愉悦。虽然谁都无法解释，为什么在高中校园里，他是那样的冷峻与不苟言笑。也许是发自内心的自卑吧？连陈若缺自己都已经不清楚了。

陈若缺在村中家喻户晓，更有别的原因。

在《太湖之声》刊登了他的《桑树之歌》后，文坛的作家关注到了这位文学青年。次月，在著名的杂志《湖光山色》的征稿中，他把压箱底的《我的太湖“第四白”》加以润色，投了过去。《湖光山色》是很有名望的文学杂志，在社会上有很大的影响力。陈若缺的文章在其上发表后，小小地出名了一回。中午，村里的广播连着播放了陈若缺的文章，他的天赋也在村里人中传开来。著名作家董纪文亲自给他写了一封信，鼓励他的文学创作。

虽然比起谢润清的辉煌，陈若缺的成绩黯淡得多。可这让他喜出望外了。他对生活充满了信心，于是又不由得感谢起陈葫芦——是他告诉自己，他父亲知道投稿方法的。

陈葫芦变了很多，原本白皙无瑕的脸，变得粗糙而黑，褪起一层层皮来，说话声音响了不少，仿佛是在大喊。这些大概是打工对他的影响。陈葫芦在城里打工的工程队中，因为比其他人有文化，又肯做，没多久便被工程队队长看中，让他帮着管理整个工程队。陈葫芦做事严谨，又能和大伙儿打成一片，口碑非常好。正应了那句话："是金子到哪儿都会发光的。"

三大能人之一的陈蒲瓜，也算是小小的成功一回。陈若缺仍认为陈葫芦的成功很大程度上与幸运有关，他仍不否认教育的重要意义。

在写完《太湖水啊》后，他就笔锋一转，开始创作小说。这张宏伟的蓝图，如今也已经绘成。

二

书稿已经很厚了。陈若缺的长篇小说《折翼》的初稿已经完成。现在，正是二稿阶段，他正整合全书的内容，做大幅度的结构调整。他打算句句字字地精修三稿，然后便出版。

对《折翼》，他投入了一腔热血与激情，废寝忘食，没日没夜地写作都是常态。甚至在写作几万字后他还会推倒重来，因为他把这部小说看作是他的孩子，他的亲人，必须是尽善尽美地存在。陈若缺深知能力有限，但他想：只要尽了我的全力，就一定不会差的，他自然有信心。

大水过后的一个月，发现《琉璃瓦》的思路受阻后，他索性弃之不顾，转向一个更庞大的命题。陈家庄与太湖的风情万种仿佛是一位美人，常常对他暗送秋波，使他心旌荡漾。他常常陶醉于乡村间的美景与人情。复杂的人际关系是泥土的颜色，一切的裂痕也终会结为一体。也许土中有杂草——但也无妨。人们会尽一切力量去反抗，终究，陈家庄还是回到了最纯正、最淳朴的颜色，褐黄，似乎能拧出水来。

陈若缺思绪万千，却难以用诗文叙写乡土人情。于是他便想到小说创作。这是多难的事情啊，人物塑造、语言特色、年代时间、心理动作、社会状态……要想得太多了。也许陈若缺天生是当作家的料。他的想象力竟出奇的丰富，宛若夏季的稻子一样，成万上亿。花了两个月的时间构思，他终于想出了小说的构架。陈若缺预计了一下，大概要写 20 万字，多大的工作量！可为了心中的愿景，只得砥砺前行。

小说被命名为《遥远的理想世界》，但在完稿后被改为《折翼》，小说写作拖了他近 5 年的时间，他几乎把每一分每一秒都用上了。在与木兰结婚后的一年里，由于有木兰分担生活重担，陈若缺很快完成了作品，总计 18 万字。陈若缺对小说很是满意，但他也希望更好。他的小说所包含的时代跌宕与人物命运无不令人叹惋与惊奇。至于他对作品的态度与创作历程，我们或许可以从他在《折翼》中的序中看出一些来。

《折翼》序：给太湖的乡村牧歌

写完《折翼》，感到心中的石头终于落了地。日日夜夜的笔耕不辍，也终于有了成果。我是农民，是太湖边的农民，曾经我也是学生，是热爱文学也热爱创作的学生。也许这使我的心能又粗糙又细腻，也会常常莫名地为自己脚下的土地与近处的太湖感动起来。

乡村生活是别具一格的，每一户人家都是一部长篇小说。他们的故事比荷马史诗更精彩，悲剧与喜剧甚至超越了人的情感，我见证得太多了。我曾经的怀疑不定也太多虑了。其实乡村不是天堂般的梦境，也只是人的寄居场所罢了。但立足于泥土的村庄聚居却铸就了人与人别样的生活关系与交流方式。我深知乡村中村民也有自私自利、损害他人的行为。这些我看清楚了。村民中互相传播谣言与面对面骂人，这些我听清楚了。可是无妨呀，与乡村村民们的淳朴与勤劳一比，这些都黯淡了，仿佛是太阳的黑子，又怎么值得人去注意呢？

《折翼》并不是一部成熟的作品，也不是一部优秀的作品，我创作它花了近五年，付出的当然不仅是时间。但也不是只有付出的，我的收获更使我欣慰。我心中关于乡村的美好想法，都在我的小说中得到了展现与表达。

《折翼》写了一个青年，他努力想把村庄建设好，却因为被骗、被打击而失败了。我所塑造的人物一般都有原型，这部作品是个悲剧，但悲剧究其根本还是社会的原因。十年浩劫、三年灾害都对这位年轻人露出了獠牙。

除了对村民的赞美，对乡村土地与太湖的热爱，作品中自然还有更多的明喻暗喻，读了自然也会明白。我感谢我的夫人陈木兰，她给予了我支持与帮助。

土地啊！你滋润万物的奉献！

正如古华先生的话："唱一首严峻的乡村牧歌。"我将唱给太湖去听。愿我的作品能如一朵矢车菊，哪怕在文学百花园的角落里，独自成长与绽放。

陈若缺

三

陈芹抱着孩子从陈若缺家门口走过。陈木兰正坐在门前，便大喊着“陈芹!”，还一边招着手。陈芹侧过头来，见是木兰，也绽放出微笑。生了孩子后，陈芹的脸红润了一些，体态也微微发胖，幸福充盈在她身上的每一处，即使是走路，也似乎脚底生花。

金门与她很恩爱，金阿祥也很关心儿媳妇。自从生了孩子后，一家人其乐融融。金天与金安给小宝宝买了木床与衣服。陈钢与火珍两个人在家中，如往常一样日出而作，日落而息。他们的眼睛里映着火红的太阳，炽热与温暖在心中荡漾、融化，却也有些落寞。陈钢与人谈话间常露出笑脸，但堆起的皱纹却多了起来。女儿的出嫁并没有阻碍他衰老的步伐，渐渐地，他说话也少了，总是坐在门前默默吸烟，凝视远方若有所思。

陈芹几乎隔几天就会来看他们，有时候金门也随之前来。而陈钢总是觉得少了点什么。女儿出嫁后，似乎与家中的纽带断了，即使再亲切，他也怅然若失，不如以往了。陈芹看着自己的儿子，胖胖的，就露出了笑。她怎么知道陈大伯与火珍的心事呢？老夫妻两个心中都有苦闷，但睡觉的时候也只是背对背，一言不发。夫妻间也渐渐变得仅有柴米油盐的交集。就如两颗行星从在一个轨道上行驶，变成在两个略有重合的星轨上运动。他们间也产生了隔阂。

陈若缺 20 多岁才知道，陈家庄中一直恩爱浪漫的夫妇，一是陈芹与金门，二是陈梅君与柳亚东，三是柳天茹与陈莫言。

说他们恩爱浪漫，就是因为他们之间的感情超越了人们印象中农村婚姻的状态，让人心头一亮。自己与木兰自然也是这样的，不过他认为他和木兰的恩爱程度完全高于其他人，也许爱无法如此量化来比较，可是他与木兰的感情却是村民有目共睹的。

陈芹生下男孩是在去年，太湖大堤刚刚修完的时候。生产很顺利，陈家庄于是又多了一个啼哭的人。但啼哭并不会给人们带来烦厌，只会给人们带来生机勃勃的希望，金门的脸那时笑得像一个因为熟过头而崩开的西瓜。金阿祥与陈钢两个人四目相对，也鼓掌大笑起来。说起来，金阿祥与陈钢走得比陈钢与陈芹更近了，但走得近不是因为会面时间长，或是两个人吃一起、住一起，而是他们的相处一定程度上缓解了陈钢的无聊，两位五六十岁的老头儿一起聊天，抱着相同的情感，怀着相同的希望，自然也聊得到一块儿去。

婚礼并不隆重，只是挂结了几条红红的彩带。酒席也不算丰盛，一切都就简，但在陈芹心中，已经够了，婚礼什么的都不重要，只要与金门在一起，都是满足。不知身在何处的陈金娣，不知道是否有对着陈家庄的方向，绽放一个腼腆的微笑。

四

门对面传来“嗒嗒嗒”的金属敲击声，也持续了近两年了。尖锐的声音迅速地迸发并沉重地收尾，如雨点般密密麻麻。还好这声音只在早上出现，所以也不打扰陈若缺夫妇的日常生活。

对面的朱寒露做起了织布生意，在家里织布卖钱。老吴与童老太依然做着打鱼的活儿，但他们年龄大了，做不动了，所以工作时间也短了一些，打鱼打得少了，钱赚得自然也少。可是朱寒露在家里织布也足以维持家庭的收支平衡。其实，老夫妻俩打鱼是一种习惯，成为烙印在他们心中的生活方式与谋取生计的方法。他们无法想象不打鱼还有什么活好做，可不得在家憋死。这也是为什么朱寒露好说歹说两人也不放弃打鱼的原因。

朱寒露经过从上次的心理转变后，很快恢复成了正常人。她常常走出房门，欣赏自然万物，享受日月星辰。朱寒露也常常在村庄里外无目的地散步——大多数时候与陈木兰一起，陈木兰是朱寒露在现实中唯一的朋友了，陶墨墨与她还保持着联络，但也只是一月一次的频率了。

说到底，让朱寒露心理状况恢复的人是陶墨墨。不过她的信到底有何魔力我们不得而知，一切都会在她锁上的抽屉中找到答案。但我们永远得不到。朱寒露仍无法与村里人和谐相处，她与人交往总觉得厌恶。陈木兰与她交朋友的过程倒是奇特，那是朱寒露也许唯一一次对人抱有如此大的善意了。除了陶墨墨，那时的她没有朋友，处在一种巨大的孤独之中。

交到了朋友后，朱寒露对村里人的态度仍无法改变。她总是在质疑自己，但陈木兰说："露，你就做自己就行了，不要太在意这些，村里人你要理就理，人际关系是为自己服务的，如果影响了自己，就本末倒置了吗？"

于是朱寒露总是大摇大摆走在大路上，穿着富有个性的衣服，人们与她打了招呼，她就微微点头，面无表情，活像一位名媛面对众多的追求者般。她的行为又在村里的妇女间引发争议，但这次唐天妹与陈木兰却坚持站在朱寒露这一边。她第一次感到了温暖与希望，从那时开始。

做起织布生意是两年前，她年龄也大了，总不好再饭来张口了。朱寒露毕竟是著名翻译家朱光理的女儿，能干是很能干的。虽然生产布料的只有她一个人，但她却在短时间内收获了一笔又一笔的财富，老吴也惊叹自己继女的才能，可他也不知道女儿是用了什么法子。老蛤蟆从那一次黑鱼塘的失败后就没有什么作为了。三大能人中，老蛤蟆的光芒终究慢慢黯淡了。

有人预言说，朱寒露也会成为一代能人，虽然人们大部分都不认同，但他们都见证了朱寒露是怎样的会做事情。

五

刚刚下了一场小雨，万物都欣欣向荣。已经干了些时日，土地也变得干燥。植物的叶子有些瘪，失去了往日那种饱满而坚挺的翠绿姿态。但大自然总会保持相对的平衡。所以果然，在朦胧的清晨，裹着轻雾的天空淅淅沥沥地又落下如麻的细雨。

植物们摇曳着枝丫，仿佛每一个细胞都张开了。它们在小雨中肆意地吸取水分，不愿放过一滴，好像它们的根也飞快向下、向外延展，最终伸到太湖的水面。

雨却是太阳雨，而太阳也不是很大，在一朵朵厚重的白云的遮蔽下只留下一个似圆又似方的光印。雨也不大，发出的清脆响声也许能媲美莺啼。陈若缺去拜访自己的师父，也是老丈人陈风，手里提着些礼品。礼品大多是在街上买的，有些也是自己家田里的蔬菜。他手提的袋子中，有些绿色的青菜与紫色的茄子，微微地从袋子里探出脑袋来。

陈风见陈若缺来，就招呼他坐下。屋里挺热闹，一家人正好都在，陈天星与妻子陈兰君听着广播，陈天日与陈天月在下棋。他们走上前去，搭了搭陈若缺的肩膀，与他寒暄了几句，问了声好。丈母娘陆静静在里头准备做午饭，说："女婿呀，你早点儿来就好了，我好去多买点菜，让你和木兰一起在家里吃！"陈若缺笑着说："不用不用，我就来看看你们，木兰已经在家里给我做了。"

陈风见到陈若缺带来的礼品，微微摇了摇头。这细致的动作被陈若缺捕捉到了。他问："师父，怎么了？"他本来想问是不是礼品不好，但想想似乎不太尊重人。陈风慢慢站起来，活动了一下腿脚，就说："徒儿呀，我们是一家人了，你见谁一家人还买这种礼品啊？"陈若缺脸一阵发烫，支支吾吾："我……师父……哦，爸爸……啊……您对我这么好，我不感谢怎么行呢？"陈风捋着并不长的胡子，哈哈大笑起来。他重重地拍打了一下陈若缺的背，说："一家人没必要呀！你拿点自己家的菜过来我们就很高兴了。你去买礼品不是费钱吗。我们是一家人呀，你费钱就是我女儿木兰费钱呀，你说是吧，哈哈哈……"

是呀，陈若缺想，已经是一家人了，没有必要搞这些名堂了。陈风倒是好，直直白白，亲亲切切的，一家人就该是这样的嘛。

回到家里，木兰已经准备好了午饭。饭桌上，陈木兰对他说："那个……我想和朱寒露一起做纺织布的活儿，反正我也没事，你看……"陈若缺想也没想，说："当然可以了！你想去做就去吧，要钱的话找我拿就行。"陈木兰很高兴，脸上挤出了甜蜜的笑来，说："谢谢你。""夫妻嘛，一家人，别见怪。"陈若缺学着陈风的口气回答。

窗外的雨仍在下着，地上的泥土也慢慢湿润了。几只脏黑的野猫野狗在漫无目的地走着，身上沾满了水与泥。

六

陈若缺佩服的文学家，那是举不胜举。但最崇敬的还是三位。崇敬他们，当然是因为他们的作品好，好的方面也都是大相径庭的。陀思妥耶夫斯基、菲兹杰拉德与T. S. 艾略特，便是陈若缺心中最崇敬的。其实这也有一番讲究，三个作家恰好又各是一个写作风格的代表。

《卡拉马佐夫兄弟》，是他在夏天读的，书中的世界既真实又虚无，文字的力量常常使他心潮澎湃。作者深沉的哲思与对人性的挖掘，无不让他惊艳。

关于菲兹杰拉德的作品，要数《了不起的盖茨比》与《夜色温柔》最好，说实话，这位作家给陈若缺的影响是巨大的。他的文字风格都很大程度上受菲兹杰拉德的影响，那是细腻、华丽的篇章。

然而也得说T. S. 艾略特，这位诗人才真正使陈若缺在文学创作上找到了灵感与方向。

在与陈木兰结婚的前两年，正好是一个秋天，陈若缺记得那个秋天分外冷，落叶铺满了地面，人走在上头仿佛要陷落下去。认识菲兹是高中的事儿了，认识陀爷是好几年前的事，但知晓 T. S. 艾略特，是这一年的事。陈若缺在家里创作《折翼》，正进入了一个困难的阶段。他的文字似乎不受他把握，但不受把握并不是说文字自主地往完美的境界推进，而是他对文章的叙写的确是出现了问题，其实小说构架已经想得很明白了，只要按部就班即可写出一部小说了。但按部就班又谈何容易，说起《折翼》的情节，陈若缺扭转了三次大方向，这也使他的修改过程更加消时耗神。

老段那年又突然给他寄了信。他已经几年没来信了，就是由于陈若缺叫他不必再寄。所以收到信件时，陈若缺一时半会儿并不知道是谁。原来老段又领养了一个孩子，那是个女孩，10 岁，陈若缺看着他们的合影，心中的暖流轻轻地激荡。

陈若缺收到的还有5本书，分别是《大卫·科波菲尔》《理智与情感》《京华烟云》《红高粱家族》与《四个四重奏》，T. S. 艾略特的诗让他心里受到了震撼，他甚至感到了其中的庄重。

T. S. 艾略特虽然是一位诗人，但不是叙事诗人，他的诗和小说无疑相差甚远。但是艾略特的诗仿佛有一种魔力，能让陈若缺找到灵感。果然诗文相通。

随即，小说《折翼》的创作又一帆风顺了，他的写作遇到了第三次的大变化。文风也越发成熟稳重。

【《折翼》（节选）】

陆家浒的风很热，好像是裹足了沙子，刮在陆肇奇的脸上又刺又麻。他正要去娄海燕家里，与他讨论发展养蚕合作化的可能性与做法，但天气的确让人心里不舒服，有些闷热的空气让陆肇奇也有些紧张。三面红旗下来后，养蚕什么的都杜绝了。这可是会被打成投机分子的。可陆肇奇却对一些政治方向的事没有足够的了解。所以还想养蚕公社化。不过年轻人的无畏恰巧是成功的关键，而年轻人的无畏也是失败的根源。

一切都无法做定论。

娄海燕是村支书，也是农业生产合作社的社长。他年龄50岁开外，已经没有年轻人那种狂热了，有的只是中庸精神。但对于革命，他的确保有忠诚，所以陆肇奇的公社化养蚕是他一开始就不认同的。

陆家三兄弟，陆肇奇、陆肇安、陆肇义，就小奇最有想法也最有主见，陆家浒在三面大旗的照耀下，正向前一步一步地挺进，前方又会是什么呢？

七

陈木兰大部分时间在朱寒露家，这让陈若缺有些无聊。他常常为了《折翼》的修改而绞尽脑汁。外面是晴天，天空蓝得很狂野，好像用一把大刷子刷出来的一般。湛蓝却也有渐变，大抵从中间淡下去，渐渐地变成钛白色，但也同样的狂野。

只有一丝丝的风，其带来的凉爽与太阳的热量完全无法抗衡。也许效果不佳，而也有神奇的地方，如丝如缕的风比平时更让人舒适，有种被爱抚的温馨之感。陈若缺向太湖的方向走去，他想看看太阳下的太湖是何等的光彩夺目。说来也巧了，这一路上居然碰上了不少的人。

陈葫芦在村口被陈蒲瓜扶着向自家走去。陈若缺见状，忙问："葫芦，怎么了呀？"陈葫芦抬头看见陈若缺，只是笑了一下。他的笑仍是天真而有生气的，像一朵丁香花，感染着身边的人。陈蒲瓜说："葫芦干活摔折腿和胳膊了，严重唉，唉……真是运气差！"他随即让葫芦轻轻坐在石头上，问："好点了吗？我们坐会儿。"陈葫芦指指嘴巴。"渴？"陈蒲瓜说。他只是微微点头，当然陈葫芦不是不能说话，只是他累了，甚至连一个字也不愿多说了。他看到陈若缺就去捏他的脸，还是很高兴。陈若缺说："葫芦，小心点儿，不要伤到了……"陈葫芦的表情又倏地黯淡了，脸上笼罩上一层由淡转浓的阴霾来。"他们不要我了。"他沮丧地说。他终于说话了。

他的声音的确变粗了许多，这大概是工地给人的改变。"我怎么办？我现在能干什么……那份工是我爸走了许多关系才搞到的呀！"陈若缺安慰说："葫芦，你先莫着急啊，天下能做的事千千万呢。像我，不也好好的吗？"陈葫芦咽下一口口水，默默说："唉，话是这么说。"

陈蒲瓜从小卖部走出来，手中捧着两听雪碧，他把一听给儿子，一听给了陈若缺，他不急着走，也坐了下来。"阿缺呀，我后悔了……"陈蒲瓜说，"可能我不应该让他打这个工的。说闲话么噶讲的，葫芦气力也小的，去打一般的工吃不消的，那噶西让渠干啲啥呐。"陈若缺不言语，果然，他的预感应验了。不是说农民就不好，可是，陈葫芦这么多年的读书与努力，最后就都白费了吗？又有谁能够为此服气呢？

陈蒲瓜说："唉，我真是深山亏空到八里店了！一辈子，真是的！人到中年后，一事无成呀！钞票搞不进多少，家里事处理不好，还毁了我儿子！本来让渠去考个中专大专，也不差这么些钱，不推位一点时间的。我真是脑子碰线短路呀！上完了学工作就能分配，我搞什么呀！我搞得像这个工作是万年一遇，不干的话吃亏一辈子一样，真当死快了。一定要把东西作践完吗！唉，我……我！"陈葫芦却又显得乐观，他说："爸，回去吧。"父子俩就往家里走去了。

路上他还碰到了陈海洋与金天。金天已经当上了村支书了，其实本来他也在村委中起着举足轻重的作用。陈若缺这天的"大事"，是遇上两个"归乡"。一个是陈葫芦，一个就是崔开明了。两者的境况迥然不同，但也都在村里头引发了讨论。邹晓兰指出："一个是贬归乡里，一个是衣锦还乡。"唐小丽指出："蒲瓜的能人生涯大概正式结束了。"

崔开明来的时候骑的是一辆鲜红色的自行车，车上粉着的红漆熠熠生辉，风光极了。他穿着军装，墨绿色的，却也很平整干净。崔开明一边唱着歌一边进村，身体猛烈地摇晃，好像自行车要翻了。他引来不少人的围观。崔开明是来看他父母的，还拿了不少城里的好东西，潘阿亭拿了东西分给别人，大家都说这户人家好。

崔开明在军队里工作已逾七年，他已经是军官了，至于是什么军衔，我们不得而知。但起码是体面的位置了。崔大伯叫崔开明去当兵，本想锻炼一下儿子的能力的，他以前太瘦弱无力了，可没想到还当出了名堂来。崔大伯很为儿子自豪，他也发现儿子是真变了，整个人的样子都不一样，好像让他感到陌生。对呀，怎么好像就不认识了呢？于是，他与陈钢陈大伯，也陷入到了同一种境遇之中。崔开明看着村民对他投来的羡慕目光很是高兴，看起来这个晴天就是一个衣锦还乡的好日子。

八

崔开明在村里住了七天左右就走了。那辆自行车依旧与原来一样红光闪闪，身上的军装依旧与原来一样平整，脸上的笑容依旧与原来的一样灿烂。朱寒露家由于有了陈木兰的参与，热闹了起来。但热闹不是喧嚣，两个人专心地工作，也是一种热闹。木兰去帮忙的第一批布打了出来，朱寒露给她分了五成的钱，也有近百块。朱寒露也的确大方，因为她的付出远比陈木兰要多。

大约一个月的样子，陈木兰心里就有些忐忑了。她不好意思拿这么多钱，这是一个原因。她也不好让陈若缺总是一个人，她知道陈若缺是要人陪的，这是另一个原因。于是她说："露呀，我以后可能不能经常帮你了，我怕若缺他一个人在家里无聊。"朱寒露说："没事儿呀！你本来就是帮我的，我又怎么好来说你的不是，我一个人也忙得过来，无非是布做多做少，你不要在意。"

陈若缺回家去，看到陈木兰在家的时间变多了，奇怪地说："怎么不去帮忙了？"陈木兰说："我和你一起比做布更高兴。"

一个月过去，陈葫芦的腿也好了很多，不过离痊愈差了十万八千里。上次在工地受伤可不轻。再回顾陈葫芦的经历，也仿佛是一个天大的笑话，即使很少有人大声笑出来。我们不妨再说说。

陈葫芦调皮，功课却不错。本该上中专、大专，这是一个很好的出路——直接分配城市户口，直接分工作……好处可太多了。所以陈建国让陈若缺读高中是个大胆之举，也是创新之举。他是村里第一个上高中的，后来又有了阿莉。可现在看来，他的抉择是失败的，不过不管如何选，都是一样的。然而陈蒲瓜也是一样的遭遇了，标新立异却迎来失败，他说尽关系找到了一份持续高收入的工作，马上就办了离校手续而不听任何劝阻。他急什么急呀？现在这副样子，又有什么益处？未来断了，做工的希望断了。正如蒲瓜说的："葫芦是打不了平常的工的，他力气太小了。这样，也就做不好什么事了。"

陈葫芦与陈若缺的人生线似乎并拢了，但他本来能有更光明的未来的。的确，教育是实现人生价值更好的出路呀。说起那个工作，老板在他骨折后只赔了些钱就打发他走了，陈葫芦一连几天里心中五味杂陈。

陈若缺完成了二稿的修订，《折翼》也基本成型，就像马尔克斯写《百年孤独》时，为了主人公的悲剧命运哭泣一般，陈若缺常常因为故事情节而情感泛涌，时喜时愁，特别在结尾处，陆肇安成为落魄的时代的尾音时，他再也控制不了自己的情绪了。

他要把三稿在十天之内赶出来。他明确了这部作品的风格：凄清幽雅、悲惋傲岸。陈若缺于是想到可以以一只孤单的鸿雁作为封面，取意自《黄洲定慧院寓居作》：

缺月挂疏桐，漏断人初静。谁见幽人独往来，缥缈孤鸿影。惊起却回头，有恨无人省。拣尽寒枝不肯栖，寂寞沙洲冷。

九

第一幕

地点：朱寒露家，朱寒露的房间。

【朱寒露躺在床上。她的房间光照好，在白日里不拉开窗帘，太阳光就能布满整张床。朱寒露在读一本旧书。书的确是破，而且颜色也褪了。朱寒露的继父老吴，这时推开门走了进来】

老吴（抓抓头）：噶唔看书呀？

朱寒露：诶！（放下手中的书从床上爬起来）

老吴：格个书，你唔得来哦？我好像没见过嘛……

朱寒露：哦，格个我从以前旧东西里寻出来的，是我亲爸的书，今天有空随便翻翻。唉，格个时候的书也真是多，就都没了，连同伢亲爸格哇学术成果都没了……（默默低下头）

老吴：露呀，你可不要多想啊。那个时候的事，想想心里总是不好受的。

朱寒露：（抬起头）没事爸，过去这么些年了，我早就过了那个时候了，看看我现在多好呀，自己在家里打打布卖钱，还这么自由。

老吴：是啊。但你可不知道，在那时我们要多么担心你。我搭你姆妈有时候真的睏也睏不着呀！你现在这样真好，你是像你亲爸（咳嗽一声）有能力呀！你用心做事情，的确蛮厉害。

朱寒露：唔嘚啊！阿爸，哪有你厉害。（微笑）那段时间，你把我当作疯子就好，谁还没有一段发疯的时候呢？（大笑）

第二幕

地点：陈柏青家，二楼的平台上。

【邹晓兰在平台上种葱，而陈柏青躺在一个竹椅上休息】

邹晓兰（摆弄了一下葱）：啧，生得不错！

陈柏青：建格个两楼嘮还是对的，你看吧……

邹晓兰：多亏了我搭你提意见说。一开始你还不肯呢，喃！

陈柏青：有吗？我怎么不记得了。对了，你这次去陈许诺学校里，什么感觉？她上的高中毕竟是县城里的，终归好一点吧！

邹晓兰：哦！那一次是真的呀！我一去就放心啦！哈哈！（大笑了约几秒钟）。搭你讲哟，我去的那一路哟，看到的就是摩托车，呼呼诶（又大笑了几秒钟）。

陈柏青：讲重点！笑啥笑呀，呀无闲话讲……（眼光往远处看）

邹晓兰：我跟你讲，老师也蛮好，不因为伢是乡下人就看不起，她说妞考个大专是轻轻松松的。再跟你说那几辆摩托车……

陈伯青：（不耐烦地）好了好了，（咳嗽几声，眼光又往远处看，手指掐了掐椅子）我们的妞，一定会有出息的，会光宗耀祖的。

第三幕

地点：唐天妹家，陈力的木匠工间里。

【陈力在做一把木头桌子，他正低下头去锯木头，声音吱拉吱拉地作响，空中飞飞扬扬弥漫着细末状的木屑，大大小小的圆木桩横七竖八放着，但房间却还有挺大的空间】

陈力:（扶了扶腰，自言自语）唉，做木匠生活不比当初了，身体做不动啦。噶西也不比年轻的那时候了，身体不好咯……（继续干活）

陈兰君：（推门进入，咳嗽几声，后面跟着陈亮亮）阿爸，这尘灰噶多呀。哦，亮亮要来找寻白相，你现在没空的话，我让菊君去陪渠吧。我还要去接竹君回来吃饭。

陈力：哦，好的，你阿姐今朝夜个头来不来？叫渠和东子也一起来吃饭吧，一家人多热闹呀。

陈兰君：我到时候顺路去问问吧，反正也不远。伢姆妈呢？

陈力：你姆妈早上出去了。渠搭那个邹晓兰还有不晓得谁的人去城里庙里烧香了。回来也快了吧。你先带亮亮出去，哄喽木屑多，待久了不好。

陈兰君：姆妈和邹晓兰以前不还闹过嘛，哪哈噶好啦？格么我先出去。

第四幕

地点：唐天妹家厨房。

【唐天妹从厨房出来，在围裙上擦擦手，一家人全齐了】

唐天妹：菜齐了，菜齐了（眨巴一下眼），快点吃！

陈力：你也快点来吃。

唐天妹：（解下围裙，坐下）东子呀，噶西搭梅君一道日脚过得还好吧？梅君她脾气不好，你多担待。我这个做妈妈的呀（微笑），见儿女好了就最高兴了。

陈梅君：（嘟囔起嘴）妈，你乱说，我脾气哪不好了？

柳亚东：妈，你就放一百万个心吧。

陈力：亮亮也读初中了，时间过得真是快。伢也老了呀……（沉默一会儿），讲起来亮亮你要好好读书，不要总野！

陈亮亮：哎哟……

（桌上摆满了菜，人们的谈话声也渐渐低了下去，菜的热气在空气中静静弥散着……）

十

出了陈家庄，路便繁杂不定，交织在一起的泥路、石路甚至柏油路，都一望无际，看不到起点与终点。

交通线的格局已经发生了翻天覆地的变化。若是一个陈家庄人（况且认为是待了二三十年的吧），在外面打工待了几年，回来后一定会被迂回绵延的路所绕晕。当然，并不是说陈家庄内部，而是陈家庄与各乡镇相连的路线。自从太湖大堤修建后，几年时间，交通路线的改造任务也完成了。的确，来来往往路变得更加宽敞也更加安全，虽然道路旁的景色仍不堪入目。

陆地上的道路与太湖的支流也相映成趣，蜿蜒而又曲折的龙渠在层层叠叠道路的衬托下似乎直了一些。这样，有了更好的路，太湖便触手可及，生活在太湖边的人们，可以望到城里的高楼在白云下留下的灰影，路在乡村中似乎连接起了全世界，自此河路与陆路也并无太大的区别了。

桥也新修了几座，大抵是石块与水泥砌起的，结实是结实，让人面对脚下的太湖水，也如湖水一样心平气和，旧的桥也还在，不过走的人就不多了。湖对岸的那棵百年银杏树有十几个人那么高，粗到五六个人也抱不住。事物到了一定的状态后便难以估计。比如，一件事物大到一定程度，人们也难以说到底是多大少小，人们会觉得："啊，真大啊!"不过有了这样的感觉也就够了，这种情况下定性比定量更加直观。

陈若缺正踏上这座桥，嘴里哼着歌，歌哼得很轻，也许只有自己听得见——当然只是为了自己听见。这样的，一阵快乐的气氛又不觉被烘托出来，波光粼粼的河水上似乎满载着希望。

陈若缺不着急，走走停停，四处看看。由于忙着撰写《折翼》，他对村里最近建的工程并未仔细地观察过。陈若缺不禁感叹时间的迅速，自己日夜生存的家乡也在瞬息万变地活动着，原来那棵老银杏只能从木杉中浅露出几片枝丫，现在却清晰得让人惊叹，陈若缺远望那树，雄伟壮观更加显现，他脑海里又蹦出了一个文章题目——《诗礼银杏》。

陈若缺近些天来的确文思泉涌，其实这也已经持续几年了，只是这些天特别明显，他对《折翼》的想法越来越纷繁，他改起来也更带劲了。陈若缺如今看见什么都会萌生创作的念头，作家的形象也正在心里张牙舞爪地膨胀着。

《折翼》肯定没问题了，陈若缺读自己文稿的时候总是觉得写书不只是为了写，还有更重要的是：他要把梦想中的陈家庄，以梦想中的文笔呈现出来。一张张或细或粗的稿纸上，仿佛墨香要飘起来，聚着，聚成一团，再把陈若缺包裹住了。陈若缺于是就沉浸在自己的创造世界里，仿佛也听见聒噪的蝉鸣——此时已逾深秋。什么才是文学创作上的成功呢？陈若缺认为《折翼》就是，这不是自夸。

他觉得《折翼》不是完美的作品，甚至相当青涩。可是陈若缺意不在追求完美，他所追求的比完美更高，或者说两者并不在一个层次。

陈木兰叫他把书稿直接寄去便好，可陈若缺说：“我改了三稿啊，万一丢了呢？我还是亲自去比较放心。”上次写信给他的邵子英现在恰巧在《太湖之声》所属的太湖文艺集团工作，负责出版的事宜。正巧，陈若缺打算找他。

走出桥去，再行数百步是车站，车站还是只有一块车牌，可给人的感受却大相径庭。原本那个夹着沙石的土路与破旧的车已经不复存在。尽管现在并不是好到了极致，但仍难以把它们与之前那破败的样子联系起来。

十一

陈若缺坐上公共汽车，车上的人不多，显得有些空旷，他找了一个最靠中间的位置便坐下来。公共汽车比原来的破巴车要好很多，起码外壳还没有褪色，车也是方方正正四角尖尖。到了车里，虽然有些闷，座椅也东破西破，连窗户都难打开——但是已经是很好的了。车开在平整的路面上，轮胎压过一寸又一寸的土地，轻松而不费力。

无事可做，便沿途看风景。不过看风景也是很重要的事了，陈若缺就是要仔细看看路的近旁，再看乡村向城市一点一点如同剥洋葱般层层深入的转变，渐变色，在不知不觉间就已是极大的变化。

路被改道了，即使起始站与终点站并未改变。并未经过陈若缺就读过的那所高中，那扇古老的铁门也在他的记忆里消散开了。仿佛高中生活是一个幻境，永远不复存在。那些美好的纯洁的记忆，也被锁在深处而不见天日，他此行也有别的目的——去看看谢润清，两个人已经早无关系，可陈若缺的内心却有种憧憬，说到底是对高中生活还有情结。

不足之处是窗户打不开，还有些模糊，让陈若缺看东西并不清楚，首先几片荒芜的土地向车尾跑去，然后就出现了房屋，到了乡里，人来人往，喧嚣四起。车小心翼翼滑过人群，上车的人也变得多了。渐渐地，杂音更加响，让人心里有些难受，想必是进入了城市。城市的变化是惊人的，斗转星移之间，每一刻都在变化。改革开放促发展，一幢幢高楼与商场店铺挤在一起，尽情炫耀着繁荣。在店铺明净的窗里，一个个闪烁的笑脸，有倒影也有里边的影像，总之人们大多是高兴的。城市那一头在放鞭炮，红色的气球升到了天空中。听说是那边某一个大市场开业，居然如此之隆重，那方向也是老段家的方向。对这个陈若缺有深刻的印象，好像那阵黑烟又朝这里袭来，可天还是万里无云，一派祥和。陈若缺整张脸贴在车窗玻璃上，睁开了眼睛，他一直自诩为见过世面的人，也不禁感到惊叹。市场经济的确有独特的活力与生命力。

仿佛一棵树苗在一眨眼间成为参天大树一般，城市的变化令城市人也为之骄傲与自豪。

老段与女儿段兰芷在院落中散步。十岁的兰芷样貌不算可爱，也谈不上漂亮，礼貌点说算得上古典美、异域美、奇特美。对于认领她老段有自己的考虑与想法。兰芷很易与人亲近，几个礼拜就同老段亲热到如亲父女了，而且比这更甚。这个没有受过什么关爱的孩子现在很是幸福。

老段的房子重修后更有格调。他是副市长，没错，副市长，是当地的政治大腕，他有城府，但清廉。他的钱是正当得到的，当然正当也分有很多种。老段心里铭记在党校进修时的教导：“我们当官的，权力有，名望有，离钱也很近，但要守得住底线，我们不能把什么好处都占了，否则老百姓是不会答应的。”老段在市经济发展上做出了卓越贡献，以大胆创新与积极扶植企业著称，跟那些不作为、乱作为的官员很是不同。

看着日益繁荣的城市，一幢幢大楼拔地而起，汽车也越来越多，老段心里满是希望与高兴。作为市领导，考虑的当然不只是小家，还有大家，这是为官的责任，也是一种情怀。

十二

进到邵子英的办公室后，陈若缺找位置坐下。邵子英说“喔！陈老师你来啦!”，就去握手。陈若缺笑笑说：“邵老师，叫我小陈吧。”邵子英说：“小陈，你来城里宾馆寻好了吗?”陈若缺说：“哦，住过一天了，第二天才来寻您的。来城里嘛，就是四处看看，长远不来的。”

陈若缺花了一天时间游览了城中造起的许多公园。浅浅的河水迂回曲折，包裹着一块块繁花似锦的坛子，路也平整，上面铺上了花岗岩，花岗岩黑白交替，别具一格。城里人的生活水平是不错，这样大大小小的花园都能供居民游玩。在霓虹灯下的夜里，或是人来人往的早晨，这样的公园消解了人们的无聊。公园并不是纯粹的自然，但与太湖相比却也别有韵味。河流上映出来来往往的人影，飞云塔在远处也能清楚看见。

陈若缺了解到，谢润清的工作室在城中心的庆隆写字楼302室，近100平方米，做的是艺术工作。这话是他听一个和艺术室有合作的人说的。挺巧，他在路上边走边看一幅画，陈若缺说：“大哥，是谢润清的吗？我看画风像她的嘛。”那男人先不响，然后才回答说：“是呀。”陈若缺便了解了一些情况。谢润清的艺术室就她一个人，她也不搞很大的商业模式，挣的钱很多也捐了。她是独立艺术家，所以也没有接受一些杂志书刊的聘请，哪怕是成为《画者低吟》的副主编。

陈若缺打算过几天去看看谢润清，这也是对过往的一种告别。他对谢润清没有什么特别的感情，只是想跟老友相聚一下。于是第二天他先去找邵子英。

去之前，就是说在陈家庄的时候，他就和邵子英写信联系好了。今天进办公室陈若缺还有些忐忑，怕出错。邵子英 50 岁出头，头发不多，锃亮，戴着眼镜，脸挺干净，看上去是一个大好人形象。他坐在一张皮椅子上，陈若缺进门时他正在批文件。

一番寒暄后就谈起了正事，陈若缺从背包中小心而自豪地拿出手稿来，说："邵老师呀，喏，这个是我的《折翼》，您看看能不能给出版？您费心了呀！"邵子英说："这样，你把书稿放我这儿，我这几天抓紧时间看完，这样的话……四天后给你回复吧！"陈若缺说："哦，谢谢邵老师！"他就要出门去，邵子英叫住了他，说："我们社有一个福利的，就是说作者办这种事体的话可以免费供住到出结果，我们可以报销你的日常生活所用开支，你可以多睏几日咦。"邵子英在普通话与湖州话间繁杂地绕来绕去，让陈若缺不知该用什么话回复才好了，他倒是坦然接受，说："那谢谢邵老师，再见了。"邵子英说："不留下来吃饭呀？"陈若缺说："我还有点事哈，再见喔。"

陈若缺走出几步后闭上眼睛，内心荡漾出了些许快乐来。走出门去，又被吸入人来人往的喧嚣中。这个时代是喧嚣的，陈若缺想。新的事物在不断地出现，人性的枷锁也在慢慢破裂，迎面而来的是一种又一种的新生，到处是新鲜的气息，不宜用纸醉金迷形容，但的确有阵脂粉味，仿佛旧时上海滩，不过也许有些夸张。

城市的一面是朴素的，是最不起眼的。灰白的墙与乱拉的电线。不过还有的是另一面：霓虹灯下的夜里，人来人往的早晨，商场里外不断循环的《晚秋》也使人早已熟悉。

情谜围住我，你此际又回眸；问情怀，可永久相拥有？

十三

世界在不断正常或是反常发展，与此同时，评价的标准“常”也不断变化，所以两者像是两条不规律变化的曲线，以不同的幅度相互衬托着。世界是由人构成的，但世界不只是由人构成的。人与人，人与世界是存在共振的。用“振动数相同，燃烧点相等”形容却并不合适。不过，世界的变化的确与人有千丝万缕的联系，所以它会有无常的变化，有些变化是谁都解释不了的，它们是如此奇怪或令人费解。

陈若缺的高中生活是令人费解的一段经历。首先，他在小学、初中时是认真学习的勤奋孩子，在家在校都极为活泼开朗，现在也是。你看他与村民们打成一片，又哪里像高中生活时的那副样子？所以高中里他表现的内向、孤僻与不学习，着实令人费解。也许，这是城市环境对他造成的负面影响。就像当时谢润清的说法：“他不是不善于交流。”陈若缺也不是一个内向的人。到底是怎么回事？陈若缺知道只有读书才能改变命运，那他不好好读又是怎么回事？他是不懂事吗？

也许我们只能给出模棱两可的猜测：城里的环境让他觉得自卑与不自在，自己与所有人都格格不入，仿佛总是最奇怪的那个，最不起眼也最引人注目，从而产生了令人费解的行为。虽然难以信服，但似乎是比较合理的一种猜测。

十四

站在302室的门口，陈若缺又有些忐忑不安，他的心“突突”作响，响到似乎周围的人都能听见。门口挂着的金色牌子上写着“润清艺术站”，是棕色的字，写得刚劲，有力，有范。门前还铺着地毯，大抵是没有常清洗护理，并不干净。他终于下定决心去敲门。“来了。”一声回应后里面又安静，也不见有人来开门。一会儿，门把手终于从里头响了起来，一个姑娘打开门，先理了理头发，然后再抬头。她穿着T恤衫，白色，外面围了围裙，围裙上是各种油彩。她的眼睛很大，依旧眉角弯弯，问：“你是?”

陈若缺一惊，但想想也无可非议，自己这么多年变了很多，认不出总是正常的，可他仍然有些失落。然后，他的那句话永远印在了谢润清的脑海里，不只那句话，那个动作，那个使她震惊的画面，不是动作或话有多奇怪，而是给她心里的震动太大了。

装作镇静的陈若缺伸出那只粗糙的右手，面带微笑，说：“好久不见。我是陈若缺。”

谢润清呼吸也急促了，一时手足无措。“呀……我。”她语无伦次。谢润清脸上泛红，不是害羞而是激动，平复了一会儿情绪后，说：“你来里面坐吧！也不提前和我说一声！”她脸上绽放的笑容，如高中时那样纯真，仿佛其中的天真与善意有满满一火车。谢润清心里其实还紧张得很，她心中各种情感，不过大多是好友重逢的愉悦。

陈若缺，陈若缺，陈若缺……他变化可真大呀。今天一定是来看我才打扮的，这么正式也让我意想不到。嘻！真好！的确啊，有多少年没见了，在门口我都没有认出来呢。真的，变化太大了。外貌气质都变化了。多绅士！的确啊……高中时候的时光真让人怀念，但也一去不复返了。他那时那么内向，现在看来也是奇怪。当时我就奇怪了，他和我交流完全不内向啊。反正，他是越来越好了吧。高中时父亲去世，他只能退学，我还挺担心，现在看他不错，也很放心呀。的确，他很能干。这么多年了，好多事发生了，好多有趣的事呀……我要去和他好好聊聊天呢！

"谢润清！你人去哪儿了？把我落沙发上就不见呀？"陈若缺喊着。哦啦，忘了他在等我呢。"来了来了，等会儿，做杯咖啡给你。"谢润清回复道，端着两杯咖啡就进了休息室。陈若缺在那儿干坐着发呆。"好久不见呀！"陈若缺说，咖啡盛在镶有金纹的杯子里，两杯咖啡里各自映出一张笑脸来。

谢润清说："真是好久了，数来有七八年了吧。"陈若缺说："七八年了，差不多吧。你还没忘记我呀！"谢润清说："什么话。"陈若缺说："开玩笑的。你现在很不错呀。谢大画家名气可是大的，我们村里都有你的画迷。"谢润清先喝了一口咖啡，说："咖啡好了，喝喝看。"陈若缺在喝的时候，谢润清就又说："很有趣唉。我们聊了这么短一会儿，我就很高兴了。很久没与别人聊这么高兴过了。"陈若缺说："你的画我买过，很喜欢。"谢润清说："谢谢噢。我觉得我真的很幸运，这一切都是我运气好而已。"陈若缺不响。

谢润清说："今天下午没事吧？"陈若缺说："没有呢。"

谢润清说："坐久会儿好了。"陈若缺回答说："好！"谢润清问："现在怎么样，不错吧？"陈若缺说："挺好的，我结婚是去年的事了。我现在做农民嘛，也养养蚕。生活上铜钿是没问题的。我们也知足了。你过得很不错，实现画家的梦想了呢！"谢润清说："是呀。这是我最高兴的。你是要做作家吧，还在写吗？"陈若缺说："喔，有的。我这几年写了部长篇小说。"谢润清说："不得了嘛！"陈若缺说："看你说的。"谢润清说："什么时候出版呀。"陈若缺说："唉，进城来就是搞这个的。我找了太湖文艺出版集团。"谢润清说："本来你可以找我嘛。我有人认识的。"陈若缺说："也没想到，何况不好意思让你出面。"谢润清想想说："写的是什么呀？"陈若缺说："想知道呀？"谢润清点头说："嗯。"陈若缺讲："是乡土小说，讲的五六十年代的乡村改革与发展的故事。我觉得还不错吧。到时候你要弄本看看喔。"谢润清说："可不嘛。"然后她看看窗外，又想想，感慨道："时间过得真快呀，转眼我们也都这样的年纪了。你也结婚了。不过和你聊天，好像自己还是一个孩子，叽叽喳喳。"陈若缺说："是呀。"然后不响，他于是又说："现在有在画的画吗？"谢润清说："有的。"陈若缺说："方便看看？"谢润清说："Of Course."便领陈若缺到了画画的房间。

房间很干净，笔与工具在一旁整齐地码着，挂着的是一幅长度近3米的大画布，上头有一头鲸鱼。陈若缺说："这么大？"谢润清说："打算搞幅大的。"陈若缺说："有意思啊，你的进步很大唉。"谢润清说："我们去那儿吧。这里味儿重，我开会儿窗。"然后她去把窗打开了，又谨慎地把画遮起。回到那儿，陈若缺说："你上次出的画集我能买本吗？"谢润清说："买？

肯定送你啊。”陈若缺说:“买好。”谢润清不响。陈若缺说:“生气呀。”谢润清说:“没有。”陈若缺说:“那你送我吧。作为回报下次书也送你一本。”谢润清说:“行!”她去拿了画笔,打开在上面写了:“赠陈若缺——谢润清”。陈若缺说:“还有签名哇,高级。”谢润清笑笑,然后说:“我给你讲讲有关我的故事吧!”陈若缺说:“行呀!”谢润清说:“先说我怎么当上画家的吧。这你应该也知道一点点。”陈若缺说:“可比不上你亲自说喔。”谢润清把这事说了一番,有说有笑,然后也讲了更多她的故事。讲完了,陈若缺也感慨万千,就想分享一下自己的故事。“要啦,我要听了。”乡村里的故事多,大多零散而质朴,谢润清却听得津津有味。“有意思呢,我都想去乡下了。”谢润清说。“喔,我要去谈个事体了。”陈若缺说,“下次再来啦!”谢润清说:“有事打电话。*******,工作室的。”陈若缺说:“噢,行。我先走了啊!对了,电话号码给我写张纸上吧。”谢润清递了张名片说:“名片上。”陈若缺说:“不得了呀!画家,现代大画家。”谢润清:“再会。”陈若缺走出门说:“再会。”门关上。

几个月后,谢润清的画发布了,不是那幅鲸,而是一位农民的工作画,有意幻与抽象感,更有很强的现实感。这幅画一经发出便广为流传,不过陈若缺一直等到发布后的三个月才看到。不用说原型就是他,不能再明显了。

十五

等了几天去街上走,陈若缺想再去书店买几本书。听说有个“舍维尔书店”，有名，书多，服务好。于是陈若缺兴致勃勃打算去看看，积攒的钱他带了不少，买几本绰绰有余。家里的书也快要看完了。

陈若缺离不开书，一个作家自然是离不开书的。没有了书生活就会有缺失感，而且他要用阅读提高写作水平。

中午太阳刺眼，街道上树的茂盛程度不如村庄，也不够苍翠，也许是树种的原因，并不能给来往的人以安心之感，稀疏的枝丫在风中飘扬，映在地上的影子只让人觉得晃眼。汽车明显多了，大大小小高高低低，如同雷电一般闪过，你在看到车子消失后，才能听到汽笛的轰鸣。光速大于声速，雷电，闪电。但毕竟不够普及，所以自行车仍是主导地位。车铃叮当，一阵很冷的笑声，车轮轻碾起尘埃来。搞卫生的大爷热天穿背心，后背湿了一大块。竹帽戴在脑袋上，圆锥形的，帽檐扁平。他正在扫街。街上落叶多——虽然是夏天，但树叶不堪高处直射的太阳光，逃逸下来，然后被扫走，扔弃。

陈若缺走到了一片地方，怀疑是自己走错了。繁华的市中心好像已经被落在了后面，这里就荒凉一点。可毕竟是城市，高矮的房屋有序排列，店铺密密地挨挤着。电线更加混乱，电线杆斜斜地立着，电线在不高的空中蔓延，演绎出了奇形怪状的传奇。

这里路稍微不平，车子会扬起更多的土。陈若缺站在马路中间，开始思索自己哪里走错了。

他站在马路的中间，眼睛看着远处的高楼。

噢，对啊。他一拍手。自己在永久路上的那个路口走错了，是直行不是右转啊，那……与拍手声一同响起的是一声警笛声，很响很响，好像要把周围的玻璃窗震碎。但陈若缺听不到，只有拍手的声音，对警笛声充耳不闻。他沉浸在自己的思考里。

突然一声巨响，大卡车司机踩下急刹车，踩得很快很快，车突然向前倒，司机向前大力地撞在了各种按钮上。汽笛声于是又不停地响，一个急刹车对卡车的冲击力是巨大的，后面裹着的钢管、钢筋失去了束缚，滚下到了路上，还好没有坡。一瞬间的事情，就是一眨眼工夫。不应该站在马路中央的，可是事后诸葛亮只会遭人蔑视。

陈若缺横卧在马路一旁，身体伸得无比直，好像一块钢块，没有人能解释这种现象。如果汽笛声不那么响，那一定能听到骨头折裂的声音。“喀啦”，骨头裂开像刺猬一样，没有知觉，他也没有完全反应过来就被车猛烈撞击，急刹车是来不及的，血是暗红色的，渐渐从嘴巴、头部、胸口、手部、大腿上渗出来，汇集在一起，给陈若缺泡了血浴。

血拉丝，拉着一条又一条的线，从马路左侧开始滑动，有些渗到了下水道中，滴答作响，好像演奏音乐。生活在下水道中的贪吃者也许会被吸引，这是血肉的滋味。

晕厥。

陈若缺以前从不信灵异的事，他只认科学的力量。一切奇怪的事件在他眼中都是随机事件而已。但有些事情，会颠覆认识。

冥冥中有双大手把他托起，他睁开眼，眼前是一幅奇怪的景象。周围是一块蓝色，眨一下眼又成了红色，然后红色朝中心涌去，周围渗入藤蔓，黄与红交织在一起变成蓝色，又出现了图案，周围的色线像海浪一样一圈圈荡着，后来从中伸出许多手，晶亮的手，骨头做的手，发光的天使手，恶魔的手，四周伸过来将把他包裹住，周围色彩变成紫色。仿佛是那个黑鱼塘给人留下的阴影。四周又传来声音，细小而尖锐，凄凉而悲惨。陈若缺眼前的白骨亮手向他不断靠近，他想摆脱却发现自己的右腿根本无法被自己控制，恐惧，大叫，一切情景又消失。然后是一片汪洋，却平静得丝毫不动，不起波纹。光照上去，反光，一个人面对着他微笑，是木兰。木兰伸出手来，陈若缺却看到木兰的眼珠是红色的，手上指甲也长了，还长出了红毛。突然到了一片树林，是埋陈建国的地方。“嗯，儿子?”陈建国在他身后开始说话，陈若缺不解又惧怕，只得闭上眼。又回到最初，白骨亮手却已经捏紧了他，女声幽怨而深邃，他依稀听到：“成为这个世界的中心，这里是安静平和的快乐天，是防魔众进入的曼陀罗……”陈若缺越来越冷，又失去了知觉。他的躯体在地上躺着，血不住地流着。

卡车上的司机也不好过，额头出了不少血。他打开车门跑下来，拨打了120，然后就给陈若缺包扎，他撩了撩自己散乱的头发，头发下的脸庞是个年龄不大的男人，是金安。

十六

卡车、生锈的车身、钢筋、钢管、电线杆、撞击、电线、飞舞的麻绳、弯曲的车背、油漆、血、细胞、组织、痕、干迹、流动、力、蓝天、白日、强光、塑料、垃圾桶、路面、石块、石子、砂砾、铁门、栅栏。

红字、灯泡、玻璃、野草、野花、树、树叶、枯叶、虫、牛奶盒、卫生纸、试卷、烟灰、烟、火花、敞开的门门把手、头发、门框、踏板、皮、粗布、心跳声、呼吸、地面。

围观的人、喧哗声、惊讶、惊叹、围观群众、热、手表、聚光、破布、破皮、衣服。

绳结、绷带、电话、生锈的话、蜂鸣声、拨号钮、等待铃、女声、柔和、围观的人、警察、交警、制服、记事本、笔、抢救人员、救护车、蜂鸣声、担架、金属、冰凉、医生、白大褂、红十字、医疗器械。

后门、后窗、闪烁的灯、远离的影子、白日、落叶、残血、人形。

十七

金安没有认出陈若缺，主要是由于金安日夜在外工作，少回乡。当然，陈若缺被撞得惨烈，大量出血的确难以辨认，陈若缺有一定的责任，但金安将要承担的是巨额的赔偿。陈若缺在九八医院被救治后，脱离了生命危险，但是需要截肢——右腿。

上天玩弄人呀，飞来横祸又是乘虚而入，把陈若缺积累已久的幸福与希望之火冰冷浇灭。巨额的医疗费用大部分由金安承担，小部分陈木兰也赶来城市付了。还好夫妻俩日子过得还好，积蓄还是够的。不过金安呢？他担不起！尽管保险支付了一部分，但还是不够。他只是一个卡车司机，他能拿出多少钱？他们家又能拿出多少钱？

金安在撞到陈若缺时，反而特别冷静沉着，或似乎是麻木的没有反应过来，一点也不紧张。等到警察来后，他好像突然反应过来了，心跳加速，头痛又晕，四肢无力，似乎将要晕厥。等到知道要支付各种费用时，他真的要吐出血来了。这么多钱呀……如此昂贵的医药费，自己的积蓄连三分之一都不够！自己怎么会这样？明明都很努力在工作。

但意外的产生一定有金安的必然因素，这点不能被否认。

金安被公司开除了，他成为一个负债累累的无业游民，怎么办？钱款黑字白纸写着，轻如鸿毛的钱款单有千斤重，宛如泰山般将人压倒。而且，他更没有料到撞的是陈若缺。千巧万巧！千不幸万不幸！唉，在同一个村里的，这事情可不更难办，村里人的唾沫星子都够淹死人，况且低头不见抬头见，金安会永远有一种愧疚与自责的。

毕竟是截去了右腿啊。一条腿呢，就是残疾人了，都怪自己开车分心不注意，都怪太阳太耀眼！还是怪自己吧，这样也没意思，只能回家去了，找父亲，找兄弟。金阿祥的皱纹又在他的眼前闪烁，衰老的父亲呀，自己却还要去给他加压！一股愧疚涌上心头，金安跪倒在地上，抱怨自己没出息。

邵子英在剔牙，一边在读《折翼》，他已经读了一大半，有些事情他心中也在想。他认为这是本不错的书稿，但没有卖点，对出版社、对作者来讲都没有什么好处。邵子英其实也不喜欢《折翼》，但他知道它的优秀，邵子英其实也不喜欢陈若缺，但他知道他的优秀。约好是今天下午来的，邵子英在想如何与陈若缺交谈，说到底邵子英不是很想帮陈若缺出版《折翼》。邵子英扔掉牙签，又轻抿了一口咖啡。咖啡中加满了糖，下头还有沉淀，他想象出了陈若缺的形象——一位有理想的青年农民。他也想帮他，可也只是想想了。邵子英做不了出版家，他也只是一个普通的人，千万个平平无奇生命中不起眼的一个点罢了。

十八

夜色低垂，城市愈加艳丽。千万盏明灯亮起，音乐声、汽笛声弥漫。陈风和陈木兰、陈天星乘上巴士，焦急地到九八医院找陈若缺。早上医院里的人就打了电话到村口，说了陈若缺被车撞的事。陈木兰当时便一惊，到现在也没缓过来。陈天日当时马上赶去了。

陈木兰不断出冷汗，有一下午了，她体温有些高，想必是发烧了。裹上厚一点的衣服，吃了几剂中药，有所好转了。其实要好转也难，因为大概是惊出来的，所以，只要没见到陈若缺，或者说陈若缺没有好转过来，就不太可能会完全消退。“爸，我好怕呀。”陈木兰说。陈风轻轻拍击陈木兰的背，眼睛勾着外头的霓虹灯——“阿尔泰酒店，开业六六折”。他说：“兰儿，不要怕，注意身体。”木兰不响。天星说：“姐不慌，若缺哥不会有事的，而且我们家也是好家庭嘞，白养养么也没关系的。”木兰说：“说什么呢?”天星不响，也扭头去看外头的风景，树一排排出去，大地一寸寸被压过，人们心中焦急，却只能沉默。

到了车站，陈风与天星一同起身，陈木兰有些无力，挣扎着站起来，走路有些摇晃。终于定住身子，陈木兰深吸一大口气。好吧，去吧。内心不要再惊慌了。啊，应该很严重了吧。没关系，没关系，什么破事呀，夫妻俩好好过日子不行吗？不怪若缺，怎么能怪他？希望《折翼》手稿还好，这可是他的宝贝，是他的身家性命呢。噢，文艺青年，文字，好东西呀。文字唉。这样的男人的确少，有才还勤劳，格局大，能看近也能看远，文学也会玩，活也会干。伟大的领袖，保佑保佑。

她心里平静了些，抬起头来看那一勾新月。月牙笑得浪漫，闪烁着清冷的光。与灯光不同，月自有静谧的美，提着箱子和包的陈风、陈天星在旁走着，包里是钱与生活用品，陈风知道若缺一定问题不小，所以准备充足了留在城里头的东西。其实陈风的姐姐在城里有房，但陈风并不想找她。姐姐陈香 18 岁和城里男人恋爱，跑到城里去从来没回来过。信来过几封，在陈风父亲在的时候大多被烧掉了。陈风则没有再收到过陈香的信。不过她还活着。摩托车开过，贴着路面却好像要凌空而起，尾气喷了陈木兰一嘴。咳，咳，呕。

老奶奶坐在住宅区门口打牌，斜着看了陈木兰与陈风一眼，吹了声口哨。月光误眼，近看是一个中年男人。奇怪，前面就是九八医院，好像药水味已经扑鼻而来。陈木兰闻得是那样确切，不过她现在闻到的确实是陈若缺腿上用药的味道。心灵感应还是感觉相通。这个夜晚总是魔幻十足，自己像寄身于魔幻现实主义的文字中，一阵心惊胆战的喧哗声，哭腔令人气愤而烦恼。唉，夜！

陈天星说："到了姐，我们去吧，小心台阶。"

"陈若缺在哪个病床？"陈木兰用普通话问道。"陈——

若——缺么……找找。”护士翻翻笔记本，用手指来回划，“嘶，93 室，二楼，楼梯上去右转再右转，洗手间对面的旁边。”

三个人上了楼梯，就直奔 93 室。陈天日刚从洗手间出来，手正把裤子拉链往上拉。“来啦。”陈天日说。“怎么样，怎么样？”陈木兰问。陈天日不响，摇摇头。“现在呀，昏迷着呢，右腿呀。”陈天日指指自己右腿，“截肢了。”陈木兰眼前一黑，倒了下去，被天星扶起，靠边上的椅子上放了。“截肢没办法了，全破了烂了折了……”

陈风说：“不要说了，好听哇？”陈天日说：“严重是真严重，可怕。”陈风打开门，进去，看到陈若缺的情况，一言不发。陈风在房间里踱步，内心五味杂陈。他有些担心自己女儿的未来。可是，他对自己的徒弟甚至比木兰还了解。陈风明白，陈若缺永远不会失败，自己完全可以放心。陈风是多么爱自己的徒弟哟，他轻轻抚摸陈若缺的脸，感受他的气息。谁也没有看到，一滴眼泪落了下来，滴在地板上，掷地无声。

十九

陈木兰陪坐在陈若缺身边，轻轻抚摸他的手，拜托了拜托了，快点儿好起来吧。你没右腿了没关系，大不了我推你一辈子轮椅。怕什么，你在就好，你在就好！陈木兰胃口不佳，几餐都吃不下。陈风劝慰陈木兰，效果甚微。

远离太湖，远离乡村，城市自然面貌一新。沉湎于土地上的活动与在太湖营生的陈风，对城市也十分惊叹。虽然现在也不是惊叹的时候，不过他内心有底气，不管如何，自己也攒了不少钱了；不管如何，夫妻也不至于过得太艰难。了解了事情的经过，陈风发现是金安撞了人。他有些气愤，不过既然基本是意外，那也无可厚非了。金安家可一直不富裕，这么一笔大的支出想必也是有很大的压力，不由得，陈风居然担心起金安来。真是奇特而不可思议呀。

钱还是要赔，不过可以少赔点，毕竟金安有责任，害自己的徒弟女婿一条腿截肢，怎么能这么轻松过去。以后可是残疾人了呀！对他的创伤有多大？陈风可不是圣人，无法宽恕金安的过错。不过，自己也不是太缺钱，反而金安家境不好，如果少赔点，他倒是不会介意。

不过，金安居然一分不少全赔了。这之后反而成为陈风的一个心结。

陈木兰累了，也不愿离开陈若缺半步，在病床旁也搭起一个小床来睡，小床并不好，这可也算是床。在有力气的时候，陈木兰会不停地和陈若缺说话，尽管只是自言自语罢了。她有什么说什么，说的只是话？不，是无法遏制的情感。她又唱起歌谣来，是湖州人几乎家喻户晓的民谣，想必陈若缺也一定听过，这么做没有什么用。不过什么事是有用的？

“大姑娘，大打扮，小姑娘，小打扮，颜色裤子搭绸衫，一走走到花果山，花果阿嬷请伽吃夜饭，白斩鸡，酱油蒸，海蜇头皮蛋隔只碗。”

“隔壁三伯伯，啥吃饭？豆吃饭。啥豆？皮包袋。啥皮？膏药皮。啥膏？云片糕。啥云？鸡蛋云。啥鸡？芦花鸡。啥芦？香炉。啥香？檀香。啥檀？麻团。啥麻？芝麻。啥芝？婆子。

啥婆？老婆。啥老？张果老。啥张？米张。啥米？鲜米。啥鲜？乌线（蚯蚓）。啥乌？太湖。啥太？湖州城里飞云塔。”

（每句的最后一个字于湖州话发音相同）

陈风眨巴眨巴眼睛。说实话，他的确是第一次来这样的地方。城市呀，城市呀，在苏州，因为不是市区，陈风也不曾见过繁华之景。四处的霓虹灯亮眼，使人目眩神迷，飘飘欲仙。张扬而繁华的都市的确会吸引人，但生活在城市的人却臣服在重压之下，他们感受到的，才是真正的城市，不要妄想那都市风流。

陈风感觉各种东西都向他涌来。

花白的头发熠熠生辉。

二十

沉默与喧闹，喧哗与躁动，一位青年农民的画像——《自叙者》。

【啊！塔克拉玛干，撒哈拉。它们的确是最大的沙漠。】

嘶，哇，痛，痛！什么鬼，哪里？哪里？一片黑暗。睁眼，啊，睁不开的。千斤重，万斤重。不是重不重的问题，痛！痛！我真的是……可是，又怎么？我无法操纵身体的任何一个部位，身体几乎不属于我自身。所以，灵魂？灵魂吗？意识脱离了身体？不，不是，起码，大脑在活动。大脑支撑人的思考，海马体、杏仁体。我不懂呀。意志是在脑子里经过演算与活动得到的还是凭空存在的？不知道，也许自有定论，是的，确实不了解，不评论，这很重要呀，瑞利，皇家学会主席，英国人。

英国，爱尔兰。乔伊斯的都柏林人，尤里西斯。对，天书。哦，瑞利的名言，我们60岁以后，对新思想不发表看法，的确呀，这是为什么？人老了，权威中的人总会迷离，对他们不懂的就会妄加评论，嗯，真的是无语，嗯，确实对自己不了解的东西绝对不要去评论啊。宪法规范公权力行使。公权力有形，嗯，老段，但是权威者有种私权比公权更厉害，怎么说？嗯，嘶，痛，痛！不对呀，我怎么回事，我也不知道我能做什么？嘻嘻，可笑呀，居然如此手足无措。不，不可笑，哈，不不不不不，消停，谢谢，谢谢，可笑不代表会真的好笑，这是词汇的新意义吧，扭转？更替？是什么在影响。曼陀罗，那个东西，白骨森森的手是什么？真是奇特，什么事情都在发生，也许是臆想，可不认为我有这么丰富的想象力啊，能想象出这么奇特的东西，而且吓自己，自虐。哈哈，灵异事件总是这样，无法解释，明明科学的位置牢不可破。却已经是一种推测了，嗯，为什么呢？为什么会出现宗教？不出现可以理解，可如今能有如此多的追随者，但是嗯，确实。不懂的事不妄加评价，我反正无法理解噢。那傍晚遇到的种种迹象。痛痛痛，啊啊，有点感觉了，身体好像在复苏，还有些冰冷，不过右腿呢，没有感觉。疼，好疼，对，就是右腿，怎么回事？右腿呢，嗯，想起来了，被大卡车撞了，尖锐的疼痛可是持续了几秒钟吧，我晕过去了吗？人体的种种行为是对自我的保护，嗯。但是把人痛晕厥是什么玩法？嗯，奇怪！就像致命的太阳穴就在额头两侧一样。有可能人没有完全进化成合理的样子，但进化一定使人越来越合理吗？不知道，不妄自下定论。是啊，我最讨厌那些遏制新潮的人了。不懂装懂的也是一类，明明是生活在这样的社会里，却把装腔作势、油腔滑调作为自豪与优点。什么烂玩意儿，尖锐的刺痛反而没有让我记忆犹新。那么死呢，这样去死的话大概也没什么痛。唉，我大概没死吧。没死吧，没死吧！喂喂！身体！唉，大概没问题。右腿呢，去哪儿了？断了？麻了？截肢了？不管了。呵！怎么能不管。这也是你能够说出来的话吗？陈若缺！陈大伯，师父，村里的人都帮了你，你的心呢？这么无所谓吗？不呀，不会无所谓，怎么可能无所谓呢。木兰她肯定很担心，而且我的《折翼》，我也必须看到它出版的那天。这是我的夙愿啊！我能让爱我的木兰伤心吗？何况我也如此深爱她。深情。印度歌曲，小提琴大师梅纽因。香卡。西塔尔。长得像葫芦，声音一弹一弹。印度音乐的确有独特之处。所以，总结一下：嗯，现在大概是在医院吧，我被车撞了，进了医院。对，正在晕厥状态，嘶！晕厥状态人也会有意识的吗？神奇，真是神奇。然后，我的右腿非常严重。现在……木兰大概在我身边？会吗？我相信她会的。木兰，木兰！兰花，梅兰竹菊，四君子。陈梅君，陈兰君……这也挺好，反正一时半会儿醒不来的，那就这样。啊！痛痛痛！真是的，一早日头被车撞到。万幸是万幸，书稿还在邵子英那儿。对呀，我没去找他呢！不慌不慌，嗯，他至少不至于扔我书稿。不过，以最坏的方式想的话，是不是我——会少一条腿？嘶！不想了，想想嫌齑糟，不能不想呀！这样，嗯，说明要拐杖、轮椅，至少，我的生活会受到大限制与阻碍的。嗯，确实呀！那……那木兰，可不得苦了她？说实话我有责任呀。当时看看路，也不至于这样。啊，痛痛！这没完没了了是不是？右腿那发热发烫，绷绷硬。这样，如果真的少了只腿，可不推位得多嘞？不过也是猜测吧。嗯。可是我内心反而越来越不笃定了。不，不要这样。木兰，我不想拖累你。折翼，折翼，是我呀，若缺，是真缺了！缺了一条腿。我晕着怎么会知道？废话，我自己的身体我不明白，一定是截肢了。嗯，父亲呀，陈建国老同志哟，你也帮帮我。唉，不，不呀。帮，谁能帮，谁能？可以装义肢！是呀！义肢呀！不过，总是有问题的，总是不方便的。唉，这一趟下来也肯定得花不少钱吧。真是的，我的眼泪呢？这时候不应该流泪吗？木兰呀，啊痛！蘸糟死了！什么事呀！我可不是圣人，奥斯托洛夫斯基的保尔吗？我不喜欢甚至讨厌。崇高的形象的确振奋人心。可是有撕裂感。这是超现实吧！我已经不想看到这种角色了。一个平凡人，不可能像他一样的！我是平凡人呀，嗯，确实。平凡的世界。平凡的一分子，每个人都一样，追求一个虚幻的目标，是吧，皮埃尔呀，善良的小伙子。罗斯托夫公爵，是吧？在战争面前人都是无力的。你说“团体精神”？什么笑话呀。人的确是群居生物，社会性生物，可一切的行为是自私的，以自私为目的的。确实，爱情也是一种自私。谁说自私不能是一种崇高？难道说，真的要把人塑造成圣人，脱离生物性，才能是崇高了？嗯，确实可笑。但自私自然有丰富的内涵，一切行为只基于自私的基础。博爱的、广济的的确存在。不可否认。可是，只有这是崇高吗？你们又在想什么？宣传团体精神的目的是什么？我可以承认，同甘共苦，是不是这个道理？可是苦了之后的甘去哪里领？确实，我们都在撕成两半的社会，每个人都有相反的两面。这是一种悲哀，而不是一种幸福。嗯，是呀，嗯，确实生命的色彩是无尽的。嗯，卡列宁的微笑。田园牧歌。一曲又一曲，我们追求的又是什么？

腿啊，腿啊，痛！日子一天天会过去，来无影去无踪的，我们要的啥？追求自己的理想。是呀，木兰啊。是我对不住你，可又有什么用呢？有什么用？后悔已经没有用了！嗯，不知道邵子英怎么想的，希望能看上我的《折翼》，看不上的话只能去找谢润清了。对呀！可以找她么，不急不急，百僮百僮来，《折翼》又不是一秒钟就要出版的，一刻钟也等不及的，唉，不想了，想想就蘁糟呀，事儿可真多，好在现在没什么活。嗯，不至于误大事，幸好不是养蚕时节。不过养蚕时节我也不会来城里了，毕竟我要上心的。改革开放是大创举呀，邓老的确了不起，这不可否认。易卜生《玩偶之家》，斯特林堡《朱丽小姐》，埃斯库罗斯，阿里斯托芬，索福克勒斯，欧里庇得斯，尤金·奥尼尔，不错，读的也确实不少了。中国获诺奖的作家倒还没有，也挺可惜的。索尔仁尼琴，至少我认为是个有良知的作家，从他的人生经历，可以看出是个有胆量的厉害人物，敬佩。不要被乌合之众的特性领头，不要认为可以滥竽充数了。你没有付出精神就没有资格享受，是吧？兄弟！同志！一个农民居然有这种想法，真是奇特噢，我也真是的，我也是作家。知——名——作——家——陈——若——缺！Nice，非常好，哈！骄傲倒是有点儿。傲慢与偏见，傲慢的是达西，夏洛蒂曾说过吧：“Jane Austen 全然不知激情为何物。”可是，为什么简·奥斯汀的作品，也与夏洛蒂·勃朗特一起放入了世界名著之类？《诺桑觉寺》《曼斯菲尔德庄园》《劝导》，有空也值得一读。嗯，至少，很能说明文人相轻的确存在。对，对不了解的不发表评论。文学，有最吗？有。最早的，最古老的，最先的，对吧？只有时间词哦！客观的标准。所以，却不存在最好的。这是必然。陀思妥耶夫斯基的作品，的确很好很好，可是，比托尔斯泰好还是不好，对吧？无法比较，两者都不能比。怎么有最好这一说法的存在呢？那么……我认为好的文学呢？文章真的那么重要吗？其实的确重要呀。读《芙蓉镇》时，我觉得文笔自然清秀，便有了亲近感，即使内容如此沉重。沉重，《沉重的翅膀》。脑子里 90% 全是文学嘞，想想东西也总是跳出文学的东西嘞。嗯，确实如此。恐怖如斯。“斯”“此”是指“这，这样”，对吧？其实对一些东西的确很在意。特别是“狭隘的民族情绪”，注意狭隘，什么样叫狭隘？智者见智，不过的确很可怕。周树人先生在的话也要怒斥着写几篇文章的。是呀，乔伊斯笔下的斯蒂芬是脱离了狭隘，可是乔伊斯当时又被认为成什么？叛徒？或者，纪德呢？不过不急，时间是淹没不了黄金的，反而会把盖在上面的沙子给抹开，让它更加闪烁亮眼。经典的魅力呀。《折翼》成不了经典。如果写出一部那样的作品，我至少死而无憾了。哟，也不行。有木兰呀。深爱我的人，她还在，我怎么能死而无憾？文学是美丽生活，或是使社会进步的，不管如何总有优点在。不管如何总有利于人民。所以，文学怎么能高于爱情？不，两者无法比较，比较也丝毫没有意义。在一定的前提下才更加真实。塔克拉玛干和撒哈拉，它们的确是最大的沙漠。一个是中国的，一个是世界的，这都是标准。痛！痛！唉，不过要好一些了，还有麻。百僮。眼前只有黑黑的一片，我要醒来。沉没在黑暗中，我会疯狂的。因为我脱离了一些东西。唉！天！不，不只有黑色，我要是想，倒是有许多颜色能想出来。好了，眼前是——黄褐色。是呀，这是土地的颜色，是生命的往复与滋养。我扎根在土地之上了。嗯，改革开放的城镇化脚步迈得大，布尔乔亚们却也沉醉在城市的花花世界，我们更应当看到农民。是呀，在土地上扎根的农民。确实的确如此。木兰，陈风，陈钢，崔大伯，邹晓兰……嘶，哦，海洋哥，陈力，唐天妹，人物谱系，故事都是走进太湖，浸入土地的地图，人与人呀。农民的勤劳。他们不识字，嗯。我们应当仔细去倾听农民，倾听土地的声音，在今天这仍是最主要、最古老的声音。嗯，确实，的确如此，你问我愿意扎根在土地上吗？愿意溶解在土地里吗？愿意与土地共命运吗？我会牵住土地之神的手，虔诚而柔情的Romantic。我会说，我愿意，嗯，确实，除了土地，我别无他处可去。我愿意，嗯。

二十一

陈若缺慢慢睁开眼睛，便头晕目眩，四周的景物出现重影。吊瓶有三个，四个，五个，只有一个罢了。游离的状态，好像是飘飘欲仙，丝毫没有沉重感。怎么这么轻？这与失去一条右腿没有大关系。“若缺！你醒了呀！”陈木兰惊讶地大叫，脸上绽放出笑容，同时泪水也一下决堤而出。陈若缺面色苍白，艰难地转过头去，朝木兰用力挤出一个微笑来。陈若缺内心也无比激动，心跳都加快了，只是限于身体状况，不然真想跳起来，拥抱陈木兰了。

“饿不饿？”陈木兰问。陈若缺不响。陈木兰说：“你真不小心呀。唉，我可怕了。幸好你醒来了。”陈若缺又微笑了一下。阳光照进窗户，洒在白色的被子上，温暖而舒适。窗外没有树，阳光自由进来，不受阻挡。陈木兰说：“喝点水吧。”

她倒了一杯水，吹了吹，加点冷水，把它一点点倒入陈若缺的嘴中。咕嘟。“是金安撞的你，知道吗?”陈木兰说，“他买了水果来看你了，到时候削点给你吃。”陈若缺费力地轻轻咳了几声，低声说：“对，对不起，木兰。”陈木兰说：“说什么呢?”陈若缺不响，陈木兰说：“不要怕，少条腿而已，没问题的。”陈若缺说：“以后麻烦你了。”陈木兰不响，过一会儿说：“什么话，夫妻间不需要这样的，你好好休息。”

邵子英等了一下午，陈若缺也没有来。后来才得知是出了车祸。真是不幸啊，他想。《折翼》的话，邵子英仍是不愿出版，就一直放在身边，没有动弹。这场车祸登上了湖州日报的头版。路人皆知也不足为奇了。这场车祸自有它的独特与吸引人之处。可能是飞舞的钢管，也有可能是其他原因，反正放在头版，并不是全无道理。何况，看这湖州城，繁花似锦，眼花缭乱，在灯火下闪烁的人们来去匆匆，却从未有什么大新闻。这不像上海，不像香港、澳门。繁华只是表象，深层仍是沉默。所以，有什么头不头版呢?

陈若缺的意志力使人佩服，人们对他的担心都烟消云散了。陈风也惊讶，毕竟是截肢呀，陈若缺怎么像无事发生一样呢?因为人的思想是私密的、绝对的，内心的挣扎是别人看不见的。但不可否认，陈若缺的乐观与积极，的确令人敬佩。谢润清后来也来了九八医院，那时陈木兰正去周围买日用品，陈天星在一旁陪着。邵子英也来看望过陈若缺了，也说了出版的事。陈若缺也有预料，所以也不吃惊。

“陈若缺!”谢润清喊了一声，就跑过去。陈若缺笑笑说：“润清你怎么也来了?”谢润清看看陈若缺说：“右腿怎么了?”

陈若缺说:“唉，截肢了，运气太差了呀。”谢润清也深呼吸，说:“不说这个了，咦，这位是?”陈若缺说:“我老婆木兰的弟弟。”谢润清说：“你好，我是谢润清，是若缺的朋友”。陈天星说：“是那个画家谢润清?”谢润清说:“对，就是我。”陈天星惊讶，张大嘴巴，看陈若缺的眼神里也多了敬佩。

“对了，润清，我的书，你能不能帮我问问出版社?上次那个出版社他们不愿意。真不好意思，我还是想再试试看。”

“行呀，书稿给我吧，我去找人帮帮看。”

“喏，不好意思了，真的麻烦了。”

“不要见外，我们是好朋友，互相帮忙不是应该的嘛?”

一定是没问题了。陈若缺想。他幸福地躺在床上，一动不动，嘴角上扬，因为他对《折翼》有着十足的信心。缺少一只腿又算得了什么呢?比起《折翼》，比起文学，不值一提，仿佛头顶是一片星空，那些星星聚在一起，越来越大，越来越大，是梅尔维尔，是托马斯曼，是黑塞，是乔叟的画像，太阳和月亮围绕它转，宛若两只明亮的小甲虫。

第九章：织锦

沙漠万紫千红，欣喜欢呼歌唱。

——《圣经·新约·以赛亚书》

序诗

文学与艺术骑士法兰西
普鲁斯特的似水年华
鸡尾酒，聚成河流汇入地中海
爱尔兰呵
乔伊斯的青年艺术家画像
英国，大本钟的指针
指向白昼与黑夜，指向天堂与人间
你说你要看风景，风景在全世界
带一本书，带一支笔，游荡在未知山河间
你要坐的长途汽车，或是轮船
它们停泊在那儿。永远让
你可以看见，让我可以看见
心诚则灵

也许不用这么好高骛远
风景随处可见
我希望，静下心来
渴望的风景都会从地下涌现
置身于其中却不自知
回首才能发现
连着心一同游离在湖面上。掠过的
不只是鱼鹰
渔火静静谱写乐曲
沉醉在温润
如玉中
这是用话说不清楚的
我又能说什么
从彩色的太湖上方
给你带来一株芦苇花
你说这有什么特别之处
太湖呀，怎么普通
只要你愿意，就能领会到这边风景
独好
我向你招手

一

陈若缺慢慢走着，脚印一深一浅，形状也不同。热，这太阳光“嗞嗞”地吐舌头，一大阵一大阵的热量便也倾泻而出，无可遏制。陈若缺无法形容是怎样的热气，但额头已经沁出汗来，顺着脸颊向下流，挂在睫毛上，险些滑入眼睛里。背也已经湿透，质感较为粗糙的衣服上有汗渍，不太明显。细细感受，仍有缕缕微风，但吹不走热气，吹来的反而成了热风。风与热在斗争着，或融为一体。陈若缺走路靠边，小心翼翼。装上义肢后，他恢复了行走的能力，但这显然需要经过练习与熟悉。

他沿着路边走，不敢在路中央。路边还有树，大树小树，身体不稳的时候也能够扶一把。天热了，车倒是也少，三轮车、自行车、摩托车，难见一辆。叶子也热得膨胀，好像随时要迸开，然后汁液也会"嗖"地流出来。其实，陈若缺对用义肢也比较熟悉了，但毕竟不可能与原来一样方便，还是要不断熟悉，这是他身体的一部分。

义肢给了陈若缺自信。他可不愿意坐在轮椅上，让木兰推一辈子。他才20多岁呢，是清晨的太阳，甚至不曾爬到山头。他的生命还有多长的时间啊？能够装上义肢倒也有趣，这是当地能配到的最新款式，技术比较成熟，美观又方便，没有"吱扭吱扭"的声音。

太湖的风景好，大热天，烈日当空，更好。夏天的太湖葱葱然，郁郁青青，富有生机。行道树一般是野生的，愈发茂密。陈若缺向前迈一步，再迈一步，口中哼着小调，心情愉悦。他似乎也不嫌天热，失去右腿的事产生的失落感也会慢慢散去，直到完全消失。今天他就当闲着散步，看看风景。

"葫芦！"陈若缺高喊一声，朝一边地里招招手。"若缺哥！你来啦！"陈葫芦也摆摆手，就匆匆忙忙从地里走过来。"这么热的天在干活？"陈若缺问道，又揩了揩汗，有些滑落到嘴巴里，清咸。陈葫芦现在也就做做农活，他也后悔没读中专，不过后悔也无意义了。陈葫芦还是乐呵呵的，对什么事倒是都一样，不可否认，他正流于平庸。

陈若缺本来也应该是平庸的一部分，成为中国千万农民中不起眼的一分子，完全失去棱角与光辉，成为与土地一样的颜色。你可以从农村中找到数十数百个不同性格的人，但这不意味着多样性，也许，全国的农民，也就只能归为这么几类了，就如同老人看上去都是一个样子，难以分辨一样。陈若缺用文学摆脱平庸，这的确重要，这是不甘流俗的体现。

《折翼》已经由谢润清在帮忙走出版流程，有了谢润清的帮助，这次出版简直顺风顺水，陈若缺也出了钱，期盼着早日发行。这样，他的手上就有了一本《折翼》，厚重、实在、深邃。

陈若缺往廖家门的方向走，挑了一条平时少走的路。路倒是平整，不然陈若缺也不敢走。两边的树如同一个罩子，把天都笼罩在其中。从叶缝中洒下的星星点点阳光，显得弱小无助，伸手扶一扶旁边的石头，石头却清凉。对，丝毫不热，如同美玉般温润，于是陈若缺就靠在石头上，闭目养神。这里倒的确有凉风，清凉而惬意，能吹走热气。直觉与方向感告诉他，这是来自太湖的风。沿着这条路走，在前面穿过小径就是太湖，这片太湖芦苇荡更加茂盛。陈若缺慢慢走，拨开碍眼的枝条，于是热气又迎面扑来。

太湖像一面大镜子，太阳越大白光也越亮。它把光吸收了，再迸发出来，撒向四方。它真的仿佛天使的诞生之处。在近湖水的地方，石头倒很滑，很细，很小，颜色单一不华丽。这里捡不到贝壳，也无妨。陈若缺仔细观赏，看石头如何一点点从大变小、从粗变细，看野草怎么长出来。抬头又是太湖，风景独好，太湖比白炽灯还闪耀。沿着太湖，这段河滩，他一直走到中午。绿色的树。阔叶小叶，绿得幽深。陈若缺有些惊然，仿佛在太湖一侧是天堂，那一侧是地狱，黑暗中藏着恶魔。

走到家门口的小桥上，看到木兰朝他招手，陈若缺一点头，往家走去。

二

朱寒露在陈若缺家门口坐着，跷着二郎腿，伸出手指拨拨弄弄。陈若缺刚刚顺便去买了点鱼，走回来就看到朱寒露在，就说："哎呀，寒露姐呀，有啥事体?"朱寒露说："来，到我家里来讲可以哇!"陈若缺说："好唉，我把鱼给木兰就过来。"他走进家门，义肢已经完全成为他身体的一部分，用多了便不觉得麻烦。陈若缺与木兰的生活还是幸福安详，没有因为这个事故而发生改变。金安已经还了大半的赔款了，这不仅是他所有的积蓄，还有金天、金门的钱，以及金家的各种东西卖来的钱。金家本来家境便不好，遇到这样的事情，无疑是雪上加霜。特别是金安，他几乎已经是一无所有了。金门挺尴尬的，其实他可以为金安承担更多，可是他已经结婚成家了。另一方面，陈芹与陈大伯也不会同意的。

陈风多次表示，让金安可以少拿一些，甚至同情心愈来愈深。可是金安却不接受陈风的好意。就连陈若缺也看不下去了，亲自去找金安。金安看到陈若缺安了义肢的样子，连连说抱歉，脸色又冷又热，让陈若缺也没法说什么。金安的行为的确是负责任的表现，可是不应该忘记，他负责任所消耗的，不只是他私人的东西，还有家人的。

朱寒露家里让她给重新装修了一番，墙面也贴了瓷砖。地面用上了花岗岩，锃亮有光。陈若缺好久没有来朱寒露家了："这间屋伊打扮得真不错。""来了，我泡盏茶，若缺你坐歇。"朱寒露说着，便去了厨房。陈若缺找把椅子坐下来，又开始想自己《折翼》的事情。朱寒露走来，把两杯茶左右一放，在一旁的手巾上揩揩手，也坐了下来。她从一旁拿出笔记本，打开。陈若缺挺惊讶的，感觉朱寒露什么东西都能从身边随手拿出来，甚至看都不用看一眼，一抓就准。

一阵风吹过来，"嗖嗖"作响，房间门有几扇关上了，"轰"的一声，吓了陈若缺一跳。朱寒露说："若缺啊，我想到一门生意可以做，你感不感兴趣听一听？"陈若缺好奇："好唉！""是这样的，你看，现在么养蚕也难赚钱了，是不是？"陈若缺说："是啊，不如当年了，村里厢已经有些人家开始摆自动织布机了，邹晓兰家前几天就买了一台，在给隔壁村的万元户黑脸阿郑加工。"

朱寒露说："我就想说这个事情，我想了几个礼拜了。这种机器织出的布，虽然是化纤布，质量和真丝没法比，但是成本低，牢，经用，市场蛮大的。"陈若缺问："怎么个想法？"朱寒露把笔记本放在眼跟前，看了一会儿，又抬起头来，说："我们可以搞一个组织，哦，也不一定要太多人，开始就我们两个也可以了。我们去各地找客户订单，再把单派到其他的个体户那里去。个人如果机器少，就很难有大单子接，我们把散户集中起来，就可以形成一定规模。自己不仅可以赚钞票，乡亲们织布机器的利用率也可以提高。”

陈若缺赞叹一声，拍手称好。“这可是大大解放了生产力呢！”他开玩笑说，“我可以考虑，这个事体蛮有前景。”

朱寒露说：“一方面组织散户生产，接单子、派单子。另一方面，自己也花点儿本钱，购进几台好机器，自己直接生产。这样子，两头一起嘛，大单子接着了心里也有底。”

陈若缺说：“这个预算要多少钱？”朱寒露不响，低头拿笔写写画画，说：“大概一万不到一户人家，这是按照买机器的做法。我们开始可以先不买机器试试，这样成本就低，只要负责原材料就可以了。我认识的人也有，可以去找业务，你和村里人熟悉，大家也信任你，你去派单，你看是不是完美？”

陈若缺说：“很有道理哈。”他拿起茶杯把剩下的茶一口气喝完了。

三

崔开明骑自行车回来的时候很落魄，甚至不敢朝别人看。他的消息在他回来的前一个礼拜就传开了，当时崔大伯半信半疑，传来消息的好像是陈蒲瓜，或者是陈柏青。不过传开得的确很快，那段时间崔大伯不好意思见人，潘阿亭也闲在家里，不去听妇女们的讨论。

他们说崔开明在军队中犯了事情，说是偷了首长的金表，被首长发现了，首长心善，没有报给军队处理。但是，出了这种事情，在军营也肯定待不下去了，崔开明只能离开，回到陈家庄里来。一个星期了，崔开明也没回来，所以人们开始也觉得是谣言，但是他现在回来了，这副精神头更证实了人们的传言。

崔大伯问了儿子，那事是不是真的后，崔开明点点头。崔大伯顿时愤怒，伸出手来想打，却也下不去手。崔大伯如同一个皮球漏了气，明眼可见地在不断变小，变小，变小。他摆了摆手，崔开明也知趣地离开，回到自己房间，把门关上了。潘阿亭火气旺，在门口怒骂了好一阵子，据说声音响到几户人家都能听清楚。沉默、喧嚣、鸡飞狗跳，谁让崔开明一时起了不好的心思？

人们都还记得他那时的风头，那是多少人羡慕的啊。于是讥笑声也此起彼伏。崔家那次以后，几餐饭都在沉默中进行。崔大伯与潘阿亭都不讲话，这也许不符合潘阿亭的性格。她说前几个月她去庙里祈福，抽签抽出凶兆，说是有什么灾。起初潘阿亭没有在意，这之后，潘阿亭对佛的崇信愈加深刻，每次供品她也拿得更多。

时间的确是冲洗一切的良药。崔开明的事也慢慢平息了下来，从军营回来的崔开明，至少在首长的宽容下，档案里没有留下污点。况且他在部队里也很好学，不像陈葫芦，所以大有他可去的地方。几天后，崔开明在城里找到了一家印刷店的工作，马上便骑着自行车去了。

潘阿亭在家里搞各种佛像、佛画、神烛，崔大伯也不好怎么样。夫妻俩的心情也有所好转。这是夏天，杂草生长得也茂盛，不忙着去拔杂草，可就不好了。

盛夏，蝉叫得聒噪，陈若缺在门口也种下几棵水杉树苗与枇杷树，这也是木兰的建议。他们在另一方面上，给蝉提供了生存之所，不过有什么关系呢？陈若缺不讨厌那蝉鸣。这是生机的迸发、绽放与凝集，与万物共同汇成一个美好的夏日。这是一个象征，夏日的象征，生命的象征，无数的蝉互相和着唱歌，使象征渐渐成为一种信仰，坚不可摧，永远不会消散。

四

巴尔扎克说："小说是一个民族的秘史。"

《折翼》，文学艺术出版社，平装胶订本。"折翼"两字，由著名书法家徐关雎书写。封面正是陈若缺想象的那个意境。蓝色与幽黑相互映衬，一轮明月挂在天空，隐约中是一只鸿鹄在飞翔，不肯栖息，活灵活现的画面，颜色有冲击力，又耐看，富有意蕴。画出自谢润清之手。然后是腰封，占四分之一的大小，褐色，"著名画家谢润清，著名作家萧琪推荐，一段繁杂而纷呈的历史，太湖流域乡土文学的开创性作品。折断的翅膀，晶莹剔透，静静落入黑暗。"萧琪也是谢润清的朋友，这当然不全是人情，他的确被《折翼》所感动了。

陈若缺做梦也不会想到谢润清会帮忙帮到这个程度。他去城里时，穿上了长裤，好让义肢不那么显眼。谢润清已经在车站等他。看到他便朝他招手。"陈大作家呀，"谢润清说，"样书你看过啦？"

陈若缺说："润清，我真的没想到，你帮我这么大的忙，帮我推荐，画封面，叫人题字，这可叫我怎么感谢呀？"谢润清说："唉，感谢什么呀，我们是老朋友嘛，况且这方面我也有门路，帮帮你是我应该做的，你也不用给我什么东西感谢我，对了，你打算印多少册？”陈若缺说：“嗯……要不，1000册？”谢润清说：“行，这是文学艺术出版社工作人员卢爱娣的名片，你就自己联系吧。”陈若缺提出请谢润清吃饭，谢润清欣然同意。

吃的是西餐，“斯里兰卡龙西餐厅”，在湖州惠亚路转角口，市中心的地域，生意比较好，运气不错，有靠窗的座位。陈若缺选了二楼，视野更好，人也少些，安静。西餐很贵，看了菜单总是让人倒吸凉气，但陈若缺可不吝惜自己的钱，谢润清帮了他太大的忙啊……还用她如此大的名气给他推荐！这是千金难买的呀，是一餐西餐的问题吗？

谢润清也礼貌，让陈若缺点。点了两例牛排，鲱鱼，一份沙拉，一份中盘披萨，两例番茄浓汤，消费近400元。陈若缺暗暗咬牙。谢润清说：“若缺呀，你给我们选这么好的店干什么呀？”陈若缺说：“你是什么人呀？我可不能亏待呢，对吧！”谢润清不响。

印书倒也快，前面准备充分了，印1000本自然也快。三周以后，《折翼》正式出版。印刷质量上乘，装订高级，捧在手里，陈若觉得好像一块大砖头。是呀，这是他多年心血的积累。他打算若是畅销就出精装本，他对未来充满了憧憬，事实也说明，陈若缺的憧憬并不是一种臆想。

作为被新华书店分店经理看中，认为能畅销的书，《折翼》被叠成曲折的婀娜姿态，堆在新华书店湖州分店的门前。

五

“绿桑林布业基地”成立是在《折翼》出版的两个星期后，准确说是 15 天。名字是陈若缺取的。其实这些东西都无关要紧，因为这本来就是一种比较“空”的生意，在自己不买机器时几乎没有实体存在的。但是陈若缺比较讲究，一定要取个名字，又正式又有范。

做生意还是要看朱寒露，几天内连着发动了老蛤蟆、陈莫兰加入基地。朱寒露的“外交”能力强，能拉拢老蛤蟆，那生意可以说成功了一半。其实这样的构思本身就很吸引人，何况几乎零成本呢？老蛤蟆也在事业低谷期，很久没有大作为了，有这么个机会，他也求之不得。

老蛤蟆人缘广，在城里，甚至不少是省内都有人脉。他很佩服朱寒露的想法，后悔这想法竟然不出自他，但也无妨。陈若缺的工作，主要是与村里人协商，鼓励他们加入。作家，嘴皮子好，何况他的人品好是公认的。陈柏青、陈土根、陈金根、柳亚东家纷纷表示愿意加入“基地”。这几年，村里人的条件也的确越来越好了，陈若缺这么觉得，能买起机器的人家也越来越多。

朱寒露家里顿时喧闹了起来，门庭若市，许多人都纷纷和她谈布生意。她已经拿到了第一份订单，正在分配。很明显，在生意上朱寒露占了主要的优势。而陈若缺的职责却略显尴尬，不过有什么办法，每个人都有自己所擅长的地方，但不管怎么说，朱寒露与陈若缺是基地的两个领导者，是平起平坐的地位。为了说明“绿桑林布业基地”的具体情况，陈若缺还画了一张图表。图表上很多是后来添加的，基地创始之初，所接的订单都来自城里的卞总、江苏葛总与河南张总。城里李总是朱寒露的同学，城里卞总是陈莫兰的同学，所有投入此事业的人，积极动用自己的人脉。这么些人，也能凝聚出无数的力量来。“基地”迅速发展，长期签单的老板也越来越多，甚至有新加坡的梅总，这些都是后话。朱寒露在基地创办之后就总要出差，后来装了电话，就更方便了一些，可是合同仍是要当面签。

六

《世纪文学报》第 10366 期：陈若缺笔谈

《折翼》的出版，让评论家与人们见识到了一位青年农民作家的学识、思想与精神，无疑《折翼》是一部优秀的作品，即使是个悲剧，却有着无比昂扬的力量。今天，在《折翼》获得第五届乡山文学奖之时，陈若缺先生接受了我们的采访，并以笔谈的形式进行，下面是笔谈的内容。

记者：陈老师好，对于获得乡山文学奖，您有什么感想吗？

陈若缺：我很感谢大家的支持，也很感动。《折翼》一书能在上市几个月卖出 5 万余册，这离不开人们的喜爱，对我来说也是一个奇迹。《折翼》并不是成熟的作品，很多内容尚有缺憾，取得这样的成绩，我简直没有想象过。这次乡山文学奖，也进一步鼓励了我，坚定了我的信心。感谢为了《折翼》给予我帮助的朋友们，感谢乡山文学奖评审委员们，感谢喜爱、批评、鼓励我的人。谢谢你们！

记者：陆肇安这一典型人物，在生活中有无一个原型呢？

陈若缺：陆肇安是一个在我脑海中闪现了无数次的人物。他有原型，但他不是一个假体与仿品，而是一个综合体，他有不止一个的原型，这也使他的性格能多面立体化，可也无法避免造成了某些矛盾的体现，这是我的遗憾。

记者：陆家浒与你的家乡有关吗？有什么关系呢？

陈若缺：我的家乡是陈家庄，我是很自豪地写下这三个字的。甚至，我可以说陆家浒是完全以陈家庄为立足点进行的装裱。我希望呈现给读者一个更真实、更鲜明的故事。这也是我对家乡的一种深情。《折翼》中，我溶解并析出了许多真切的故事，并尝试去描摹每个村里人的精神状态。我不希望有超出现实的人物或扁平的人物，不希望有理想的人物与极恶者。作家应用一种辩证而敏锐的眼光去看，用一种细腻而冷静的笔触去写，我不相信一个随手涂抹的作品会是优秀的。

记者：评论家单龙在《消失与重现》一文中，提到并评论你的作品，“有一种虚伪感与不实感”，请问您如何看待？

陈若缺：我很认同，这是我的遗憾所在。但是，我认为这种虚伪与不实感，追求根源是一种技术的生涩，我不会认为这来自个人经历的不足。

记者：听说您在做织布生意？

陈若缺：是的，我需要赚钱养家。文学是生活的润色剂，对于作家，它是如此重要。但是卖书为生，或是到处宣讲为生不现实，而且后者也被我所看不起。5 万册卖出，我没有赚很多钱，这是当时合同的问题，我没有听朋友的劝告而妄自菲薄。的确，我们不能傲慢处世，总是“唯我独尊”是一种很可怕的状态，负面影响不可估量。

记者：再次祝贺您，陈若缺先生。

陈若缺：谢谢。

记者：刘庆华

七

乡山文学奖是权威的奖项，得到这项奖的时候，陈若缺正在与老蛤蟆沟通订单，城里卞总的需求量很大，而江苏葛总则要质量上乘的布。陈柏青与陈金根家机器比较便宜，再加上柳亚东，可以在一个月内赶出城里卞总要的订单，陈土根买的是高级机器，价格要贵一半，可以一家人家做出江苏葛总的货。那三家陈若缺倒是不担心，因为卞总派单也有几次了，三户人家也熟能生巧了。陈若缺比较担心的是土根家，要织出葛总要的布有难度。

回到家里，天气已经转凉。蝉的叫声开始弱下来。天上挂着朵朵白云，如同被撕裂一般，总携着如犬牙、如狗爪一样乱杂不齐的边缘。云朵看着就重，而且厚，好像一座城堡，城堡里坐着的是谁？不过一会儿，城堡云又开始分裂，“咔嚓咔嚓”，碎成小片，小块，又重新结合起来，形状却不再是城堡了。木兰在家里，看到陈若缺进来，便迅速关上门，把一个什么东西藏在身后。

“怎么，有大事呀？”陈若缺挑挑眉毛，说道。陈木兰说：

“猜猜看。”陈若缺说：“我猜猜嘛……哎哟，伊这样没有意思，讲唉。”陈木兰笑笑不响。陈若缺再三央求，样子极为温顺，不过他本来就是比较温顺的状态，这种样子反而让木兰忍俊不禁。

“噔噔”，木兰把背后的东西拿出来，是一个发黄的信封，里面是信纸。信纸四角尖尖，好像是普通的纸，上面似乎还有烫金字，高级。“呦，什么东西啊。”陈若缺伸手去拿，看到上面的内容后，张大嘴呆了几秒，就“哈哈”大笑，抱住陈木兰，摇摇晃晃地，面色发红。“木兰，我很高兴……”陈若缺不知道应该用什么话来说才好，喜悦之情溢于言表。

这是陈若缺获乡山文学奖的通知，邀请他于16日到北京领奖，路费报销，奖金1万。陈木兰有些恍惚，有一种这个世界在不住地摇晃、人在原地转几圈之后的那种感觉，但绝对更激烈、更激动人心。被窗棂划开的窗格子在不断闪烁，太阳光如同双跳灯，令人目眩头晕。“那你写文章这么好了，布生意不要做了！”陈木兰说。“我也是傻，合同没签好，这样卖得再多钱不就只有这么一点点吗？而且我只能是生活之余写文章，做专职我也做不到的。”陈若缺说道，“这布生意我做了也挺开心。”陈木兰只能闭上眼，但眼前的黑暗，似乎也在不断翻动着。哈哈，人生也有这样的喜事。陈若缺与木兰一起，着落在美妙的微笑里。

一阵凉，风跳着舞慢慢进来，窗帘拍在窗户的声音滴滴答答。

八

陈若缺不以文学谋生，也无法以此谋生。不工作只凭着卖书，能源源不断赚钱吗？卖的书总是有限的。有能一直写出好作品的信心吗？能说每一部书都能赚大钱吗？

显然不能这么想。

那么，单纯以文学谋生就变得艰难。传统的严肃文学，不是通俗文学，市场也有限。不能被荣誉蒙蔽了双眼，不得不说，他作为一个作家，只是中等水平。在陈若缺之上，有千万群星。现在的大学里不缺教授，陈若缺仅凭一本书、一个奖就去一所大学、学院做个讲师也不现实。无疑，只凭《折翼》，目前他已经到了顶点，不能再高。

他只能继续创作下去。他的工作与文学其实没有一点儿关系，但两者也并不矛盾。作家应该从生活入手，陈若缺的工作，也在不经意间滋养他的文学灵感。

况且他很享受这样的生活，让他做一个天天闷着写字的作家，陈若缺并不会觉得高兴。他不认同文字是一种神圣的追求，它只是爱好。在《折翼》之后，陈若缺零零散散发表了一些文章，大都是散文。

陈若缺坚信自己对于文字的热爱不会消失，但他也忧虑自己将有江郎才尽的一天。所以，不要让文学左右生活，他完全把文学与日常割离，不想两者互相影响。他想做到的是完全的逍遥，一种自由与向往。

陈若缺的人生是精彩的也是奥妙无穷的，穷苦人家的孩子是很难翻身的，马太效应会愈来愈明显。那陈若缺呢？他的家境，说贫寒也不太合适，不过中等偏下是最高的评价了。更何况还有连连而来的变故。可是，这一切没有让他被击倒。他不是像孙少平、像保尔、像桑迪亚哥老人一样的人。他的生命、生活理念已经焕然一新。这样的新理念带动了陈若缺。他抓住机会，发现商机，交到真心的人，但更重要的是，在任何条件下都学会享受生活、享受生命。

这也许是文学带来的升华。中华大地上下五千年流传并被人笃定的吃苦、奉献、忍受、顺从的精神与道德观念，被陈若缺给摒弃了，如果一个人时刻保持不断奋进的激昂状态，并把目光盯住这一点不再移动时，这也就成了一种平庸与媚俗，即使是被人认同的媚俗。我们会为这种媚俗而感到震撼，可又能怎么样？

九

电话倒是村里先装的，钱要多出点也没办法。陈若缺与朱寒露，出钱装了电话，因为没有私家的电话，做布生意麻烦很多，一些繁杂而不重要的小事，拿起电话就能解决。

说实话，两家人家不是村里最富裕的人家，布生意一开始并没有赚到很多钱。毕竟才刚刚起步，但是电话这种东西，第一户人家总归是破费的，因为电话线、电话杆这些东西，都是从无到有。老蛤蟆不管如何，仍是富裕的，可是这钱是白花呀，谁愿意做第一个呢，就看谁先等不了，等不住。

两家人家最先等不住了，朱寒露已经被乱七八糟的联络方式弄得心烦意乱，村里的公共电话又远，最近还频频出问题。写信更慢。真的是让人束手无策。讨论后，陈若缺与朱寒露打算装电话，唉，钱多出就多出吧，以后赚回来便是了。

童老太与老吴这些天心情不错，看到自己女儿这么会做生意简直目瞪口呆。他们年龄也大了，但身体不错，每天仍起得最早，去太湖捕鱼、卖鱼。朱寒露的布生意，他们也不懂，也不多掺和。他们很信任自己的女儿，也很满意自己的生活。“有的享福了。”老吴总是说，说完就露出笑来，但从来没见他们清闲下来过。

陈若缺买鱼基本都去老吴家买，老吴的打鱼技术是最高的，比南面那些渔民都高，而且人也好，有诚信。在太湖，鱼虾的确是常见的，也是常吃的。住在太湖湖畔，人们会油然而生一种幸福感。幸福感一直伴随，只看你有没有领悟，他们一直是无蔽状态，伸手可及。

可惜太湖环境在变坏，也许是过度的捕捞，或者是被排放了污染物。人们不会在意，只有真正与太湖连接的人才会在意。陈若缺就是一个。其实很明显，太湖的支流上漂起的蓝藻越来越多，甚至河水有时会发臭。由于太湖广阔，一些不好的东西即使开始不明显，但当太湖水分流成河时，问题便都会暴露出来。陈若缺不知怎么办才好，甚至有些焦急。

嗯，确实，太湖的湖水怎么会这样？儿时的太湖和现在……不，尤其在这几年，太湖污染的范围、速度太惊人了。哦，太湖，这是怎么回事？你起码是我的精神寄托呀，怎么会这样？我有什么办法？哦，对了，我可以写文章呀，对！我真心希望人们可以多关注环境，嗯，环境与发展一定存在矛盾吗？

发展的目的又是什么？增进民生福祉，嗯，确实，可是福祉是抽象的，主观的，它来自什么，凭借什么？有人说，环境保护只是一种自我安慰，因为人对环境的破坏，除主观情感外就是生存的合理性。但是，自然有反噬力，而反噬与报复也是自然现象。人是不能摒弃主观意愿来思考问题的。即便仅仅是自我安慰，我也愿意去做，也希望去做。

陈木兰在陈若缺回家后，叫他先吃饭，自己就出门了。她去陈风家里帮忙烘熏豆。她已经吃过饭了，晚饭有水蒸蛋，木兰的水蒸蛋像面镜子，无比平滑，让人不忍心下筷。上面浮着酱油与葱花，葱花在酱油上慢慢旋转着，碧绿而洁白，还有炖肉，不愧是木兰烧的。陈木兰的烹饪水平是很高的，而且一天天都在进步。陈若缺有时帮忙做饭，可是次数很少，现在他更加忙碌了。木兰从不嫌累，烧菜是她的爱好，特别是创新菜。这是陈若缺的幸福之一，是每天都有的，平凡的幸福。

晚上木兰回来，捎回一包熏豆来。一轮明月当头，在门口的小凳子上，陈若缺手捧一杯熏豆茶，在月光下，茶杯上方，热气隐隐约约，袅袅上升。

十

搭乘火车去北京，既然费用报销，那也不必太顾虑，所以陈若缺选了软卧票。软卧不是很软，但陈若缺不在意这些，他正在看沿途的风景，软卧都是靠窗的。

陈木兰和陈若缺一起去北京，他们都是第一次坐火车。在书里课本内，看得多了，坐火车的经历，却没有过。进到火车站，熙熙攘攘的人让陈若缺有些紧张，生怕与木兰走失，好不容易，问了很多次工作人员，才进到站台口。火车到了点，就远远开来了，没有浓烟，清风徐来，凉爽而惬意。绿皮火车，有些陈旧了，火车上贴的那些小广告，还没有被清理。在上面贴广告有用吗？陈若缺很是疑惑。小广告没人清理，火车却很干净，特别是车窗，明亮无比。车厢内，人们也比较文明，没有吵闹与乱扔东西的行为。

陈若缺与木兰走进了自己的车厢，车厢在火车后方，全是软卧。陈木兰与陈若缺是上下铺，行李等东西放在铺尾或下铺的底下。这车次人不多，软卧车厢没几个人，所以很清净，这也让陈若缺对第一次火车旅行留下了一个很好的印象。这次去北京，除了领乡山文学奖以外，还要与北京司马总与罗莎夫人吃饭。司马总与罗莎夫人都是长期联系的客户，常住北京，这次也是朱寒露交代要请老板们吃餐饭，陈若缺自愧不如。

司马总是北京人，他人脉广，生意经厚。罗莎夫人的爸爸是俄罗斯人，妈妈是上海名媛，她祖父在俄罗斯做生意，父亲是做医药生意的，几代人都是经商的，头脑灵通。她家境很好，从小就和母亲在上海生活，上海话讲得相当好。罗莎夫人也是女强人，精干，样子听说很漂亮。她做出口丝绸茶叶之类的东西，包括各种布料。布料好不好不是问题，主要是中国的布料便宜，劳动力廉价，差价一赚嘛也是盆满钵满。

沿途风景一般，没有陈若缺想象得那么好，中途下了几分钟大雨，时间不长却有倾盆之势，水珠滴滴晶莹，淌在火车窗户上，迷蒙而不清楚。下雨后太阳黯淡，天气阴沉，不过压不住两人内心的喜悦。在下雨之前，景色倒清楚，火车速度快，车窗外的景色好像有脚似的向后头跑去。破烂的屋子、繁杂的树林，乱拉的电线，风景不佳。下午，两个人都困了，于是就在软卧上睡了一觉。中途被销售员吵醒，买了两瓶可乐，正好陈若缺有些渴。

火车在铁轨上奔驰，虽然不时也会颠簸，但比坐汽车稳当多了。陈木兰一直睡得很熟，而陈若缺却思绪万千。他们右边是一个中年男子，他从一开始就一直在看杂志，杂志很薄，但男人一直看了几个小时。陈若缺很奇怪，他是怎么能长时间在如此的环境下读杂志而不晕车的。

火车到了，开了十几个小时，天色也黑了，今天是 14 号，还有一天时间。陈木兰多次检查行李是否带齐。在下了火车后，陈若缺急忙抬头看站台，确认无误是自己要来的地方之后才放心。

十一

订好包厢，订好房间，事情就做好了，约好 17 号吃饭，现在，陈若缺只要等待便可。

北京虽然是首都，但也有一些老房子，胡同曲曲折折，却不似想象中干净漂亮，车辆倒是很多，车来车往，鸣笛声比蝉还聒噪。北京是一个特别的地方，在这里对立与割裂感相当明显。胡同中，空间狭小，只有一些老人出没其中。再放眼王府井附近，这才是城市的模样，如此繁华而热闹。北京城有历史遗留的高贵血脉，仿佛是中国文化的一个重要落脚点。在这样繁华的城市里，夜里张灯结彩，各种音乐声，女声、男声循环放着。五六层的商场，里面金碧辉煌，高楼众多，玻璃顶，人造星空，陈若缺与陈木兰挽着手并肩走进商场，两人都目瞪口呆。湖州城与北京简直无法比较，两者差距如此之大，让陈若缺刷新了认识。

湖州城的发展是迅速的，但是与北京相比，就相形见绌了。连湖州的城市、现代化与发展都让陈若缺不敢相信了。现在站在商场中央，四周的店铺里，玻璃柜台闪着金光，水晶吊灯下，各种钻石、翡翠、黄金，真当吓人。两人有些不知所措，举手投足都有些不自然了。木兰小心拉拉陈若缺的衣角，不愿意走近那些柜台。"这不是我们现在该去的。"她说。但是陈若缺不这么想，小声说："木兰你想，我们家这几年钱也攒了不少了，这次奖金有1万元。这种奢侈的柜台我们攀不上，但是北京人攀得上的也没几个。这种商场是装装排面的，我们去买点衣服、鞋子、帽子，大不了看看不买嘛。"陈木兰说："铜钿这么好寻哒，省点好点，反正我也没这种需要，我们也不是上流圈子的人，倒是你要买一套衣服了，要去领奖。"陈若缺说："好好好，我们先逛逛。"陈木兰说："那边有个楼梯一样的电梯，我没有乘过，我们上二楼去看看。一楼金店、银店，还有化妆店，都没意思。"陈若缺问："铜钿有无啊？"陈木兰轻轻压了一下自己的上衣口袋："带了，全在呢。"陈若缺说："回去搞张银行卡。"陈木兰不响。

到了一家男士服装店里，店员招待还算热情，两人穿得干净，虽然不是名牌，可也看不出是乡下人。他们走了几家西装店，西装这么贵他们是想不到的。绕了几圈见有这么家店，陈若缺也不管西装不西装了，正式点就行。木兰很积极，挑了几件价格还好，样式和质地都不错的衣服都叫陈若缺试，还有搭配的裤子。店员把陈若缺领到试衣间，一面大镜子吓他一跳。试了几件后，木兰与陈若缺一致选中一件深蓝色的外套，可以模拟西装的样子，裤子选了黑色。一共几百块，有点贵。每家店里都在播放音乐，放的都不同。各种节奏和在一起，给人一种热与闷的烦躁感，商场有冷气，比外头凉快，但人多，拥挤来拥挤去的也不舒服。

他们提着衣服袋子，先出了商场。陈若缺长吁一口气，好像刘姥姥进大观园。这的确有冲击力，对陈若缺这样算见过世面的人来说也是如此。他们订了曼斯菲尔德庄园酒店，17 号晚上的包厢“若桑觉寺”，老板一定是简·奥斯汀的崇拜者。本来打算定全聚德，老北京烤鸭也是有名的，但一是太火爆，二是他们估计来的老总比较多，所以陈若缺想了想，还是订曼斯菲尔德庄园。倒也不是西餐厅，可是生意很好，厨师水平高，也是高级餐厅。订好包厢后，陈若缺先后打电话给罗莎夫人和司马总，告知了餐厅和包厢。罗莎夫人一口上海口音，对陈若缺订的餐厅很感兴趣。司马总就是司马山，燕山布艺厂的老总。

陈若缺草草找了家餐馆，与木兰解决了午饭，他们对烤鸭什么的倒也没兴趣，即使不用花自己的钱，他们也没去，嫌麻烦。现在，陈若缺完全变成了一个商人，面对这种应酬，他虽然没有经验也并不喜欢，不过这是他的工作，他有责任认真去做好。

十二

乡山文学奖的颁奖典礼开始后，作协副主席凌水月讲话，讲话的内容很长，耗了十几分钟。乡山文学奖是作协与乡山集团合办的奖项，十分权威，专门表彰优秀的乡土文学作品，一年一届，现在是第五届。每届有 4 ～ 5 位获奖者，陈若缺是这次获奖者里年纪最轻的。

获奖者坐在场馆的右边，靠近这窗口的窗帘拉上了，红彤彤的窗帘，倒是不让人觉得喜气洋洋，而是有压抑感。和陈若缺聊天的，是作家王怀玉，他的获奖作品是《棘刺》，描写的是中国海南与其周边岛屿人们的生活状态。王怀玉对陈若缺说："我觉得，一个作家要有开阔的视野，既能从家乡走出去，又能从外头走回来。我们应当注意每一个区域，每一个小人物的生活与他们如何度过自己的一生。"这句话，让陈若缺铭记终生，时刻在他脑海中浮现。

真正到了颁奖典礼的现场，陈若缺反而出奇的冷静，心里感觉很淡然，没有一开始的欣喜若狂之感，也许是环境的问题吧。

奖杯、证书、支票与纪念牌，是乡山文学奖的四样奖品，陈若缺捧着这些东西，很沉很沉。奖品设计有心，奖杯是一条龙的样子，却又像一条河，下方像一座山。它大概喻示了中华文化与乡土两大主题。证书深红色，人造革封面，里面用磁铁固定着证书。支票不用说。纪念牌是玻璃的，内含一枚圆圆的金币，金币上刻有字，你说它含多少金子呢，大概是镀金的吧。

每个获奖者都发表了自己的获奖感言，陈若缺说得条理清晰，虽然他提前有所准备，但对他这样一个第一次在如此隆重的场面发言的人来说，也是非常不错了。

文艺报记者千方百计，终于联系上了陈若缺。他们做了一场笔谈，放在文艺报专门开辟的版面之中。

陈若缺把支票小心翼翼地藏好，就与陈木兰出去玩了。北京还有很多的地方是他们前几天没去的。

前几天，陈若缺与木兰去天安门看了升国旗，去参观了故宫，还去瞻仰了毛主席纪念堂。故宫的确是一个宝藏库，不只有大清的文物。故宫静静伫立在那里，一动不动。它以前叫紫禁城，多么壮丽，严肃，庄重的名字。皇帝走过、大臣跪拜过的地方，十二道汉白玉桥站在金水河上，红色、黄色、白色，龙、凤，各种各样的花纹，色彩绚丽夺目。陈木兰惊叹于这些文物，它们经历了数百上千年，却不减当初的魅力。人们仍能从其中发掘出一些新的力量，新的美好，新与旧交陈杂错，相互融合，使人心也沉静。

他们打算去天坛公园，去圆明园、颐和园，有太多地方可以去了，有太多景物可以看了，可以去清华、北大的校园，白塔寺，去听听京剧，品味各种唱腔。陈木兰与陈若缺迫不及待地去到那些有趣的地方，生活多么有意思，生活处处是幸福。在哪里甚至都是一样的。但他们有一颗追求美好的心，有这样一种强烈的愿望时，他们才能不被世俗所支配，到头来也不会后悔，感到空虚。

北京的夜 / 陈若缺

北京的夜
繁华的灯泡拼命闪烁
殷红，金黄，银白，绚丽而
刺眼。酒色世界，入口
没有标识，细碎的烟灰
散乱的酒瓶，高揭其心

城市上空浮着热气，渐渐包裹
热气来源几千年的酝酿
千年的古都呵 北京
承载光荣存在
被人仰望与幻想，也如
一坛沉醉。皆为一瞬间
时间是珍宝垒成的冠冕。

北京的夜
歌腔柔和而婉转
一条条胡同中
黑暗与光明相互映照
你看，你看
动起来了。黑暗如同细蛇溜走
北京城的夜灯照亮每一处

角落。直至把影子照亮
胡同也在动
如同龙，中国龙

北京的夜
空气中弥散各种气味
鸡尾酒，啤酒，冰饮
糖味，咸味，香辣
夜宵摊门口，人擦擦汗
抬头望着
被云遮蔽的月亮
在河边，同样是灯火闪耀的地方
船行，游客呼喊
最终留下属于北京的
北京的夜的记忆

北京的夜
闪耀迷离
繁华是闪烁的灯火
是芬芳的香水味
紫禁城的安静
一个王朝的灵魂寓居于此
人们把安静扔给它
供它休息。

十三

罗莎夫人从宝马后排下车，挎着爱马仕进了曼斯菲尔德。陈若缺与陈木兰早就在了，餐也早已点好。司马总来得比较晚，6 点 15 分左右，才推开“若桑觉寺”的门，说，来晚了，不好意思。人都一笑，并不在意。

两个老板是有钱人，倒是没有架子，大家和朋友一样。罗莎夫人说：“陈总，获乡山文学奖了，祝贺。陈夫人也是，祝贺祝贺。”陈若缺与木兰一笑，拿起红酒杯来敬酒。罗莎夫人说：“大作家还出来做生意，体验生活，精神十足。”陈若缺说：“唉，也不是什么高水平。”司马总说：“陈总太低调了。《折翼》送本给我好不好？”陈若缺早有准备，说：“签个名哇。”司马总说：“好的，肯定的。”陈若缺签好名送给罗莎夫人与司马总。罗莎夫人笑笑，说：“都是朋友，今天随便聊聊，我也大半个中国人了。”

司马总说：“罗莎夫人，你文学喜不喜欢？”罗莎夫人说：“喜欢，我从小就有兴趣，读得挺多。”陈若缺说：“罗莎夫人对俄罗斯文学怎么看？”罗莎夫人讲：“哎哟，为难我了，和作家一起坐，这种话不敢说，怕出笑话。”众人大笑。司马总说：“陈太，一路来北京的。”陈木兰点点头，不响。罗莎夫人说：“我最近烦死。”司马总说：“怎么说？”罗莎夫人说：“不讲了不讲了，开开心心吃饭算了。”陈若缺说：“菜上了，大家一边吃一边聊。”众人开动。陈若缺说：“司马总你呢，文学小说看不看？”司马总说：“看的，闲得无聊，装装样。读嘛读读陀思妥耶夫斯基，巴尔扎克，托马斯·曼，也不求甚解。”罗莎夫人说：“俄国文学厉害，大长篇，像厚棉被。”司马总说：“唉，是的，哪里见过这个比喻。”罗莎夫人说：“忘记了，是看来的。”陈若缺说：“陀思妥耶夫斯基，是不好读，我不是俄罗斯人，看那个名字都不行。《卡拉马佐夫兄弟》里头，一会儿德米特里，一会儿米卡，晕头。”罗莎夫人讲：“俄罗斯人一样的。”

司马总问：“俄罗斯怎么样，和中国哪边你住得顺？”罗莎夫人说：“都一般，我是想去乌克兰。现在工作忙死，俄罗斯都回去没几次。”陈木兰说：“辛苦的。”罗莎夫人抿抿嘴。陈若缺说：“赚钱难赚。”然后叹了口气。司马总不响。罗莎夫人不响。

罗莎夫人突然说：“陈夫人皮肤不错，什么化妆品。”陈木兰说：“唉，不用化妆品的，我皮肤怎么会好呢，唯一就是晒不黑。”罗莎夫人笑笑：“妹妹你不懂，现在女人在皮肤上下功夫，花头多大。电拉皮、玻尿酸，抹化妆品，几千几万，瓶瓶罐罐一滴千金。”陈木兰说：“我们农村人，也不重视，也没人欣赏。”陈若缺说：“我会欣赏。”司马总笑笑。罗莎夫人讲：“陈夫人，你皮肤是真好，远看近看都平整细致，唉，天生的皮肤好，我们搞掉几个亿也比不上你的，嫉妒。”司马总说：“罗莎夫人，你们女人家对皮肤怎么看这么重呀，我真不懂，我老婆也是，有个斑了睡觉睡不着，吃饭吃不下。”陈若缺说：“唉，我们农村人视野狭隘了。”罗莎夫人不响。司马总继续说：“搞不懂，是不是在和别人比，比比没信心了。”

罗莎夫人说："那肯定，不跟别人比，不存在问题。像陈夫人，皮肤好，不见得有人夸。皮肤差，在村里也没人说。"陈若缺说："女人家花钱没底的，我家木兰挺省心。"罗莎夫人说："你老婆找得好，偷着乐好了。"陈若缺说："我明里乐不暗里乐。"陈木兰不响。

菜上齐了，红酒吃了一半。罗莎夫人叹口气，说："大家伙儿，我真的人生危机了。"陈若缺说："没事吧？"罗莎夫人也有点醉，说："烦死，我老公，这个东西，在美国田纳西，三四年没回来，现在要离婚，原来有相好的了，叫什么爱洁利亚，女强人，还理直气壮。两个狗男女，我烦。"众人不响，陈若缺说："这种人讨厌的，不过离就离么。这种男人，唉。"司马总有些笑意，说："罗莎夫人不叫了，叫罗莎好了。罗莎小姐，中国话骂人一套学会了。"说完笑了几声。罗莎夫人说："这是烦，我男人阿廖沙，哦不是，那个阿里克谢，反正我也没感情了。无非是一通电话气得我。这种事情怎么这么理直气壮，有道理死了。爱洁利亚这个狐狸精，会说俄语，她不会还好，会俄语了，直接给我嘚瑟一通，说什么恶心的话，呕。说我得不到阿里克谢真心啦，他的心在她手中啦，他们要去马尔代夫度假了啦，她的东西都是阿里克谢买的啦，我太失败了啦，不要再想了啦，他们很好啦，一口一个俄语的姐姐姐姐啦，我直接电话拉入黑名单。财产分配，离婚证书，什么都不要想了，狗男人，我在中国，阿里克谢估计也找不到我，我就吊住他们，看他们还牛不牛了。"司马总说："罗莎夫人，女强人，事情干净利落。"

罗莎夫人说："我是气，还有我爸，都这么老了，想再婚，明明是个狐狸精。哦，天天遇狐狸精，烦煞。幸好自己有点儿钱，不然财产被那个安娜抢走。她跟我年纪差不多，我爸脑子也没了。”司马总说：“不容易呀。”陈若缺说：“唉，有点烦的。”罗莎夫人说：“我这么大岁数，多少铜钿没见过，什么事情呀，恶心。”陈木兰刚想开口，却又憋了回去。

陈若缺说：“老板你们对我们的布有什么意见吗？”司马总说：“我现在手里有一笔稳定的单子需求，是用来做窗帘的，比常规的布宽，机器也有要求，如果你们有这个生产条件，倒是一笔长久生意。”陈若缺说：“我去问问看，争取能够拿下这个大单子。”罗莎夫人说：“我满意的，没啥问题。”司马总说：“留在中国么好嘞，中国多舒服，眼不见为净。”罗莎夫人说：“你们有点同情心，我苦头真的是吃足了。我要去乌克兰，再赚个几十万我就去基辅。”陈木兰说：“基辅好地方。”罗莎夫人说：“确实不错。对了，陈总，《折翼》考不考虑俄译本？”陈若缺说：“不考虑了，没那么好。”司马总说：“陈总孩子多大？”陈若缺说：“还没生。”司马总说：“我孩子上小学了，女孩。”陈若缺笑笑。罗莎夫人说：“不要听什么战斗民族，下贱人也多得很，贱女人贱男人一大堆一大堆，有些故事谁听了都害怕。真的是魔幻现实主义了，我受不了了，中国我也不想待了，我要去乌克兰，我要去基辅，我要去。”

十四

回去了解了情况，陈若缺就打电话给司马总，大单是接不了了，村里目前买机器的虽然已经增加到了15家，已经摆织布机的，多的一家两台，大部分是一台，而且都是生产窄布的老机器。鼓动村里人买新款机器，一是贵，二是大家也不敢，所以短期是没法做这窗帘布的生意了。司马山叹一口气，说："没事的，那就按原来的供给吧。"

老蛤蟆家也装上了电话，占的是陈若缺与朱寒露的便宜，他早年做生意，脚步差不多布满中国东西南北。老板有需求的不少，村里的机器全部发动起来，如火如荼，机器声"铿锵铿锵"地响，日日夜夜不停。朱寒露忙得脚不点地，一会儿电话，一会儿见人。她对陈若缺说："陈若缺，我真的是累死了，这点活累是真累，不过的确是好活！"陈若缺说："我来做点吧。"朱寒露说："北京都去应酬了，你做得也很多了，到时候有单子需求了，你去发。"陈若缺说："寒露姐，你和村里人的关系还有点冷嘛。"朱寒露顿一顿，说："现在很多比如司马总、张总，都是常规的月订单，其实需求还很大，就是机器少了。"

鸟叫声被机器的轰鸣吞噬，嗓门大的唐小丽也战胜不了，她现在大部分时间都守在家里的织布机前，瞪着那来来回回的梭子。一梭子一梭子，就像在数着钱。太湖边，陈家庄从一个安静的小村，成为一处工业基地。机器的声音是钢铁的咆哮，富有穿透力，好像把平静的太湖都要震碎。对，震碎，你看那平静的太湖，波光粼粼，明亮，"喀嚓喀嚓"，裂开了，成了碎片，成了粉末，光线，明亮的光从下头的空洞陷进去了。

老蛤蟆一下子购买了3台捻丝机，是给织布机做配套的。柳亚平倒是想买织布机的，但是阿莉嫌织布机太吵，影响她读书。老蛤蟆也宠女儿，但是钱不能不赚，捻丝机就是把化纤丝按照要求捻成一定的圈数，供给织布机当经纬线，以满足不同布料的重量与垂度。这种机器声音也有，但是均匀的沙沙声，不比织布机那样一窜一窜地令人头疼。

村里有点积蓄的人，基本都买进了机器，有的还添置了两台。陈大伯家，陈海洋家……他们在陈若缺与朱寒露的带领下，看到了布料生意的商机与巨大前景。老蛤蟆说这个浪潮至少保持 20 年，他的确没有说错。

这就是机会呀，充满了偶然与必然。如果没有朱寒露想出这样的方法，没有抓住这样的机会，如果没有陈若缺、老蛤蟆的积极参与，那机会便会随风而逝。穷苦人家是很难翻身的，但是在这样充满机遇的环境下，有一颗聪明又肯干的心，也为此提供了可能。这样的社会环境，在时间与空间下都是不平衡的，它维持得不会太久，也不会太快结束。当东部地区迎来如此一个春天时，西部地区、东北地区呢？同步、同时、同等是不现实的，可对一些人来说，或许这样更好。

陈葫芦学会了修理、保养机器，便拥有了新的工作。当然是兼职，主业还是务农。人们去他家门口喊一声："葫芦！修机器！"他就飞快跑出来，已经带好各种工具。赚得也不少，因为村里人很多不识字，无法很好地使用机器，出点问题是常态。

噫！全村人几乎都在做同一项工作了。"绿桑林布业基地"其实已经涵盖了整个陈家庄，甚至邻村的人也开始加入。基地，给无数人提供机遇，也算是造福了村民。

十五

崔开明一次打电话，告诉陈若缺有人在印《折翼》的盗版书，崔开明在城里金城印刷厂工作，已经有一段时间了。他主要做的是复印与打印，有一台单位分的工作电脑。

据他说，是一天早上七八点钟，崔开明来到打印店上班。那天他情绪不佳，睡眼蒙眬，就躺在椅子上闭目养神。有人推门进来，“窸窸窣窣”作响，崔开明以为是老板还是老板娘，猛然站起来，心跳加速，十分紧张。看到是顾客，他才放心。

进来的是一个男子，三四十岁，胡子猛一看像一块树皮，拿着陈若缺的《折翼》，叫崔开明印 700 本。崔开明摆摆手，说不印盗版书，版权意识还是要有的，那个男人一声不响就出去了，想必去其他厂或其他店了。印刷厂可能性倒大一点。毕竟盗版书追求低成本，店里要贵一些。

陈若缺道了谢，挂断了电话。他哭笑不得，想不到有人这么“赏脸”还印《折翼》的盗版书。而且《折翼》卖得便宜，一直也没加精装。盗版书会有人买吗？还是小看了盗版书的受众啊。有很多人是忠于盗版书的，便宜一分钱也好。

他倒也不紧张，毕竟自己赚的钱也不多，都无所谓。陈木兰说没有改合同的机会，那也没办法，只能等再版，不过起码要一段时间。现在生意风生水起，没有一点儿挫折。这多亏朱寒露的细心经营，陈若缺也忙碌，向村里人发布料要求，收集边角料叫人处理，吸收其他村、乡的织户。活儿太多了，一天下来，水也喝不上几口。

陈木兰有时也帮忙，她给人的亲近感不亚于陈若缺，木兰和陈若缺的确十分般配。这得感谢陈风，这也是陈若缺的运气，生活过得忙碌，可也充实而美好，前途一片光明，充满希望。

陈若缺心里比较介意的，是自己写作时间的缩水。由于忙碌的工作，他一没时间，二没精力。朱寒露安慰说："不要紧，最近是忙，等过段时间生意稳定下来，就轻松了。"家里的书基本上都读完了，乡里也开了书店。陈若缺每次跑生意经过，都会买上几本名著经典来看。书店这次新进了查尔斯·狄更斯的《双城记》与《荒凉山庄》。

这是最好的年代，这是最差的年代。不，这是最好的年代，我们命该生在这样的时代。

十六

陈若缺望着一望无际的太湖，心里怡然自得。人忙了总喜欢静下来，有空便常常来太湖一旁转转。

太湖百看不厌，永远不会让人感到无聊。其实看太湖，不只是看景。在太湖边，好像有魔力一样，脑海中会浮现出各种各样繁复的想法。你会不经意间思考一些极为宏大或极为渺小的事，然后心中的阴霾也好喜悦也好，在这一段时间都消散开去，留下的只有平淡，宠辱皆忘。这是太湖的神奇之处。在寂静与安详的底端，是精神的洗涤之水。你可以大胆把身体浸下去，这样，一阵舒适便会涌上来，这是不可抑制的。不同于在太湖中游泳，这是完全没有关联的。

你愿意的话可以把太湖看作两个湖，自然的太湖上方如幽灵一般飘着一个精神的太湖，上下的太湖相互牵连。精神的太湖也是一片平静的乐土。太湖是热情的，一定会接受你的来访，并吐露自己的真实。它在尽力帮助你，好让你把苦水一股脑送入它的胸怀，让它的广博来消散它们。

你离开时不说感谢，它丝毫不会介意。微斯湖，有何可赏？

陈若缺陶醉在太湖旁，闭上眼睛，太阳下的石头很热，可毕竟是秋天，也还算舒服。从太湖中刮来阵阵清风，带来清甜的香味，芦苇荡随风飘转，轻轻拥抱在一起，亲密无间。

唉，他不禁叹息，有这样的太湖环绕着乡村，这是何等的好事，多少人的终极追求呀。可是太湖在被破坏，依赖太湖生活的人并不顾及太湖的环境，他们只为了自己，却不曾看到他们脚下的土地，与上面长出的庄稼，是谁在滋养，是谁在浇灌。

陈若缺被机器声吵得睁开眼睛，太阳光柔和，静静抚摩他的双眼。轰隆轰隆，声音此起彼伏，不断在向周围扩散。太多了，太多了，太吵了，噪音，也是一种污染。

太湖边，原本是一片净土，安静、淳朴的乡村，和着太湖的水声，让人感到美好。可是织布机器造成的噪音，如今却环绕在太湖之上，不断地让这块土地落于平庸低俗。“轰隆轰隆”，“咔哒咔哒”，那些声音仿佛越来越响，出现一只巨大的怪物。怪物不断膨胀，不断膨胀，直到像珠穆朗玛峰一样高。周围的噪声不断涌入这只怪物体内，怪物也越来越大。陈若缺终于意识到是噪音构成了这只怪物。瞧，它一步一步走向太湖，要把这片土地踏平，踏平。那只怪物大叫一声，声音也是织布机器的声音。

陈若缺心神不宁，他从来没有在太湖畔感受过这样的情感。唉，太湖还是原来的太湖吗？自己没有保护，甚至在破坏。陈若缺对自己的工作感到了羞愧与自责。面对太湖，他充满了不宁与负罪感。怎么样才能减少这样的冲突呢？就回不去了吗？回不到那个时候了吗？安静幽远的太湖，水声鸟鸣都清晰，水质清澈，渔舟互唱，一个个如火的夕阳，明媚的朝阳，波光粼粼，春和景明，上下天光，一碧千顷，淫雨霏霏，连夜不开。这一切都不复存在了，不再有原来的美。再也回不来了吗？

陈若缺陷入了痛苦与无奈，他也没有办法，甚至只能助纣为虐。噫！他不忍心看到太湖再这样破落、衰败，直至平庸与媚俗。这样的风气从四面吹来，高傲的太湖也无可避免。

十七

从太湖回来后，他坐在椅子上一声不吭，一直有几个小时，木兰也没有进来找他说话。无疑他正在忧虑，在忧虑什么是很明显的，当陈若缺看着太湖被破坏后的衰败样子，当他发现自己的精神寄托在被侵害时，当他发现自己对此无能为力时……哎，这也是正常的吧。

他不愿这样陷于苦恼，只能拿起笔来创作些文章——这也是他唯一可以做的事了，这是自我安慰，也是一种使命。这天，活不是很多，朱寒露去乡里了，陈若缺也已经联系了大部分的机器户，很多都表示会长期合作。虽然也有人学他们的模式，但目前还没有很强的竞争对手，所以时间慢慢空出点了。

他创作了散文《沧浪之水》与几首杂诗，发表在《人民文学》上。陈若缺不对它们抱什么信心，更多的是自我安慰。不过这起码能揭示一种现象，或多或少能推动太湖的环境保护工作。

朱寒露第二天回来，找陈若缺说："若缺，我们还是得想得长远一点，以后外面竞争肯定越来越大，村里乡里你拉的那些织布散户，虽然合作一段时间了，可没有合同什么的，只是个口头承诺，毕竟不稳定。我们得自己投点儿钱买些机器，而且我打听了，上次司马总提的窗帘布，现在市场需求非常大。我们索性买几台新款加宽的织布机，一来可以赶上窗帘布的生意，二来自己有机器，更有竞争力。"陈若缺说："好的，好的，上次司马总说的大单子，我还一直舍不得呢。""那我们想一块儿去了。"朱寒露眼睛望向远方，慢慢喝着熏豆茶，把茶水喝干了，用手掌拍几下杯口，震出碗底的熏豆芝麻和茶叶，津津有味地嚼起来。

"你也喜欢吃茶底？"陈若缺笑。

"你家这熏豆茶底香，熏豆泡软加上芝麻茶叶，这个味道上瘾的。"朱寒露说，"要不我们买个6台？"

陈若缺惊讶地说："这么多啊，可以开厂子了。"

朱寒露说："反正我们也赚了不少，应该付得起，钱我明天算一下，算好了给你过目，行吧？"

陈若缺说要把两户人家前后间距的地全部围起来做厂房。朱寒露惊叹他的想法。这算是违建了吧，不过也没有明确的界限，村主任陈海洋也睁一只眼闭一只眼，甚至还帮忙找了自己认识的工人。

中间先用钢筋支撑起框架，四周和顶用铁皮围搭起来，两户人家前后间距有十多米，左右又有十多米，这样简单一搭建，居然能够有这么大的面积了，6 台机器放着也宽松得很。陈若缺的确是智慧的，边上的邻居陈大伯家不走前头，习惯从北边走，北边有河，路宽。而且前面是他们的鸡舍，围起来反而能避免鸡逃走，所以建厂对他们丝毫没有影响。考虑到两户人家经常走动，陈若缺还是在厂房开了一个小门，陈大伯也可以随时过来坐坐。大号的蓝色铁皮房子，方方正正，也像模像样开了窗户。机器还没有搬进去，零件还暂时堆在两户人家家里。

如果没有这块地，6 台机器放在自己家里生产，那家会变得极为狭窄，朱寒露家也一样，况且他们还装修过了，再放机器也太浪费了。陈若缺意识到了这一点，虽然机器会被搬到厂房，可是他萌生了扩建住房的想法。嗯，造一个二层楼。陈木兰对此也赞成。毕竟他父亲陈风和两个哥哥家都已经搬进楼房了。

司马山手里有很多大单，陈若缺签了一个长期单，分配给村里的散户。“绿桑林布业基地”的成员已经有 20 多家了，散布在陈家庄、廖家门与乡里。他们这次又额外签了一个窗帘布大单。加长的经轴卡进机器，梭子启动，来回碰撞，它们发出了第一声响声，而后是第二声，第三声，第四声，第五声……

6 台机器在不断作响，“咔哒咔哒”，机器在工作时，一些器件有规律地碰撞着，它们发出的是清脆的响声。伴随着沉闷的马达声，各种不同的声音叠加在一起，汇成一个点。那个点不断上升，穿过厂房顶，穿过白云，一直上升，上升，永不停息。它是如此得明亮，而且不断变亮。大地也被这耀眼的白光笼罩，一切事物失去了原来的轮廓。

只有光，闪耀的一点扩散开来。世界是光的海洋，这是一种广阔的博爱，不分南北半球，不分赤道两极，不分向阳背阳，不分高低，不分早晚，强烈的光芒会照亮到每一处地方。

尾声：轻斟浅醉

石獾并不强壮，却在岩石中筑造住处，蝗虫并没有君王，却能列队行进。

——《圣经·箴言第30章·第26，27节》

你被一阵喧哗吵醒。你在睡觉，你躺在床上，勉强支起上半身。你已经很累了，眼皮重重的，将要合拢，眼珠里反射不出光来，呼吸一口又欲躺下。

天蒙蒙亮，公鸡有没有叫过你并不清楚。房间里不断传来机器声，门前那6台机器的声音你已经习以为常，正是它们把鸡叫声淹没。你自己也养了鸡，在后门外头的空地上，你上次挡了竹篱，养上鸡鸭鹅。它们听话，长势喜人，陈家庄的人们也不曾对其有坏心思。

住的是二楼，建成的楼房焕然一新。二楼一共三个房间，一个客厅。你听她的建议，留了一间平顶，沿楼梯上去，上面是一个大露台。她种了一盆太阳花，更多的是葱和蒜头，上头阳光独好。其实房间基本都是空的，以前一层也是如此。你曾经这么对她说。她也笑笑，说，反正会有用的，早点晚点。你也这么想。

找对了方法，钱是真的好赚。这样的社会，的确给了很多人致富的机会，你也是其中之一。从一个丧父的穷学生，到一个布业老板与知名作家，你应该感谢谁呢？任何东西绝对不是一蹴而就的，天时地利人和，你这么想。人和，你遇到了好人，陈大伯陈钢，师父陈风，村主任陈海洋，市长老段，画家谢润清，太多太多数不胜数，你是幸运的，遇到的好人多，坏人少。

你已经慢慢忘了假肢，你仿佛是一个健全的人，一条腿的失去对你造成的影响甚微，你和假肢已经融为一体，不可分割了。它就是你，你就是它，一种奇妙的东西把你们死死勾在一起。生命、身体，也就是这样，才慢慢变得完整无缺。

若缺若缺，本来就是若有若无的感觉。有和无是不矛盾的，在朦胧中一切都是偶然的，不确定的。多少次，是缺，多少次，是无缺，你心里应该明白。他给你取这个名字，是他的智慧。他是怎样一个人，他的人生是怎样过来的，其实你完全不懂。

你说你什么都懂，已经完全地了解，可是你的确不懂。你将永远这样，无法明白一些秘密，也永远没有别人会知道这些事情。那时他是你唯一的亲人，你唯一的依靠。不管如何你的心总是安宁的。但他走后，你只能独当一面，心里便有了彷徨与无奈。因为你背后再无靠山，即使那座山再小，可他毕竟是一座可以依靠的山。

你又回忆起你的婚礼，不隆重却很正式。你们请了不少人，大多是村里的，因为你再无亲戚。亲戚没有也好，免了份子钱的种种烦恼。你忘了有哪些人呢，你记忆深切的是她的样子。她身着红衣，别着红花，甚至穿了皮鞋。她朝你看了好几眼，你一直看着她，她的眼里含着爱与喜悦，如同杯中甜酒，酣畅淋漓。你嘴角露出微笑，对他叫了声爸。他拍拍你的肩，说你要好好对我女儿，知道不？你当然保证，你也没有食言。

今天窗外的景物格外清楚，天不亮却很通透。光只有淡淡一层，蒙在天上，仿佛南方的雪，水中的薄冰，也如丝织的衣裳。麻雀飞过去，一只又一只，在黑与白中，勾画出了它一丝轮廓。

你是被一声喧哗吵醒的，喧哗是惊喜的喊叫，不是恐惧，而且不断重复着，声音越来越响。你发现她不在床上了，然后意识到是她在喧哗。她是一个文静的女子，你无法理解也无法想象。

你坐起来，擦了几下眼睛，顿时精神一些。一阵凉风从纱窗钻进来，为你整理一下头发。她已经进来了，收敛了一些情绪，却马上亲了你，抱紧了你。你却发现她的小心，她把肚子往外转，不让肚子与你相撞。

有了。她说。有了？你说。嗯，孩子怀上了。她说。

你也想大喊大叫，蹦蹦跳跳。你的喜悦早已把你完全淹没了！你手足无措，当惊喜来临时你总是这样。但是你却躺在床上，口里喃喃，太好了，太好了，太好了。欣喜与高兴使你的呼吸有些紊乱不平，她也一样。

你说，多久了？

她说，据卢阿姨说快两个月了。

你说，之前怎么不知道？

她不响，也躺在床上。你看着她的脸，白里透红，好像一个水蜜桃。你也看出她的欣慰与高兴，甚至更甚于你。在一定意义上，你是父亲了，她是母亲了。你也开始祈祷母子都能平安，她怀的孩子一定会平安降临，健健康康的，一定备受喜爱。

你不知道应该向谁去祈祷，向哪个神祇祈祷。乡里新造了教堂，白色的墙，红色的十字架上短下长，建筑像一个碉堡。寺院也多，村里人家中的财神爷、观音像也有不少。你没有要笃信一个神祇的愿望，也并不对这些过于上心。于是你向天地祈祷，最原始的方法，你向雷公电母祈祷，等等，等等，不必多说。

她说，你希望是男孩还是女孩？

你说，都是一样的，男孩，女孩都很好呀。

她说：是啊，都各有各的优点，我们都会爱上天宠上天的。

你说，有这么好的母亲是他的运气。

你本以为她也会说，有这么好的父亲是他的运气。但是她没有说，只是微微一笑，接着把手轻抚在肚子上。取个名字吧，她说。你于是陷入沉思，但你并不想鲁莽做决定。那干脆就先不想了。你希望有一天，脑海里会突然有一个想法，那个想法是如此惊讶亮眼，你在等待着，你相信这一天总会来到的。

你走到太湖边，静静听它的水声。你的文章发表后的确石沉大海，呵呵，其实你也是生态的破坏者之一。你心知肚明，你心里惭愧，你明白这些矛盾不能轻易消解。

湖水波澜不惊，在阳光下浮光跃金，万分美丽。你有自责与愧疚，可太湖却不介意。它的胸怀是如此宽广，它不会怪你。它不以物喜不以己悲，它有仁人之心。你把太湖看作一个真切的生命体，心中的负罪感却愈发强烈。你妄图拥抱太湖，这一切都是徒劳的，你明白，你早就明白了。唉，你叹一口气，坐在那块熟悉的石头上，石头有熟悉的温暖，杂草从一旁出来，碰得你有些不舒服，可你并没有折断它。

太湖在唱歌，你真切地听到了。太湖的旋律是如此美妙动听，让你沉醉，你的灵魂好像不受控制，又挣扎地想飞去太湖，你压制住它，却发现整个人都想飞往太湖，这是太湖的奇妙魔力。太湖咏调，是厚重而深切，如此美好而庄严，像列兵队一样正式，又像舞蹈一样窈窕。这就是太湖咏调，你听得沉醉，却没有听出它的内涵。

你是怪不了谁的，没有人能懂，即使你们是太湖之子——虽然这一身份也存疑。你走在回去的路上，太湖咏调却出奇地消失了，和它出现时一样突然，和它出现时一样真切。

你去乡里买东西，偶然经过卖蚕种的地方，现在正是养蚕的季节，你是靠养蚕起家的，是靠它翻身的。你想起你好久没养蚕了！你不缺钱，不用再靠养蚕去赚钱。可是你萌生了一个想法。这个想法很强烈，你无法拒绝内心的引领与要求。其实你一直也是顺着内心而行的。

你买了两包蚕种，你捧着它，如此小心翼翼。灰黑色的蚕籽很小，你轻轻触碰，好像又回到了那个时候，是那个养蚕的时候。你看着蚕从孵化到长大，胖胖白白的样子，内心充满喜悦的样子，你年轻的心又更年轻了。少年的天真之感又涌现出来，你伸出手去抓它，居然真的抓住了，你笑了，把它填进心里。

《我的太湖“第四白”》，字句中的感情也使你震撼。是啊，蚕，这种生物，是多么美妙。读着自己以往的文字，你发现自己的文笔的确进步了很多。于是你也高兴，把养蚕的工具摆放出来，掸灰清洗后，撒上蚕籽。你常去护理桑林，桑树长势也正好，绿油油一片，苍翠欲滴。

她看到你这么做，内心也知道你想干什么，她没有多问，也微微一笑。这真是一个有纪念意义的日子，这短暂的一天是难忘的，这里包含了太多美好，太多记忆。过去的时光仍持续在今日的时光内部“滴答”作响，永不停息。她想，你想。

很快蚕孵化了，你看着这黑褐色的蚕儿，内心的喜悦便不住地流淌了出来。你每天去采桑叶，看它们啃食的样子，万分欣喜。你坐在板凳上，扇扇子驱热。蚕慢慢地爬行，慢慢地蠕动，一扭一扭地，十分可爱。它们啃食桑叶的声音很轻，不比大蚕。桑叶出现了一个洞，从小洞变为大洞，最后一整片叶子都消失得只剩叶脉，你便看到这般景象。

蚕越长越大，又胖又白，你的感情难以遏制，包含对孩子的期望以及对蚕的热爱，你写作了长诗《蚕桑》。你写得很快，内心激动，“怦怦”作响着。蚕儿的确是美好的生物，你想，它给人带来的是一种无可言表的感觉，令人回味无穷。这些描述是不准确的，你只想用你的心来品尝，来品味，来享受，慢慢咀嚼那种美好。

有一天她来了，对你说，弟妹怀上孩子了呀，恭喜。

你说，谢谢。

她说，这个孩子生出来一定很聪明，说不定和你是大小仲马呢。

你说，求之不得呢？我高兴死了。

你的确高兴，这种高兴也是难以言表的，你在生出来时，他一定也很高兴，他是第一次做父亲，见到你这么可爱的脸庞，父爱是无法遏制的，也一样。你也要第一次做父亲了，你也是激动的。

她说，我给孩子在织围巾，织好了做礼物给他。

你说，你也有这种手艺呀，朱老板。

她说，小看我了，我以前是靠卖围巾赚钱的。

你说，佩服佩服。

她于是也回家去，先进了蓝色铁皮围成的厂房，厂房的铁皮不曾生锈，在精心保养下机器运转得很好，新请来的外地小妹也学会了操作机器。她仔细地看着机器，看每台时都很细心。她不时轻抚机器，像抚摸自己的孩子。看着吐出来的布，微微一笑。直穿过厂房，她回到自己家里。打开房间门，洗手，坐下来，拿起织了一半的围巾。

她织围巾的技术的确是强，多年以来从未生疏，仍是很熟练。外面阳光正好，打进房间里，穿透窗帘布。她宽容地拉开窗帘，打开窗户，热情呼喊阳光，邀请它们进来做客。

她织围巾时很细心，很专注。即使外头放烟花，也不会扰到她。她拿起钩针，开始在围巾上钩花。她想怎么才能让男孩、女孩都适合。想到最后，选择了月亮、星星。这些夜空中常见的意象是如此美丽，即使经过百千万年，也备受人们的推崇。这是自然之美，真切而浪漫。

她选了淡蓝色的山羊绒织围巾。她觉得淡淡的蓝色有种柔软的感觉。柔软来源于淡蓝色，也来源于毛线的质感。在阳光的映照下，淡蓝色的围巾上浮着的细密的绒毛，熠熠生辉，闪耀光泽。她停下手中的针和线，静静地看着围巾。看着一根根的绒毛，她又回想起人生中一些重要的人。亲生父亲朱光理，母亲童椿，继父老吴、陶墨墨，还有你……无限的记忆被点燃，在她脑海中燃起一片大火。她的眼中已经挤满了泪水，也伴随着微笑。

阳光拂过围巾，风也吹来，把围巾吹得如波浪一般上下微颤。她的全部记忆都被唤醒了。那些被留在她内心深处的情感也都涌现了出来。她好久不给陶墨墨写信了，也不知道近况如何。她提笔想写却又放下。过去的已经过去，将来的还未来临，她是置身于自身命运的时间轴里的。望着这幢繁杂的大厦，不想再移动。她只想静静看着它，带着幸福、快乐，或是悲伤。

你出门散步，陪着她。你们与他在他家门口遇到。你看到他的脸上挂着笑，笑里蕴含的快乐是无尽的。你于是也想到你的快乐，对于孩子，对于蚕。

你问他说，什么事这么高兴？

他上气不接下气，说，我女儿——阿——莉，考上浙江医科大学了！重点大学啊！他然后开始狂笑，受他影响，你们一边说恭喜恭喜，一边也露出了笑容来。在路上，你说，村里第一个大学生呀，木兰，浙医大是全国一流的呀。

她说，陈家庄出大学生了！这……的确值得高兴啊。

你坐在门口的台阶上，拨了拨头发。日近落山，云朵如被点燃，红而热烈。薄厚不均的云层不断变幻着形状，把太阳吞吞吐吐，一切都很好，你想，阿莉考上大学了，孩子也有了，蚕又是那么可爱，还创作了《折翼》，开了布业基地……万物皆好，一切向美好的未来推进着。你看着火亮的火烧云，感觉你的未来，村里人的未来，都是一片光明。

这也许是冥冥之间，太湖之神的庇佑。你这样猜想着，又露出了笑容。

你看到她走过来，拿着那条围巾。她说，终于织好了。

你说，真漂亮呀，好手艺。

她说，这里蕴含了我对这个孩子的关爱呢。

你说，我会告诉孩子的。

她笑了笑，看看天，说，今天的火烧云啊。然后转过身子离开了。她在路上探头又看了看机器，轻轻敲了几下铁皮。铁皮发出尖锐的声响，响声很快便消失在无边天际中。

蚕结出了蚕茧，你没有卖。你请来她，帮你打几床小被子。她年龄很大了，走路有时要儿子扶。可是技术很好，没有任何退步，手也灵活。蚕啊，你心中默默地念着，你看着它们从小到大，过了一个又一个周期，即使它们如此普通。你见到过，养过如此多次，可是你一旦看到它们，心中的情感仍无法抑制。蚕，可能真的是你前世的缘分。总之，你们之间一定有某种特别微妙的关系。

她儿子把被子给你送过来了。

你把它抱在怀里，一样的温暖，和那个时候一样。岁月如梭，有些事物却从未改变。你从中嗅出了人间的烟火气，嗅出了一种平实的幸福。

你把小被子放在二楼的沙发上，把围巾也拿在手中，你轻抚她的头，说，这些是给孩子的礼物。

她说，我们的孩子一定会幸福。

你说，我相信。

你看见淡蓝色围巾上，那金丝绣的日月星辰动了起来。它们轻轻脱离那片围巾，化作金色的丝带，聚合起来，缠绕在一起。你微笑地看着，那缕金色突然长出两片翅膀，它们轻轻扇动，飞向远方，融入蓝天。

你才醒悟到，那是一只巨大的金色蝴蝶。

葛唐安

2022 年 7 月 10 日 16:10

一稿于杭州萧山

附录一：《太湖咏调》人物关系图

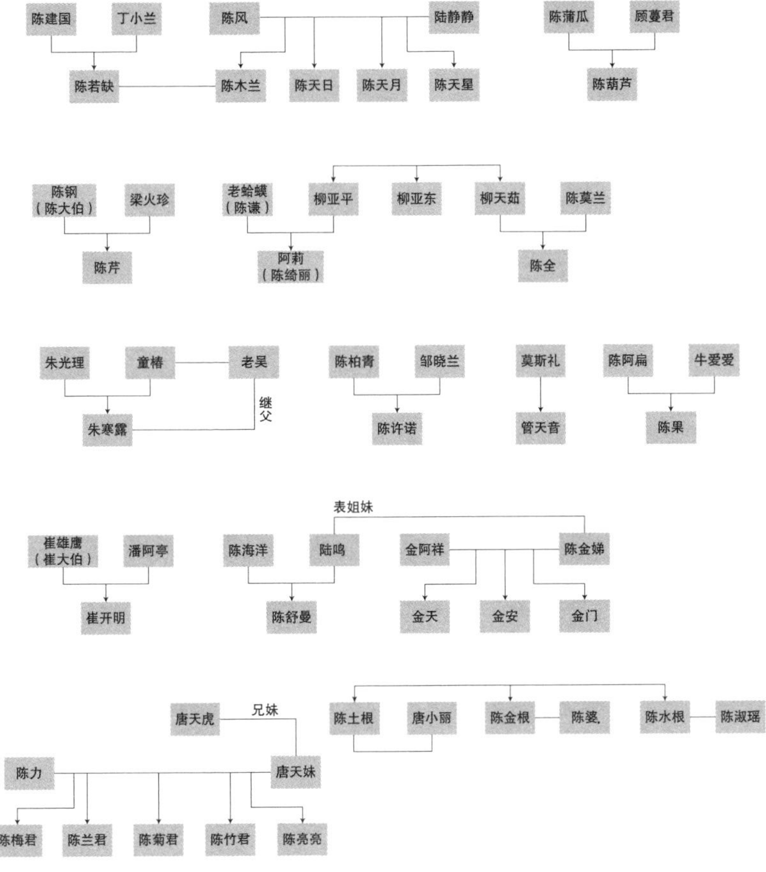

附录二：方言用语对照表

渠：她，他，它

尔：你

噶：这么

伢：我们

伽：他们

纳：你们

弯转：虾

哄喽：这里

格头：那里

哟啥：干什么

哪噶：怎么回事

交关：很多

齷糟：麻烦

百僓：慢走，慢（礼貌用语）

唔嘚：哪里

伍婷：女儿

噶西：现在

格个：这个

推位：相差

睏：睡觉

铜钿、洋钱：钱

摆：放，放置

格哇：这种

格么：这样

噶唔、格唔：在

闲话：话

白相：玩乐

日脚：日子

搭：和，一起

娘娘：老婆

备注：

1. 为了刻画吴地的人情风土，增加乡土气息，本书凡是用吴语（湖州话）交流的语言，均采取方言的写法，旁白叙事与普通话交流一般保持普通话写法不变。

2. 为了阅读与理解的方便，本书在一般的吴语（湖州话）中略加润色，一方面保持语言风味不变，一方面减少特有的词汇，语法，语序，典故等。

3. 凡是使用吴语（湖州话）的词汇，基本参考资料，用本有的表述，方言专用字或有方言用法的字词代替。一些无法查明的词，使用音译（如：伍婷，噶），资料上的用字发音不接近（相差极大）的，加以微调，使音韵更合理。

4. 方言是吴兴一带的湖州话。作者采用作者老家（母方），塘甸乡、大钱的湖州话表述，即使是吴语（湖州话），不同地区也有很大的区别，故采用最熟悉的表述方式。

5. 音译字对字的使用没有严格要求，与该字本身之意无关。部分语气词不加注解。

6. 对于文中出现的方言用字（词），难以保证完全注解，难以保证不出现纰漏。

若有纰漏敬请谅解。

跋：一曲牧歌

当我为此书点上最后一个标点时，顿时感动万分，也长舒一口气。

从开始动笔到完成，大概是十个月的时间，一直后悔没有记下当初动笔之日。也不曾想到自己有这个能力与耐性，所以一直没有抱期望。其实，直到最后，当我终于完成时，我才敢说自己没有半途而废。

坚持下来也不容易，一方面还要对学业战战兢兢。保持大概每天写一节的频率，这么些日子也就在笔尖下过去。回想起来，的确回味无穷。写作倒不是一帆风顺，到了瓶颈总会焦躁厌烦。很幸运我没有放弃。

《太湖咏调》花费了我无数时间和精力，这一点我也并不想多提，但的确是我心血的结晶。在创作中，《太湖咏调》更像是我的私有品，是我独立拥有的。除了父母，基本再无人知道。我不乐于宣扬，对其他事亦是如此。而今，我把它公开，感觉又是不同的。

乡土文学是目前中国文坛的主阵地，只把眼光放在乡土上有些狭隘，也有些老套。但是，仍不能否定乡土文学的重要价值。现今，有多少乡村，有多少数量的农民？不可否认是一个庞大的群体。只要有他们在，或者说哪怕只有一个人在，乡土文学都不会寿终正寝。何况我们还可以去追忆以往呢。

对我，乡土这一主题——尤其背景是20世纪八九十年代，难度很大。我在还原社会面貌时，也花了不少精力，试图使它更为真实。我没有那段时代的经历，但我相信无伤大雅，因为本书所表达的内容并不与时代背景有太大的勾连。

《太湖咏调》绝对不是无病呻吟，我并不是为写而写的。

儿时，我大部分时间在湖州外公家。外公家离太湖真的很近，只不过是几分钟的路程。小时候外公叫我下太湖游泳，我也一直不愿意去。待的时间是真的长，萌生深厚的情感也是自然而然的，没有一点做作。夏天村里热，电风扇用用，也没效果。蚊子多，太阳大，还有虫。当时是极度反感这些的，不知为何，长大一点后，脑海里便全是留恋，再无其他。

人的感情是会找依托的，一个事物有时会被赋上象征意义。在我心中太湖便是如此，并不因为它的壮观、美丽，而是它成了一个代表。水波滟滟，我从中能回忆出无数人与事，品味出乡村的特色、风俗、人情。太湖承载了我对外公家，对那个村庄的一切记忆。

母亲、外婆把她们各自时代发生的各种事与村里人的故事当作谈资时常聊起，我心目中那个湖畔的村庄，架构也越来越清晰，同时，心中的情感也更深切了。还好那里尚未拆迁，村庄仍在。我还能时常看一看太湖。没有什么情感是突然形成的，它们都有一个累积、深化的过程。它们有因有果，皆可追溯。

在《太湖咏调》中，我塑造了许多人物，并想方设法使其真实立体。我希望塑造的是一种烟火气，展现个人的奋斗历程，而不是下一种判断与结论，或表现一种英雄主义。

我基本对每一个人物都做了性格上的塑造，他们不是工具。在我的作品中，我不希望也不屑于让角色单纯为主人公与情节做铺垫，他们都是鲜活的。

我曾试着从《太湖咏调》中提炼中心思想，却总是不能满意。后来才意识到，我的很多想法都包括在其中，《太湖咏调》是一个想法的结合体，没有一个唯一的内核。各种思想，都在一个个的人物形象上得以体现。不过，我想说，传递的想法是附带品。我最主要的目的，是呈现太湖流域人们的群像与这片土地独有的文化内涵。

很多情节与故事都有原型，我进行套用或修改。农村姓名重复率高，有重名是正常现象。没有一个角色有所映照，请勿对号入座。

《太湖咏调》不是一部成熟的作品，关于人称变换、意识流等文学技巧的运用尚且生涩。文学技巧，我追求的不是实验与探索，更多是实用性与表现力，我无意把小说晦涩化。

启发我的，更多是书。我确实喜好读书，古今中外，都略有涉猎。母亲买书极不吝啬，我想要的她从不会拒绝。我也因此读到了诸如陀思妥耶夫斯基、托马斯·哈代、肖洛霍夫、奥尔罕·帕慕克、普鲁斯特、莫言、余华、贾平凹、苏童、曹禺、王安忆、乔伊斯等人的作品，这些作品对我的文学创作产生的影响很大，我的文风甚至也受他们的熏陶。

《太湖咏调》终于完成了。这是一首乡村牧歌，田园牧歌，我希望它透露出生活气息，能或多或少引起读者的感动与思考。我也希望读者们能品味到太湖的象征意义，以及它所承载的信仰。这曲牧歌，很轻，也很重。人与人，人与时代，人与社会，人与艺术，人与自然。这是一部关于人的牧歌。牧歌中的都是普通人，平凡而不起眼。《太湖咏调》是我的起点，我不会只着眼于乡土，我的创作主题不会固化。

感谢父亲母亲的支持与帮助。望大家不吝赐教，也更加希望这部小说能得到大家喜爱与认同。

葛唐安

2022 年 7 月 13 日